Der völlig gestörte Jan-Uwe Fitz hat ständig Angst. Vor allem vor Menschen. Am meisten fürchtet er sich vor sich selbst. Hoffnung keimt auf, als er sich in eine Nervenklinik begibt. Verfolgen Sie seinen Weg in die Anstalt und wieder zurück. (Auf ein paar Verfolger mehr kommt es bei einem Paranoiker ohnehin nicht an.) Erfahren Sie alles über eine Welt, in der die Irren regieren – auf beiden Seiten. Stimmen Sie ab, wenn es wieder heißt: »Deutschland sucht den Super-Depri«.

Jan-Uwe Fitz lebt in Berlin und Limburg/Lahn. Er bloggt unter vergraemer.de und wird auf twitter als @vergraemer von über 25.000 Followern, nun ja, verfolgt.

Jan-Uwe Fitz
Entschuldigen Sie meine Störung
Ein Wahnsinnsroman

Zweite Auflage 2011
DuMont Buchverlag, Köln
Alle Rechte vorbehalten
© 2011 DuMont Buchverlag, Köln
Umschlag: Zero, München
Umschlagabbildung: Anke Fitz
Gesetzt aus der Candida und der Just another stamp
Satz: Fagott, Ffm
Gedruckt auf säurefreiem und chlorfrei gebleichtem Papier
Druck und Verarbeitung: CPI – Clausen & Bosse, Leck
Printed in Germany
ISBN 978-3-8321-6147-7

www.dumont-buchverlag.de

*Für meine vier Eltern, für meine Omi
und für Anke, die alles für mich ist.*

1. Teil

1

Ich bin mir nicht sicher, aber ich glaube, ich werde neuerdings von einer Wanderbaustelle verfolgt. Vielleicht laufe ich aber auch nur zufällig vor ihr her. Oder vielleicht ist alles nur ein großes Missverständnis. Ich weiß es doch auch nicht. Jedenfalls befinden sich seit geraumer Zeit dauerhaft drei Bauarbeiter in meiner Nähe. Der erste führt einen ohrenbetäubend ratternden Presslufthammer mit sich. Der zweite zieht eine Betonmischmaschine hinter sich her. Und der dritte tanzt ungelenk dazu. Presslufthammer-Sound scheint Musik in seinen Ohren zu sein.

Wo ich auch bin, die Wanderbaustelle ist nicht weit und lärmt. Es ist wohl weniger eine Wanderbaustelle als vielmehr eine Hinterherlaufbaustelle. Sehe ich die drei Bauarbeiter scharf an, schauen sie unschuldig pfeifend gen Himmel. Ich vermute, sie glauben, sie könnten mir etwas vormachen. Können sie auch.

Ich war schon mehrmals kurz davor, die Kerle zur Rede zu stellen, um endlich in Erfahrung zu bringen, warum sie mich verfolgen. Aber ich traue mich nicht. Ich spreche ungern Leute an. Auch dann nicht, wenn ich ein wichtiges Anliegen habe. Und wenn ich ihnen dann auch noch irgendetwas unterstellen muss, zum Beispiel, dass sie mich verfolgen, lasse ich es erst recht lieber sein. Ich weiß doch, wie das laufen wird:

»Warum verfolgen Sie mich?«

»Was? Wir wollten Sie gerade fragen, warum Sie ständig vor uns herlaufen.«

Dann stehe ich da und habe keine Antwort. Ich werde »Aber das mache ich doch gar nicht. Das ist alles ein großes Missverständnis« stammeln und mich anschließend verschüchtert aus dem Staub machen. Und wenn ich mir noch so sicher bin, dass ich nicht vor der Wanderbaustelle hergelaufen bin. Jedenfalls nicht mit Absicht. Aber ich muss gestehen: ein merkwürdiger Zufall. Und da die Bauarbeiter zu dritt sind und einmütig behaupten werden, ich sei vor ihnen hergelaufen und nicht umgekehrt, bringt es nichts, die Kerle vor Gericht zu zerren. Mir sind die Hände gebunden. Würden die Typen nur nicht so dicht auflaufen. Ständig fährt mir der Betonmischer in die Hacken.

Es gibt noch eine dritte mögliche Erklärung: Es ist alles ein göttlicher Plan. Die Wanderbaustelle und ich haben exakt den gleichen Lebensweg. Und ich nur das Pech, dass ich knapp vorneweg gehen muss. Schicksal. Wenn keiner Schuld hat, weder die Baustelle noch ich, dann kann ich die Herren noch so oft bitten, woanders hinzugehen – sinnlos. Ich muss mein Schicksal wohl einfach akzeptieren. Die Wanderbaustelle und ich sind durch ein unsichtbares Band miteinander verbunden. Wir sind füreinander bestimmt. Auf platonischer Ebene natürlich, Sie alte Sau.

Heute ist es dann passiert. Ich sitze in einem Straßencafé, die Bauarbeiter rühren am Nebentisch Beton, als plötzlich einer von ihnen neben mich tritt und schimpft: »Wissen Sie, jetzt reicht's.«

»Was denn?«, frage ich betont unschuldig.

»Sie laufen seit drei Jahren vor uns her. Ich rufe die Polizei. Stalker-Schwein!«

»Nein, nein«, belehre ich ihn. »Das ist ein Missverständnis, ich laufe nicht vor ihnen her. Auch wenn man das vermuten könnte. Wir sind vielmehr füreinander bestimmt.«

Er sieht mich misstrauisch an, dann knurrt er: »Das Einzige, für das Sie bestimmt sind, ist meine Faust. Wenn ich Sie noch einmal sehe, gibt's ein paar auf die Fresse.« Mir liegt die Frage auf der Zunge, wie viel »ein paar« sein wird, finde mich aber damit ab, dass ich das bestimmt schon bald erfahren werde.

Als ich heute Nacht wieder von dem ohrenbetäubenden Lärm des Presslufthammers aufwache und den Vorhang meiner Balkontür zurückziehe, stehen die drei Bauarbeiter auf meinem Balkon. Der Presslufthammer rattert, der Betonmischer dreht sich, und ein Bauarbeiter tanzt. Als er mich entdeckt, hält er abrupt inne und ruft: »Aha, Freundchen! Los, Tür aufmachen.« Zögerlich komme ich seinem Befehl nach.

»Sie schon wieder«, begrüßt er mich.

»Sie aber auch«, antworte ich geistesgegenwärtig und befürchte, in den nächsten Sekunden ›ein paar auf die Fresse‹ zu bekommen. Um Zeit zu gewinnen, frage ich: »Was machen Sie da eigentlich?«

»Wir verlegen neue Leitungen.«

»Auf meinem Balkon?«, hake ich verblüfft nach.

»Unter Ihrem Balkon«, korrigiert er mich.

»Unter meinem Balkon befinden sich alte Leitungen? Ich dachte immer, unter meinem Balkon befände sich nur der Balkon der Familie unter mir.«

»Das kann nicht sein. Unseren Plänen zufolge befinden sich unter Ihrem Balkon alte Leitungen.«

»Vielleicht beides. Weiß man's?«, verlängere ich das Gespräch künstlich.

»Egal, ich verkloppe Sie jetzt erst einmal. Dann haben wir das hinter uns. Ich habe Sie gewarnt: Halten Sie sich nicht mehr in unserer Nähe auf.«

»Wollen wir uns nicht duzen?«

»Gern. Ich bin der Viktor.«

»Ich bin der Jan-Uwe.«

»Dann möchte ich doch lieber ›Sie‹ und ›Herr Fitz‹ sagen.«

»Bevor Sie mir eine reinsemmeln, bedenken Sie: Das ist mein Balkon, auf dem Sie da stehen. Ich wohne hier. Ich kann Sie gar nicht verfolgt haben.«

»Sie sind hier nur eingezogen, weil wir auf Ihrem Balkon arbeiten.«

»Außerdem zerstören Sie gerade mein Ein und Alles. Ich habe doch nur diesen Balkon.«

»Sie sind ja gestört. Freuen Sie sich doch lieber, dass Sie bald neue Leitungen haben.«

»Herrgott noch mal«, fahre ich den Presslufthammerbetreiber an, »können Sie nicht wenigstens nachts Ihren bescheuerten Presslufthammer ausschalten?«

»Lassen Sie meinen Kollegen in Ruhe. Wenn Sie mit jemandem streiten möchten, dann nehmen Sie mich«, stellt sich der tanzende Bauarbeiter schützend vor seinen Kollegen und hebt die geballten Fäuste vors Gesicht. Jetzt hüpft er wie ein Boxer leichtfüßig vor mir herum.

Der Presslufthammerkollege schaltet sich ein und brüllt:

»Mein Presslufthammer *ist* ausgeschaltet, mein Herr. Den Lärm bilden Sie sich ein.«

»Aber Sie brüllen doch auch dagegen an.«

»Ich bilde mir den Lärm auch nur ein.«

»Ich bilde mir Presslufthammergeräusche ausgerechnet in dem Moment ein, in dem ein Bauarbeiter direkt vor meiner Nase mit einem Presslufthammer meinen Balkon malträtiert?«

»Malträwas?«

»Intensiv bearbeitet.«

»Intensiv bewas?«

»Sie kennen das Wort ›bearbeitet‹ nicht?«

»Doch, ich wollte Sie nur hinhalten, damit die Fangschaltung Sie lokalisieren kann.«

»Wie?«

»Hier, sehen Sie.« Er öffnet sein Hemd und ich sehe, dass ein kleines Mikrofon mit einem grauen Klebestreifen an seiner Brust klebt.

»Sie zeichnen unser Gespräch auf?«

»Ja, ich brauche einen Beweis für Ihre Stalkerei. Ich habe Sie nämlich angezeigt. Ich möchte, dass Sie sich uns nur noch bis auf 50 Meter nähern dürfen.«

»Wie soll ich mich denn dauerhaft von Ihnen entfernen, wenn Sie auf meinem Balkon arbeiten?«

»Es gibt nette Hotels.«

»Wie ich Sie kenne, folgen Sie mir auch dorthin.«

»Warum sollten wir Ihnen folgen?«

»Wieso müssen Sie mich überhaupt in der Leitung halten?«

»Um zu sehen, wo Sie sich gerade befinden.«

»Ich stehe vor Ihnen.«

»Guter Punkt. Hm, das ist aber auch alles verwirrend.

Übrigens: Das mit den Baustellengeräuschen, das sollte Ihnen Sorge bereiten. Ihr Gehirn spielt Ihnen einen Streich. Sie sind verwirrt. Ihr Hirn ergänzt automatisch die entsprechenden Geräusche, sobald Ihre Augen einen Bauarbeiter sehen, der mit einem Presslufthammer herumwackelt.«

»Wie bitte?«

»Was denn?«

»Was sagten Sie?«

»Was denn?«

»Nein, davor.«

»… der mit einem Presslufthammer herumwackelt.«

»Den ganzen Satz.«

»Ihr Hirn ergänzt automatisch die entsprechenden Geräusche, sobald Ihre Augen einen Bauarbeiter sehen, der mit einem Presslufthammer herumwackelt.«

»Genau. Das klingt hanebüchen.«

»Sie wollten doch, dass ich es noch einmal sage.«

»Ja, aber es klang schon beim ersten Mal hanebüchen.«

»So ist das Leben eben. Hanebüchen. Ich hab's nicht erschaffen, mein Herr.«

»Sie wollen mir etwas über das menschliche Gehirn erzählen? Als Bauarbeiter?«

»Sie haben gefragt.«

»Das Problem mit Ihnen hat sich eh bald erledigt. Wenn Ihr Kollege weiter presslufthämmert, stürzen Sie in die Tiefe.«

»Sie meinen, wir sägen an dem Ast, auf dem wir sitzen?«

»Ja. Nur eben auf dem Balkon, auf dem Sie tanzen.«

»Hoffentlich lachen wir uns nicht einen Balkon ab. Haha. Ich sage Ihnen etwas: Das macht nichts, dann landen wir eben auf dem Balkon im sechsten Stock. Bei Ihnen sind wir ja auch nur gelandet, weil wir den Balkon im Achten durch hatten.«

»Das Haus hat kein achtes Stockwerk.«

»Sind Sie sicher?«

»Schauen Sie nach oben. Der Sternenhimmel. Kein Balkon.«

»Weil wir den weggemacht haben.«

»Da ist aber auch keine Wohnung.«

»Hm, dann meinte ich das mit dem achten Stock metaphorisch.«

Da verschwindet er auch schon aus meinem Sichtfeld. Keine Sekunde zu früh. Mitsamt Kollegen, Presslufthammer und Betonmischer stürzt er in die Tiefe und landet auf dem Balkon im sechsten Stock. Ich blicke aus meiner Wohnung herab auf die drei, die sich im Schutt wälzen. Der Anführer blickt zu mir hinauf und sagt »Hoppala. Entschuldigen Sie uns, wir haben zu arbeiten. Wir sehen uns vor Gericht.«

2

Seit geraumer Zeit besitze ich wieder einen Balkon. Er ist mein ganzer Stolz. Auch wenn ich ihn gestohlen habe. Bis gestern gehörte der Balkon meinem Nachbarn zur Linken. Was soll ich sagen: Die beiden waren ein Herz und eine Seele. Ich habe meinem Nachbarn seinen Balkon von Herzen gegönnt. Ich sehe gern glückliche Menschen mit Balkonen. Und diese beiden strahlten so ein Glück aus. Sie tollten und balgten sich, mal war der Nachbar oben, mal der Balkon. Der Nachbar warf ein Stöckchen, der Balkon lief hinterher und apportierte es. Na, gut, nicht wirklich, aber er versuchte es immerhin.

Wenn es um das Glück anderer geht, bin ich frei von Neid. Ich kann mit meinem Leben noch so unzufrieden sein – wenn ich sehe, dass ein anderer Mensch glücklich ist, freue ich mich für ihn. So wie für meinen Nachbarn, sobald er seinen Balkon betrat. Dann freute und freute ich mich, jubelte und klatschte wie ein Seehund im Zirkus immer wieder in die Hände. Ja, ich habe vielleicht etwas übertrieben.

Eines Morgens im Juni aber, ich beobachtete die beiden gerade beim neckischen Spiel miteinander, brach eine Welt für mich zusammen. Denn durch Zufall erhaschte ich einen kurzen Blick meines Nachbarn – und erschrak. Sein Lachen, das für mich immer ein Ausdruck von Freude war, verriet in Wahrheit Häme. Sein Blick sagte: »Ich-hab-nen-Balkon-und-duhu-nihicht! Nänänänä nää näää!« Wie konnte ich nur all die Zeit so blind gewesen sein? Oder war dieser Gesichtsausdruck neu? Plötzlich ergab alles Sinn. Das wohlige Räkeln meines Nachbarn auf seiner Balkonliege: ein »IchhabeeinenBalkonunddunicht«-Räkeln. Seine Siesta in der Mittagssonne: ein »Oh, die Sonne scheint, da nehme ich mal ein Sonnenbad auf meinem suderduperhuper BALKON.« Alles sollte mir sagen: »Ich habe einen Balkon und du nicht.« Und seine Cheerleader-Show: »B-A-L-K-O-N! BALKON! Yippiehyeah!« – auch sie eine Choreografie des Spotts. Im Kleingetanzten konnte ich lesen: Ätschibätschi, Fitz-Arsch! Konnte das wirklich sein? Dass alles nur dem einen Zweck diente: mich eifersüchtig zu machen? Weil ich armer Geselle bei strahlendem Sonnenschein mit einem Fenster und einer hässlichen Fensterbank vorliebnehmen musste?

Mit jenem Blick meines Nachbarn wurde alles anders. Der Neid in mir wuchs wie ein Geschwür. Tag für Tag wurde er größer. Und schließlich war er stärker als ich.

Eines Tages, mein Nachbar war gerade zum Einkaufen gegangen, schlich ich mich in einer Nacht- und Nebelaktion, die ich vorsichtshalber tagsüber und bei klarer Sicht durchzog, in seine Wohnung und flexte heimlich seinen Balkon ab. Dann tackerte ich das Teil flugs vor mein Milchglasfenster – fertig war der Wohngewinn.

Mein Nachbar guckte vielleicht verdutzt aus der Wäsche, als er auf seinen Balkon treten wollte, aber stattdessen in die Tiefe stürzte. Mir aber war es eine Genugtuung. In seinen Augen las ich deutlich: »Hä? Wieso falle ich? Habe ich nicht einen Balkon? Und wieso hast du jetzt einen? Und sonst so? Alles klar, alte Schlampe?« (Seine Augen sind sehr ausdrucksstark. Aber ich bin auch ein ausgezeichneter Augenleser.) Da schlug er auch schon auf, und (Vorsicht, nichts für schwache Nerven:) die ausdrucksstarken Augen quollen ein gutes Stück hervor.

Nun habe ich einen Balkon, aber keinen Nachbarn mehr, den ich damit neidisch machen könnte. Das mindert den Spaß ein bisschen. Und meinen Balkon kann ich vorerst auch nicht betreten, weil ich ihn in der Eile zu weit oberhalb meiner Balkontür befestigt habe. Ich wollte eben schnell fertig werden, bevor mich jemand sieht, und bin dabei vielleicht einen Tick zu sorglos vorgegangen. Um meinen Balkon zu erreichen, benötige ich einen Fahrstuhl. Im Nachbarhaus haben sie einen. Wenn niemand guckt, klaue ich den.

3

Es klingelt. Ich öffne die Haustür, und zwei Polizisten nicken mir freundlich zu.

»Guten Tag, Ricksche von der Mordkommission. Das ist mein Kollege Drews.«

»Guten Tag, die Herren Wachtmeister«, antworte ich verängstigt bibbernd. Autoritäten beeindrucken mich nicht sonderlich, aber Menschen an meiner Haustür machen mir Angst, bei vielen handelt es sich um Besucher, und bei denen bin ich immer so unangenehm verklemmt. Obwohl ich sie verachte. Aber ich verachte mich eben noch einen Tick mehr. Entspannt bin ich nur, wenn der Pizzabote klingelt. Der geht in der Regel bald wieder. Es sei denn, ich gebe ihm zu wenig Trinkgeld. Dann droht er mir schon einmal damit, dass er ja jetzt weiß, wo ich wohne, und schaut drein, als sei er zu allem entschlossen.

Mein Verhältnis zu meinem Pizzaboten ist sowieso nicht das beste. Der Kerl arbeitete früher als Paketbote und gibt meine Pizza in der Regel bei meinen Nachbarn ab. Zum Bezahlen steht er dann aber doch vor meiner Tür:

»Guten Tag. Macht genau zwölf Euro.«

»Und wo ist die Pizza?«

»Habe ich bei Ihrem Nachbarn abgegeben. Hinterhaus. Oberstes Stockwerk.«

»Warum denn das, Sie Idi?«

»Sie waren nicht da.«

»Ich bin da. Sie kassieren ja gerade bei mir.« Und es klingt leicht verzweifelt.

»Als ich das erste Mal geklingelt habe, waren Sie nicht da. Ihr Nachbar war so freundlich, die Pizza anzunehmen.«

»Und der Abholzettel?«

»Liegt als Belag auf der Pizza.«

Ich bezahle missmutig und mache mich auf den Weg zu meinem Nachbarn. Er öffnet mir mampfend die Wohnungstür, drückt mir den leeren Karton in die Hand und bittet mich, ihn auf dem Weg zurück zu meiner Wohnung einfach in den Müllcontainern im Innenhof zu entsorgen.

»Alles OK?«, fragt mich einer der beiden Polizisten und weckt mich aus meinen Erinnerungen. Stimmt, ich habe ja Besuch. Mein angsterfülltes »Gulp!« hallt durch das Treppenhaus.

»Beeindruckende Akustik in Ihrem Treppenhaus«, sagt der Beamte links.

»Sie sind doch sicher nicht gekommen, um mit mir über die Akustik in meinem Treppenhaus zu reden ...«, entgegne ich misstrauisch.

»In der Tat nicht. Wir untersuchen den Todesfall Ihres Nachbarn. Wissen Sie etwas darüber?"

»Nein, ich wusste nicht einmal, dass Nachbarn sterben können.«

Kurz überkommt mich das Gefühl, dass ich vielleicht ein bisschen überziehe. Das tue ich mit einem lauten »Pah!« ab, das sich für Menschen außerhalb meiner Gedankenwelt jedoch eventuell nicht sofort erschließt.

»Aber Sie sind sicher nicht hier, um mit mir über den Tod meines Nachbarn zu reden«, lenke ich schnell ab.

»Ääh, doch ...«, entgegnet der Polizist und sieht mich fragend an.

»Oh, dann habe ich mich ververmutet. Und schauen Sie nicht so fragend. Wenn Sie eine Frage haben, stellen Sie sie.«

»Haben Sie ein Alibi für die Tatzeit?«

»Nein.«

»Wollen Sie eins?«

»Gern. Haben Sie eins für mich?«

»Fünftausend Euro, und wir behaupten, dass wir die ganze Nacht bei Ihnen gewesen sind.«

»Hm. Aber ich habe mit dem Mord wirklich nichts zu tun.«

»Sie wären nicht der Erste, dem wir heimlich Beweise unterjubeln. Lassen Sie uns mal in Ihre Wohnung?«

»Nein, Sie wollen mir doch nur Beweise unterjubeln. Haben Sie einen Unterjubelungsbefehl?«

»Ja.«

»Dann kommen Sie bitte herein.«

»Verdächtig, dass Sie sich so anstellen. Haben Sie etwas zu verbergen?«

»Mir gefällt nicht, dass Sie mir Beweise unterjubeln wollen.«

»Jetzt stellen Sie sich doch nicht so an, Herrgott. Bevor wir den Täter gar nicht fassen, nehmen wir lieber den Falschen fest.«

»Das kann ich gut verstehen. Eine Frage noch. Wenn Sie nachher gehen: Bekommen Polizisten eigentlich Trinkgeld?«

»Ja, und zwar nicht zu knapp.«

»Apropos: Was passiert denn eigentlich mit dem Balkon meines Nachbarn? Der ist doch jetzt ganz allein.«

»Das ist ja das Mysteriöse: Der Balkon ist spurlos verschwunden.«

»Was? Haben Sie ihn in Verdacht, den Mord begangen zu haben? Ich habe dem ja nie getraut, der liegt jetzt bestimmt an irgendeinem Strand und genießt seine Freiheit. Dieser Verbrecher. Ständig habe ich meinen Nachbarn gewarnt. Ständig!« Meine Stimme wird zu einem hysterischen Quieken.

»Nein, wir glauben, der Balkon wurde vom Täter entwendet.«

»Ach so.« Ich beruhige mich. »Ein Raubmord, um einen Balkon zu stehlen? Wer macht denn so was?«

»Nur einer. Deshalb sind wir ja hier.«

Ich lächle nervös. Der Polizist fügt hinzu:

»Schönen Balkon haben Sie da. Vielleicht ein bisschen zu hoch angebracht, was?«

»Ja, ist mir zugelaufen. Aber er fremdelt noch ein bisschen.«

»Das muss schwierig für Sie sein.«

»Ach, wissen Sie, das Vertrauen eines Balkons muss man sich mühsam erarbeiten. Dann hat man aber viel Spaß mit ihm.« Der Polizist nickt nachdenklich. Dann fragt er:

»Glauben Sie eigentlich an ein Leben nach dem Tod?«

»Nein, warum?«

»Na ja, wir Polizisten verdienen nicht viel, deshalb nehmen wir Zweitjobs an. Ich zum Beispiel arbeite auch als Drücker für die Zeugen Jehovas. Wenn wir schon bei den Leuten zu Hause klingeln, um sie wegen Verbrechen zu befragen, können wir sie auch gleich vom Eintritt in die Religionsgemeinschaft überzeugen. Wo die Tür schon mal offen ist.«

Ich lehne dankend ab, lasse aber seinen Kollegen in die Wohnung, damit er für die Stadtwerke den Stromzähler ablesen kann.

4

Mein Name ist Jan-Uwe Fitz, und ich habe Angst vor Menschen. Vor jedem. Vor Familienmitgliedern wie vor Fremden. Ich ertrage Artgenossen höchstens zehn Minuten lang. Allein die Aussicht, einen Menschen zu treffen, versetzt mich in Panik. Wenn ich allerdings eingeladen werde, dann erscheine ich auch, trotz meiner Ängste. Ich bin aber kein Held. Nur höflich.

Am liebsten werde ich schriftlich eingeladen, denn auf mündliche Einladungen reagiere ich mit einem Angstschrei. Von der Einladung bis zum Tag der Feier bin ich übernervös und panisch und kriege nichts auf die Reihe.

Kaum bin ich auf der Party, bin ich aber auch schon wieder weg. Eben nach zehn Minuten. Weil ich es keine Sekunde länger aushalte. Ich verlasse die Veranstaltung, ohne ein Wort zu sagen, denn wie sollte ich meinem Gastgeber glaubhaft erklären, dass ich es schlicht nicht mehr aushalte? Der wäre doch tödlich verletzt. Ich möchte aber niemanden verletzen. Den Mut, die Wahrheit zu sagen (»Nichts für ungut, Herr Paschulke, ich muss nach Hause, ich piesele mir gerade aus Angst vor den vielen fremden Menschen in die Hose«), bringe ich auch nicht auf. Es bleibt also nur die heimliche Flucht.

Die wenigen Minuten auf der Feier verbringe ich sehr intensiv. Ich stürze in die Wohnung, sage den Gastgebern schnell Hallo, dann geht es auch schon weiter an das Buffet, wo ich so schnell wie möglich so viel wie möglich in mich hineinstopfe.

Dann wird getanzt. Hektisch. Und schon bevor all die anderen loslegen. Schließlich habe ich nicht mehr viel Zeit. Die zehn Minuten ticken unbarmherzig herunter. Zwischendurch unterbreche ich abrupt meinen Tanz und spüre in mich hinein: »Was macht die Menschenangst? Geht's noch?« Schließlich wird mich die Panik bald lähmen. Aber am besten nicht auf der Tanzfläche, wenn ich es vermeiden kann.

Um Zeit zu sparen, kaue ich das Essen vom Buffet auf der Tanzfläche. Bei meinem Tanzstil malmt mein Kiefer sowieso. So spare ich Energie. Natürlich kann es vorkommen, dass mir bei meinen gewagten Moves Essen aus dem Mund fällt, das ich in der Eile noch nicht hinunterschlucken konnte. Und mein Mund ist ja ziemlich voll. Nur wenn ich gleichzeitig tanze und esse, habe ich für beides Zeit. Nacheinander? Keine Chance. Zehn Minuten sind schnell vorbei. Der Einfachheit halber sollte ich direkt am Buffet tanzen. Aber das traue ich mich einfach nicht. Wie sieht das denn aus? Ich habe schließlich auch meinen Stolz.

Gerade kreise ich noch mit der Hüfte wie der junge John Travolta, da wird die Angst vor anderen Menschen auch schon übermächtig. Jetzt nichts wie raus. Höchste Zeit, heimlich zu verschwinden. Nun stellen Sie sich das mal nicht zu einfach vor, sich »heimlich« aus dem Staub zu machen, wenn Sie gerade noch wild und ausgelassen durch den Raum tanzten und Ihnen dabei Kartoffeln und Chicken Wings aus dem Mund purzelten. Aber ich bin gut. Ich bin ein sozialer Houdini. Ein gesellschaftlicher Entfesselungskünstler. Die Party, von der ich mich nicht heimlich verdrücken kann, muss erst noch gefeiert werden.

Entscheidend ist das richtige Fluchtfahrzeug. Den Taxifahrer, der mich hergefahren hat, habe ich selbstverständlich schon beim Aussteigen gebeten, er möge kurz auf mich warten:

»Ich gehe nur schnell ins Haus, esse, tanze und bin gleich wieder zurück. Lassen Sie den Motor laufen. Wir müssen dann schnell weg.«

Knapp zehn Minuten später stürze ich auch schon aus dem Hauseingang, hetze zum Taxi, reiße die Hintertür auf, springe auf den Rücksitz und befehle: »Los! Fahren Sie!« Das Taxi startet mit quietschenden Reifen.

Oft fragen mich Taxifahrer aufgeregt: »Was haben Sie denn getan? Was Kriminelles? Haben Sie etwas gestohlen?«

»Ja, mich von der Party«, antworte ich dann. »Ohne mich zu verabschieden.«

Damit ist das Gespräch normalerweise beendet, und die Taxifahrer bremsen von 100 auf 50 km/h herunter. Vor kurzem aber hakte ein besonders neugieriger Taxifahrer nach:

»War es so langweilig dort?«

»Nein, aber ich bin gestört. Ich halte es unter Menschen kaum zehn Minuten lang aus. Wenn Sie in zehn Minuten kurz anhalten könnten? Dann gehe ich den Rest zu Fuß.«

»Aber warum sind Sie wie von der Tarantel gestochen aus dem Haus gerannt?«

»Damit mich niemand zurückhält.«

»Warum sollte Sie jemand zurückhalten?«

»Weiß ich nicht«, gestehe ich. Da hat der Taxifahrer den

Finger in die Wunde gelegt. »Ist so ein Impuls. Ich laufe immer ganz schnell weg, sobald ich die Tür erreicht habe. Vielleicht eine genetische Disposition.«

»Gehen Sie häufiger auf Partys?«

»Nein. Aber wenn, dann sehr früh nach Hause.«

»Wenn ich etwas zu feiern habe, bin ich froh um jeden Gast, der früher geht. Von mir aus auch gern heimlich. Ich käme nie auf die Idee, dem hinterherzurennen und ihn aufzuhalten.«

»Sie sind kein Maßstab. Taxifahrer sind alle Misanthropen.«

»Sind Sie vielleicht prominent? Oder besonders reich? Möchten die Gastgeber sich womöglich in Ihrem Glanz sonnen? Sind Sie besonders beliebt?«

»Hm … Woran erkennt man das denn?«

»Wenn Sie auf einen Menschen zugehen: Freut der sich?«

»Nicht besonders.«

»Ich bin mir sicher: Niemand holt Sie zurück. Sie können ganz entspannt nach Hause gehen.«

Wir fahren einige Sekunden lang schweigend durch die Nacht.

»Warum sagen Sie Ihren Gastgebern nicht einfach, dass Sie Angst vor Menschen haben – und Schluss. Die haben bestimmt Verständnis und lassen Sie nach Hause gehen. Oder Sie müssen gar nicht erst kommen.«

»Einmal habe ich das tatsächlich getan.«

»Und wie hat der Gastgeber reagiert?«

»Nicht sehr nett. Er hat umgehend die anderen Gäste zusammengetrommelt und mich vor ihnen verhohnepie-

27

pelt. Nee, nee. Ich verlasse Partys lieber heimlich. Das kann ich wie kein Zweiter. Eben auf der Party bin ich einfach unter einen Sessel geschlüpft und habe mich langsam zur Tür bewegt.«

»Hat sich niemand gewundert?«

»Ich bin sehr unauffällig gekrochen.«

»Also, wäre ich Gast auf der Party gewesen, hätte ich mir gedacht: ›Was macht denn der Sessel dort? Der wandert ja zur Tür? Steckt da jemand drunter?‹ Dann würde ich ihn anheben und darunterlugen.«

»Ha! Ich treffe natürlich Vorbereitungen. Vor einer Einladung bringe ich die Namen aller Gäste in Erfahrung und sende ihnen anonym Informationsmaterial zu, das die von mir geplanten seltsamen Ereignisse im Rahmen meiner Flucht rational erklärt.«

»Hä?«

»Gestern habe ich allen Gästen des heutigen Abends E-Mails geschickt, in denen von einer deutlichen Zunahme wandernder Sessel die Rede war.«

»Sie betreiben einen ziemlichen Aufwand für zehn Minuten Party.«

»Soll ich meine Flucht etwa dem Zufall überlassen?«

»Trotzdem: Ich würde mich wundern, wenn ein Sessel an mir vorüberzöge.«

»Nicht, wenn Sie vorher gelesen haben, dass das heutzutage völlig normal ist. Die Menschen sind so leicht manipulierbar. Sie nehmen selbst die hanebüchensten Ereignisse schnell als gottgegeben hin, solange man es ihnen nur geschickt genug verkauft. Schauen Sie sich zum Beispiel mal einen Reißverschluss an. Das Ding ist ein gottverdammtes Wunder. Aber niemand wundert sich mehr darüber. Weil er mittlerweile gang und gäbe ist. Oder ein Regenschirm. Ein Regenschirm ist auch ein Wunder.«

»Wieso ist ein Regenschirm ein Wunder?«

»Sie haben recht. Ein Regenschirm ist kein Wunder«, räume ich ein.

Wir schweigen wieder eine Weile.

»Und wenn jemand die E-Mail nicht gelesen hat?«, wendet er ein.

»Irgendjemand auf der Party hat sie garantiert gelesen. Und der wird alle anderen überzeugen.«

»Vielleicht haben Sie recht«, grübelt er. »Ich muss mir das gerade mal vorstellen: Ich stehe also mit einem anderen Gast auf einer Party. Ein Sessel zieht an uns vorüber. Ich wundere mich und frage meinen Gesprächspartner ›Zieht da gerade ein Sessel an uns vorüber?‹, und der beruhigt mich mit ›Ach das? Ist mir gar nicht mehr aufgefallen. Davon liest man doch heutzutage ständig.‹ Hm, Sie haben recht. Dann würde ich nicht mehr neugierig daruntergucken.«

»Und wenn ich mit dem Sessel an der Tür angekommen bin, krabble ich schnell hervor und renne aus der Wohnung.«

»Aber ich bleibe dabei: Sie sind ein seltsamer Gast.«

»Und Sie sind ein beknackter Taxifahrer. Man kann es sich eben nicht aussuchen«, entgegne ich, beleidigt ob des geringen Verständnisses, das der Mann für mich aufbringt.

»Bringen Sie denn ein Geschenk mit, wenn Sie nur so kurz auf der Party bleiben?«, lässt er nicht locker.

»Natürlich. Das gehört sich doch so. Meine Kinderstube ist tiptop.«

»Wollen Sie hören, was ich über Sie denke?«

»Wenn es positiv ist …«

»Sie haben nicht mehr alle Latten am Zaun. In zehn Minuten haben Sie den Wert Ihres Gastgeschenks auf keinen Fall reingesoffen und reingefressen. Und dann noch das Taxi. Was Sie Ihre Höflichkeit für ein Geld kostet.«

»Was soll ich denn machen?«, gebe ich ärgerlich zurück. »Ich kann mir meine Störungen ja nicht aussuchen, nicht wahr? Und die behandeln zu lassen, kommt mich noch teurer. Übrigens, wenn Sie hoffen, dass Sie wegen Ihres Interesses an meiner Person mehr Trinkgeld bekommen: Vergessen Sie es. Ich gebe nie Trinkgeld. Sie versaufen das nur und sind eine Gefahr für die anderen Verkehrsteilnehmer.«

Den Rest der Fahrt sagt der Taxifahrer kein Wort mehr. Ich dresche noch die eine oder andere Phrase wie »Ja, ja.« oder »Und sonst so?«, aber er ignoriert mich konsequent. Was nicht sonderlich schlimm ist, denn meine zehn Minuten sind sowieso vorbei. Ich bitte ihn, anzuhalten, gebe ihm kein Trinkgeld und gehe die letzten zwölf Kilometer zu Fuß.

5

Mein Verhalten hat einen Vorteil: Es spricht sich herum. Ich werde deshalb nur noch selten eingeladen. Eigentlich überhaupt nicht mehr. Mittlerweile verbringe ich die meiste Zeit in meiner Wohnung. Wenn ich vor die Tür gehe, dann nur, um den Müll hinunterzubringen. Ich will nicht angeben, aber ich glaube, es gibt keinen Deutschen unter vierzig, der in den letzten zwanzig Jahren weniger Menschen getroffen hat als ich. Manchmal nenne ich mich selbst liebevoll Kaspar Hauser light.

Aber sogar jemand wie ich kann den Kontakt zu anderen Menschen nicht komplett vermeiden. Es kommt sogar vor, dass ich berührt werde. Um das klarzustellen: Ich habe nichts gegen Berührungen – solange sie nur früh genug angekündigt werden und ich mich dementsprechend auf sie einstellen kann. Eine halbe Stunde vorher ist optimal. Und dann alle fünf Minuten eine Erinnerung. Sonst vergesse ich es am Ende wieder. Man hat ja heutzutage so viel um die Ohren.

»Herr Fitz, ich werde Ihnen in dreißig Minuten über die Wange streicheln.«

»Herr Fitz, Sie erinnern sich, dass ich Ihnen in fünfundzwanzig Minuten über die Wange streicheln werde?«

»Herr Fitz, Sie erinnern sich, dass ich Ihnen in zwanzig Minuten über die Wange streicheln werde?«

Und so weiter.

Fünf Minuten vor der Berührung bitte ich den potentiellen Anfasser, in einen minütlichen Erinnerungstakt zu wechseln. Und eine Minute vorher schließlich zu einem klassischen Countdown. Nun bitte im Sekundentakt von 60 auf 0 herunterzählen. Dann bin ich ready for Berührung, wie der Engländer sagt.

Für jemanden, der mich wirklich anfassen möchte, sollten dreißig Minuten Vorlaufzeit auch nicht zu viel verlangt sein. Wenn es der Person wirklich ein Herzensbedürfnis ist und nicht nur eine bedeutungslos dahingehuschte Oberflächlichkeit, kann ich doch erwarten, dass sie eine halbe Stunde ihrer Zeit erübrigt. Schließlich bin ich ja nicht derjenige, der hier jemanden anfassen möchte. Von mir aus können wir das mit der Berührung auch lassen.

Zugegeben, es gab Zeiten, da habe ich es mit den Berührungen lockerer genommen. Da habe auch ich mich nach Körperkontakt gesehnt und meinen Kopf in einer Warteschlange schon einmal schnurrend an die Schulter oder die Wange des Kunden vor mir gelehnt. Aber man verändert sich im Laufe seines Lebens. Heute brauche ich das nicht mehr. Außerdem: Um »nur mal eben so« angefasst zu werden, empfinde ich bei einer Berührung einfach zu viel. Selbst der kürzeste Körperkontakt löst ein Feuerwerk an Emotionen in mir aus. Dem hat der Berührende Rechnung zu tragen, indem er mir meine 30 Minuten Vorlauf gewährt.

Nun leben wir leider in schnelllebigen Zeiten. Nicht jeder ist bereit, eine halbe Stunde seiner Zeit für eine kurze Berührung zu opfern. Gerade wenn er einem lediglich die Hand schütteln möchte. Sonderlich verlockend ist es ohnehin nicht, mich anzufassen. So selbstkritisch bin ich. Ich kann verstehen, wenn der eine oder andere sagt: »Dreißig Minuten, bevor ich Ihnen Guten Tag sagen darf? Nein, danke. Dann haben Sie eben keinen guten Tag.«

Natürlich kommt es immer mal wieder vor, dass ein nichtsahnender Mensch Anstalten macht, mich kurz zu berühren. Weil er nichts von meiner speziellen *touching policy* weiß. Wenn ich das früh genug bemerke, ducke ich mich blitzschnell weg. Wie oft haben alte Damen, die mal eben meine Wange streicheln wollten, ins Leere gefasst. Das ist interessant: Besonders alte Menschen gehen über meine Bitte »Berühren Sie mich bitte erst in 30 Minuten. Aaab … jetzt« einfach hinweg. Ich kann es sogar verstehen: Vielleicht haben Sie Angst, in den dreißig Minuten zu sterben. Und dann haben Sie mich vorher nicht mehr gestreichelt.

Die halbe Stunde Gewöhnungszeit dient nicht nur meinem Wohl. Auch der Berührende selbst hat etwas davon. Denn werde ich überraschend berührt, zucke ich zusammen, als sei mir gerade eine Pershing in den Schritt gefahren. Damit kann nicht jeder umgehen, und viele empfinden es als Abwertung ihrer Person. Außerdem verliebe ich mich augenblicklich in jede Person, die mich berührt. Nur ein kurzer Körperkontakt, und mein Herz entbrennt in Leidenschaft. Das war schon immer so. Auch bei Bewerbungsgesprächen. Mein potenzieller Arbeitgeber gibt mir die Hand – und prompt blicke ich ihm verliebt in die Augen. Den Rest des Gesprächs können wir vergessen: Ich verschütte Kaffee, stottere und kichere albern. Verliebte verhalten sich nun einmal bescheuert. In meinem Fall so bescheuert, dass ich auf diese Art nie im Leben einen Job finden werde.

Haushaltshandschuhe sind eine Lösung. Sie schützen mich vor der direkten Berührung mit menschlicher Haut. Ich trage sie sogar beim Duschen, denn ich fasse auch mich selbst sehr ungern an. Beim Einseifen lässt es sich eben nur nicht immer vermeiden. Natürlich könnte ich das Duschgel auf dem Badezimmerboden ausgießen und mich darin wälzen. Dann wäre Einschäumen auch ohne Hände möglich. Allerdings … obwohl, warum eigentlich nicht?

Aber geben Sie einem Personalchef mal Ihre behaushaltshandschuhte Hand. Der stellt Sie erst recht nicht ein. Auch wenn Sie den Rest des Gesprächs über einen professionellen Eindruck machen.

Im Sommer in der U-Bahn ist besondere Vorsicht geboten. Wie leicht stößt man mit seinem nackten Knie (ich trage nun mal gern Shorts) gegen ein anderes nacktes Knie. Daher weise ich die anderen Fahrgäste schon beim Einsteigen darauf hin: »Bitte berühren Sie mich nicht. Sonst verliebe ich mich in Sie.« Hilft. Die meisten Passagiere achten peinlich genau darauf, jeglichen Kontakt mit mir zu vermeiden. Steigt jemand zu, vergesse ich allerdings schon einmal, ihn zu warnen.

»Hupps! Entschuldigung.«

»Ach, Scheißdreck. Jetzt habe ich mich in Sie verliebt. Können Sie nicht aufpassen?«

Am einfachsten ist für mich noch der Umgang mit Prostituierten. Die verhalten sich mir gegenüber vorbildlich, das muss ich schon sagen. Bei denen kann ich so gestört sein, wie ich möchte. Sie lassen mir das durchgehen. Keine, die mir nicht klaglos meine dreißig Minuten Vorlaufzeit gewährt. Ich bezahle ihnen den Zeitaufwand allerdings auch gut. Natürlich wäre es angenehm, wenn eine der Lebedamen einmal zu mir sagte: »Fitzi (Anmerkung: Ich lasse mich von Prostituierten immer Fitzi nennen, das macht mich geil, aber vielleicht führt diese Info hier auch etwas zu weit), die dreißig Minuten Vorlauf sind kostenlos. Erst ab der ersten Berührung wird berechnet. Ich habe Verständnis dafür, dass du Berührungsphobiker bist.« Das hat aber bisher noch keine über sich gebracht. Obwohl ich immer wieder durchscheinen lasse, wie sehr mich das freuen würde. Entweder erweisen die Damen nur ungern Gefallen, oder sie tun nur so locker und sind tief im Herzen alle Buchhalterinnen.

Obwohl ich jede Minute brav bezahle, sage ich am Ende artig »Danke für Ihr Verständnis, liebe Frau Prostituierte.« Ich versuche allerdings, mich nicht vor Dankbarkeit zu überschlagen. Das ist ungewöhnlich für mich, denn meistens übertreibe ich es damit. Mein Gott, neige ich mitunter zu exzessiven Dankeschöns. Habe ich erst einmal begonnen, bin ich nicht mehr aufzuhalten. Dann kann ich nicht mehr anders. Mein Dank ist eine Lawine, wird mächtiger und mächtiger und mächtiger. Und peinlicher, peinlicher, peinlicher, das auch. Für mich, aber vor allem für andere. Sogar bei Selbstverständlichkeiten steigere ich mich in eine Dankesekstase.

Exkurs: Vielleicht wissen das manche von Ihnen, liebe Leser, noch nicht, aber es gibt auf der ganzen Welt nur ein gewisses Quantum an Dankbarkeit. Der eine hat mehr davon, der andere weniger. Danken kann man nicht lernen. Danken hat man. Das ist ein Rohstoff. Im Menschen. Wenn Sie das nächste Mal jemanden als undankbar empfinden, machen Sie sich klar: Er ist nicht undankbar. Nur habe ich sein Quantum Dank abbekommen. Sollten Sie das Gefühl haben, dass zum Beispiel Ihr Chef oder Ihr Partner ruhig etwas dankbarer sein könnte, rufen Sie mich an. Ich danke dann in seinem oder ihrem Namen. Wahrscheinlich gehe ich aber nicht ans Telefon. Mailen Sie mir lieber. Oder noch besser: Lecken Sie mich am Arsch.

Jemand hält mir die Tür auf? Ich bleibe stehen, bedanke mich überschwänglich und beantworte seine Nettigkeit, indem ich ihm wiederum die Tür aus der Hand nehme und sie meinerseits ihm aufhalte. Und das, obwohl ich schon durch die Tür hindurchgegangen war. Ich komme extra wieder zurück. Manch einer kann mit so viel Freundlichkeit nicht umgehen und zieht verstört von dannen, solche Menschen gibt es, aber ein anderer revanchiert sich vielleicht und öffnet mir sofort eine weitere nahe gelegene Tür – durch die ich dann dankbar strahlend hindurchgehe. Obwohl ich eigentlich etwas anderes vorhatte und die Tür gar nicht auf meinem Weg liegt. Woraufhin ich mich nicht lumpen lasse und ihm sogleich eine dritte beliebige Tür öffne. So betreten wir Gebäude über Gebäude, auch wenn wir das ursprünglich gar nicht vorhatten.

Nicht nur bei Prostituierten, auch beim Bäcker zügle ich mitunter meine Dankbarkeit. Reicht er mir meine Brötchen, bedanke ich mich nur kurz, schließlich möchte ich die nachfolgenden Kunden nicht aufhalten. Manchmal

36

aber weist mich der Bäcker noch auf ein besonderes Angebot hin, zum Beispiel sechs Brötchen zum Preis von fünf – das wäre mir ohne seinen Hinweis glatt entgangen. Also nehme ich sechs Brötchen statt zwei – und bedanke mich überschwänglich. So lange und intensiv, bis der Bäcker sagt »Nun ist es aber gut« oder ein Kunde hinter mir »Was bist du denn für ein Arsch?« Dann stelle ich klar: »Ein dankbarer!«

An guten Tagen gebe ich dem Bäcker aus Dankbarkeit für den Tipp sogar ein Trinkgeld. Für gewöhnlich in der Höhe des Betrags, den ich gerade eingespart habe.

Natürlich hat meine exzessive Dankbarkeit etwas mit Unsicherheit zu tun. Wie viel Dankbarkeit ist wann wofür angebracht? Über diese Frage zermartere ich mir den Schädel. Würde die Gesellschaft für Normierung endlich eine DIN-Richtlinie herausgeben, die definiert, wie lange ich mich wofür zu bedanken habe, ohne undankbar zu scheinen oder zu übertreiben, würde mir das mein Leben erleichtern, und ich litte nicht ständig unter einem unguten Gefühl. Dann würde ich mich einfach so oft bedanken wie vorgeschrieben und mich anschließend verabschieden. Zwölf Mal.

6

Ich möchte mich an dieser Stelle bei Ihnen bedanken. Dafür, dass Sie dieses Buch bis hierher gelesen haben. Das ist nicht selbstverständlich, denn Sie haben Ihre Zeit ja auch nicht gestohlen. Und man kann über dieses Buch vieles sagen, aber sicher nicht, dass es vielversprechend beginnt. Ich bin sehr glücklich und vor allem überrascht, dass Sie noch dabei sind. Ich hatte Angst, dass Sie das Buch schon nach wenigen Zeilen in die Ecke feuern würden, ja selbst jetzt rechne ich noch jede Sekunde damit und gestehe: Es setzt mir zu. Ich fürchte Ihre Reaktion. Die Angst lähmt mich. Im Moment bin ich paralysiert. Keine Ahnung, ob ich auch nur einen weiteren Satz schreiben kann.

Doch, geht. Kein toller Satz. Aber immerhin.

Mir fiele alles leichter, wenn ich angstfrei wäre. Aber versuchen Sie mal, angstfrei ein Buch über Ihre Ängste zu schreiben. Um diese Zeilen zu Papier zu bringen, habe ich sogar meine angsthemmenden Medikamente abgesetzt. Mein Gott, geht es mir gerade übel.

Tun Sie mir einen Gefallen: Sollten Sie das Buch im Laufe der Lektüre wutentbrannt oder enttäuscht in die Ecke feuern, lassen Sie es mich nicht wissen. Schreiben Sie es auch nicht ins Internet. Nicht auf Amazon, Twitter oder Facebook und nicht in irgendwelche Foren. Dort finde ich es nämlich garantiert. Weil ich ständig meinen Namen google. Von mir aus teilen Sie Ihren Freunden und Bekannten gern mündlich oder in E-Mails bzw. Briefen mit, was für einen Dreck Sie hier lesen mussten. Tragen Sie es gern in die Welt hinaus, reden Sie so schlecht wie möglich über mein Geschreibsel. Ich gehe ohnehin davon aus, dass Sie hinter meinem Rücken kein gutes Haar an mir lassen. Tue ich ja selbst nicht. Ich möchte es nur nicht erfahren. Ich würde es gern weiter verdrängen. Mit der Hoffnung leben, dass alles OK ist. Sonst werde ich traurig.

Gern können Sie in Ihrer Korrespondenz auch erwähnen, wie ungeschickt ich das Stilmittel der Rahmenhandlung einsetze. Sie erinnern sich? Die Szene im Zug. Am Anfang des Buches. Eigentlich befinde ich mich ja gerade im Selbstgespräch und erzähle von meiner Zeit in der Anstalt. Dieser Appell an Sie, liebe Leser, den Sie gerade lesen, ist da natürlich völlig sinnlos. Weisen Sie Ihre Freunde ruhig deutlich darauf hin, dass dieser Einschub, in dem wir uns gerade befinden, überhaupt nicht ins Konzept des Buches passt. Und fügen Sie dann erstaunt hinzu: »Huch! Das Buch hat ja gar kein Konzept!« Damit machen Sie Eindruck. Ich glaube nicht, dass das vielen anderen auffällt. Die meisten Leser sind dumm wie Brot.

Was sollten Sie noch wissen? Ach ja. Nicht mehr lange, und ich werde gestehen, dass ich in einer Anstalt gelebt habe. In einer privaten Klinik für Psychotherapie, um genau zu sein. Anstalt ist das falsche Wort, aber es klingt so schön reißerisch. Vielleicht wundern Sie sich, dass ich mit meinem Aufenthalt in der Nervenklinik so offen umgehe. Schließlich hört man immer wieder, dass man sich für einen Aufenthalt in einer Anstalt schämen sollte. Pfui. Wie peinlich.

Ach, wissen Sie: Ich bin seit meinem dritten Lebensjahr peinlich. Als ich den Kaffeesatz aß, den mir mein Vater mit den Worten »Lecker, lecker, hmm, jamjam!« hinhielt. Anschließend freute er sich wie ein Schneekönig: »Mensch, der frisst ja wirklich alles, was man ihm vor die Nase hält. Was für ein peinliches Kind.«

Mittlerweile sind 99 Prozent meines Verhaltens peinlich. Lange Zeit dachte ich, es seien nur 93 Prozent. Dann fand ich hinter meinem Bett einen Gegenstand, der mich zwang, neu zu rechnen. Ich verrate nicht, was das war, das wäre mir zu peinlich.

Ich kann machen, was ich will: Ich bin und bleibe peinlich. Sogar, wenn ich etwas sein lasse. Menschen wie ich haben keine Wahl, wir sind entweder peinlich oder wahnsinnig peinlich. Selbst wenn ich intensiv an mir arbeiten würde, bliebe ich peinlich. Etwas ist spätestens in dem Moment peinlich, in dem ich es tue. Ich sollte einen Mord begehen. Dann würden potentielle Mörder vielleicht sagen: »Hm, ich bringe lieber niemanden um. Hat der Fitz schon gemacht. Mit dem möchte ich nichts gemeinsam haben.«

Viele gesellschaftliche Gruppen achten mittlerweile peinlichst genau darauf, dass ich möglichst nicht das tue, was sie tun. Die Angler zum Beispiel setzen alles daran, dass ich nicht angle. Die Bäcker setzen alles daran, dass ich nicht backe. Und die Fußball-Fans setzen alles daran, dass ich nicht fußballfanne. Einmal war ich in einem Stadion. Da sind alle sofort zum Handball gegangen.

Wenn ich Menschen neugierig frage: »Was machen Sie denn da Schönes?«, antworten sie: »Och, nichts.« Dann schauen sie unbeteiligt in die Luft, weil sie Angst haben, dass ich es nachmachen könnte. Das wäre es nämlich gewesen mit ihrer Coolness.

Manchmal denke ich mir, mach doch aus der Not eine Tugend. Indem du zum Beispiel bestimmte Gegenden zum Wohl ihrer ursprünglichen Bewohner unhip wohnst. Zum Beispiel Prenzlauer Berg. Da ist es ja total hip, allerdings zum Leidwesen der Ureinwohner. Schwaben, Hessen und Niedersachsen haben den Kiez erobert, kaufen Wohnungen und führen Anwohnerparken, Kehrwoche und Sonntagsschließung ein. Die Mieten steigen. Und dann diese Touristenmassen. Ein Albtraum für alle, die schon ewig hier leben.

Und dann ziehe ich nach Prenzlauer Berg.

Allein meine Gegenwart macht den Kiez sofort uncool, zerstört quasi *die Marke Prenzlauer Berg*. Die Medien wenden sich von dem Stadtteil ab, mit der Begründung: »Angesagter Stadtteil? Kann nicht sein. Der Fitz lebt hier. Peinlich.«

Die Mieten fallen, potente Unternehmen ziehen weg, Neubauprojekte werden eingestellt. Nur wegen mir, dem menschgewordenen Standortnachteil. Ich bin Gift für Szenewirte und Mietspekulanten. Nur die Ureinwohner würden mich lieben, mich dankbar auf ihren Schultern die Schönhauser Allee hinuntertragen und ihren Erstgeborenen Jan-Uwe nennen. Ich: ihr Erlöser. Die effektivste Waffe im Kampf gegen die Gentrifizierung. Der einzige Hesse, der bei den Ureinwohnern von Prenzlauer Berg je willkommen war. Mehr noch: Man würde mich nie wieder gehen lassen.

Aber bis nach Prenzlauer Berg werde ich es in diesem Leben nicht mehr schaffen. Ich besitze einfach nicht die Kraft, meinen Heimatort Nawowohl zu verlassen. Stattdessen liege ich in meiner Wohnung herum und denke: »Mein Gott, bist du peinlich. Wie du hier rumliegst.« Dann stehe ich auf, sage dabei »Peinlich, wie du aufstehst« und ergänze »Peinlich, dass du Selbstgespräche führst.« Jedes Wort ist mir unangenehm. Ich schäme mich für meine Selbstgespräche. Vor mir selbst. Zum Glück hören andere mir nicht zu. Ich erzähle vielleicht ein Zeugs. Man merkt sofort, dass ich die Weisheit nicht gerade mit Löffeln gefressen habe.

Ob etwas peinlich ist, definiert sich nicht darüber, *was* jemand tut, sondern *wer*. Wenn ich exakt das Gleiche tue wie George Clooney, wirkt es bei mir peinlich. Selbst wenn George Clooney und ich das Gleiche zur gleichen Zeit täten – Synchronschwimmen zum Beispiel –, würden alle sagen: »Bah, peinlich, der Fitz. Macht Synchronschwimmen. Aber der Clooney – Synchronschwimmen! Voll cool!« Und sollte George Clooney einmal mich kopieren, würde man ihm auch das als Coolness auslegen: MUT ZUR PEINLICHKEIT: CLOONEY IMITIERT FITZ, lauteten die Schlagzeilen.

Mir bleibt nur zu versuchen, so wenig peinlich wie möglich zu sein. Nur Dinge zu tun, die nicht ganz so peinlich sind wie das, was ich sonst noch tun könnte. Aber das zu beurteilen ist schwer. Wie findet man das kleinere Übel? Wie finde ich heraus, welche meiner potenziellen Taten die am wenigsten lächerlichen sind?

Manchmal lasse ich meine peinlichen Verhaltensweisen gegeneinander antreten und teste, welche peinlicher ist. Seit ich nackt durch die Fußgängerzone gelaufen bin, weiß ich zum Beispiel: Mein Gang ist peinlicher als die alberne Form meines Schniepels.

Sogar Menschen, die sich im Fernsehen jeden Scheiß ansehen, blicken verächtlich auf mich herab, schütteln den Kopf und murmeln »Peinlicher Typ«. Dann schauen sie *Wetten, dass ...?* zu Ende und erfreuen sich an der hohen Qualität der Sendung.

4

Manchmal nehme ich Medikamente gegen meine Menschenangst. Dann bleibe ich auch schon einmal länger als zehn Minuten auf einer Party. Manchmal stelle ich mich sogar zu einem anderen Gast und wir suchen verzweifelt nach einem Thema. Es lohnt sich aber nie. Neulich stieß noch ein dritter Herr zu uns:

3. HERR: »Guten Abend, Herr Fitz. Geht es Ihnen gut?«

ICH: »Nein.«

3. HERR: »Schöne Party, nicht wahr?«

ICH: »Nein.«

3. HERR: »Wissen Sie, wer hier feiert?«

ICH: »Nein. Ich dachte, Sie sind der Gastgeber.«

3. HERR: »Nein. Ich bin auch nur Gast. Wer ist denn der Herr neben Ihnen? Wollen Sie mich nicht vorstellen?«

ICH: »Nein. Ich kenne den nicht. Ich weiß auch gar nicht, warum der bei mir sitzt. «

BEI MIR STEHENDER: (schimpft) »Sie müssen nicht glauben, ich sitze gern bei Ihnen. Hier ist der Katzentisch.«

ICH: »Ach? Hier sitzen die Gäste, die nicht willkommen sind?«

BEI MIR STEHENDER: »Anscheinend.«

3. HERR: »Oh, dann sollte ich woanders hingehen. Ich bin nämlich willkommen.«

BEI MIR STEHENDER: »Ach ja? Dann gehen Sie doch. Hier ist nur willkommen, wer unwillkommen ist. Pfui, Pfui, sind Sie beide mir unangenehm.«

ICH: »Sind wir Ihnen gar nicht. Das sagen Sie nur so, weil Sie nicht wissen, was Sie sonst sagen sollen.«

BEI MIR STEHENDER: »Hätten Sie meine Körpersprache genauer gelesen, wüssten Sie, dass ich in den letzten Minuten sehr wohl nur höchst ungern mit Ihnen zusammengesessen habe. Ich habe deutlich darauf geachtet, mich sichtlich unwohl zu fühlen.«

ICH: »Ich habe Ihre Körpersprache gelesen. Sie hat genau das Gegenteil gesagt.«

BEI MIR STEHENDER: »Hat sie gar nicht. Lesen Sie noch einmal.«

ICH: »Nein. Ich gucke Sie ganz bewusst nicht mehr an.«

BEI MIR STEHENDER: »Los, lesen Sie meine Körpersprache!«

ICH: »Nein, ich gehe jetzt ans Buffet und hole mir Nachschlag.«

BEI MIR STEHENDER: »Sie lesen jetzt meine Körpersprache.«

3. HERR: »Sie lesen jetzt seine Körpersprache.«

ICH: »Was mischen Sie sich denn ein?«

3. HERR: »Tschuldigung.«

ICH: »Beruhigen wir uns doch bitte, meine Herren. Wir sollten uns nicht streiten. Das ist doch genau das, was der Gastgeber will: uns gegeneinander aufhetzen.«

3. HERR: »Wir werden gegeneinander aufgehetzt?«

ICH: »Ja, moderne Gladiatorenkämpfe. Die Loser sollen sich gegenseitig vergraulen. Der Gewinner darf auf der Party bleiben.«

BEI MIR STEHENDER: »Der Gastgeber ist ja eine blöde Sau.«

ICH: »Kommen Sie, wir gehen jetzt zu ihm und sagen ihm, dass uns *seine* Gegenwart unangenehm ist. Das wird ihn überraschen.«

3. HERR: »Dann wird er fragen, warum wir überhaupt gekommen sind. Was sagen wir dann?«

BEI MIR STEHENDER:»Also, ich bin eigentlich gar nicht zu der Party gekommen. Die Party war auf einmal bei mir.«

ICH: »Ach, Sie wohnen hier?«

BEI MIR STEHENDER: »Ich glaube. Ich weiß nicht genau. Ich kam vom Einkaufen, da waren plötzlich all diese Menschen da. Die meisten kenne ich gar nicht.«

3. HERR: »Vielleicht haben Sie sich in der Tür geirrt?«

BEI MIR STEHENDER: »Nein, die Couch da hinten, die kommt mir bekannt vor. Ich glaube, das ist meine. Also ist es wohl auch meine Wohnung.«

3. HERR: »Ist ja doof, dass Sie auf Ihrer eigenen Party am Katzentisch sitzen müssen.«

ICH: »Ich habe mich schon gewundert, dass Sie zwei Aldi-Tüten in der Hand halten. Wenn Sie hier wohnen, relativiert sich das natürlich.«

BEI MIR STEHENDER: »Ich hatte noch keine Gelegenheit, sie abzustellen. Als ich nach Hause kam, bin ich direkt hier zu Ihnen an den Katzentisch.«

ICH: »Ich glaube, in der Küche wäre auch gar kein Platz für Ihre Einkäufe. Die ist voller Menschen.«

3. HERR: »Vielleicht hat Ihre Frau ja eine Überraschungsparty für Sie organisiert?«

BEI MIR STEHENDER: »Ich lebe allein. Meine Frau hat sich scheiden lassen und ist gestorben.«

3. HERR: »Na, da wollte aber jemand auf Nummer sicher gehen, Sie loszuwerden.«

ICH: »Warum sind Sie eigentlich so blass um die Nase?«

BEI MIR STEHENDER: »Das Buffet bereitet mir Sorge. Ist bestimmt nicht billig.«

3. HERR: »Vielleicht sind Sie so ein Dr.-Jekyll-und-Mr.-Hyde-Typ? Einer, der von Zeit zu Zeit Partys gibt, wenn gerade seine dunkle Seite an der Macht ist. Ansonsten leben Sie vielleicht eher zurückgezogen.«

BEI MIR STEHENDER: »Ich wünschte, meine dunkle Hälfte würde nicht auf so großem Fuße leben. »

ICH: »Wenn ich mir das Buffet so ansehe, wäre es wohl gut, wenn Ihre beide Hälften zusammenlegen würden.«

3. HERR: »Mit Ihnen möchte ich nicht tauschen.«

BEI MIR STEHENDER: »Ich mit Ihnen aber auch nicht.«

3. HERR:»Dann hat die Natur das ja super eingerichtet.«

ICH: »Meine Herren, ich verabschiede mich. Ich muss zwar morgen nicht früh raus, aber hier sofort. Danke für die Party.«

BEI MIR STEHENDER: »Danken Sie nicht mir. Danken Sie meinem anderen Ich. Wenn es wieder an der Macht ist.«

ICH: »Geben Sie mir dann Bescheid?«

BEI MIR STEHENDER: »Ich lasse einfach einmal kurz auf Ihrem Handy klingeln. Spare ich mir die Einheiten.«

ICH: »Oder bestellen Sie sich selbst einfach Grüße, wenn es so weit ist.«

BEI MIR STEHENDER: »Mache ich. Danke. Ich sag mal prophylaktisch: Grüße zurück. Und Sie, wollen Sie nicht auch gehen?«

3. HERR: »Doch, auch bald. Aber wenn Sie am wenigsten damit rechnen.«

BEI MIR STEHENDER: »Dann sage ich schon mal Tschüs.«

3. HERR: »Ich nicht.«

12

Ich werde häufig gefragt: »Herr Fitz, Sie sind doch sozialer Phobiker. Ich auch! Haben Sie nicht ein paar Tipps, wie ich in sozialen Situationen meine Störung in den Griff bekomme?« Dann antworte ich: »Zufälle gibt's: Ich habe tatsächlich ein paar Tipps!«

Tipp 1

Das Problem: Vielen sozialen Phobikern zittern in Gegenwart anderer Menschen die Hände.

Falsch: Um das Zittern in den Griff zu bekommen, umfassen viele Betroffene Tassen und Gläser mit beiden Händen. Das sieht aber nicht nur unmöglich aus, sondern zieht erst recht die Aufmerksamkeit der anderen Gäste auf sich.

Richtig: Den Kaffee wie »aus Versehen« über den eigenen Kuchen schütten und anschließend die zähflüssige Mischung vom Teller schlabbern. Oder den Kopf in den Nacken legen und die ganze Chose in den Mund gießen. Aber wichtig: Auch hier unbedingt den Teller nur mit einer Hand festhalten. Alles andere verrät fehlende Kinderstube.

Richtig: Auch in der feindseligsten Umgebung findet sich

garantiert ein hilfsbereiter Mensch. Fragen Sie einfach in die Runde, ob Sie nicht irgendjemand füttern kann. Aber Vorsicht vor anderen sozialen Phobikern! Die sind oft gutmütig und bieten leichtfertig ihre Hilfe an, zittern und kleckern aber mindestens so herum wie Sie.

Eine weitere Gefahr: Sie geraten an einen Menschen, der sich einen Spaß daraus macht, sozialen Phobikern noch stärker zuzusetzen. Diese Zeitgenossen sind nicht selten. Ein solcher Mensch bietet zunächst betont freundlich seine Hilfe an, nutzt aber seine daraus erwachsende Macht aus, um den Phobiker nach Strich und Faden zu blamieren – indem er ihm beispielsweise die Kuchengabel kurz vor dem Mund einfach wieder wegzieht und sie genussvoll in den eigenen Mund führt oder das Opfer statt aus einer Tasse aus einer Vase trinken lässt, was der Betroffene in seiner Nervosität erst bemerkt, wenn er das Blumenwasser schon zur Hälfte ausgesoffen hat.

Zusatztipp: Die Vereinigung »Helft-sozialen-Phobikern.de« stellt Betroffenen auf einer speziellen Internetseite eine aktualisierte Liste mit vertrauenswürdigen Personen zur Verfügung und bietet außerdem eine App zum Download an. Lesen Sie bei Panikanfällen in geselliger Runde einfach die Namen der aufgeführten Helfer laut vor und überprüfen Sie, ob eine der Personen anwesend ist. Sie hilft gern und zuverlässig. Außerdem finden Sie in einer zweiten Liste die bekanntesten Soziale-Phobiker-Verhohnepiepler mit Foto. Verhindern Sie jegliche Art von Kontakt zu diesen Menschen und setzen Sie sich so weit wie möglich von ihnen weg.

Tipp 2

Das Problem: Wer auf einem Fest Durst hat, bittet den Gastgeber in der Regel um ein Getränk. Nicht so der soziale Phobiker. Er ist meist zu schüchtern oder möchte den Gastgeber nicht mit einer so profanen Bitte belästigen. Deshalb ist er darauf angewiesen, alternative Möglichkeiten der Flüssigkeitsaufnahme zu finden.

Falsch: Aus dem Klo trinken. Sie mögen keinen Stolz haben, aber denken Sie bitte an Ihren Rücken!

Richtig: Viele Wohnungsbesitzer hängen ihre Gardinen nach dem Waschen feucht auf. Vielleicht auch Ihr Gastgeber? Probieren geht über studieren: Lutschen Sie einfach die nächste Gardine aus. Je nach Wetter kann das gute Stück auch nach drei Tagen noch Feuchtigkeit enthalten.

Richtig: Saugen Sie mit einem Strohhalm beliebige Möbelstücke aus. Vielleicht hat ein anderer Gast zuvor aus Versehen sein Wasser darüber verschüttet? Wenn Sie nicht so viel Glück haben, schnappen Sie sich heimlich ein Gefäß mit einer beliebigen Flüssigkeit und gießen Sie es unmerklich über das Sofa. Saugen Sie jetzt einfach mit Ihrem Strohhalm das Sofa aus.

Richtig: Rufen Sie den Pizzaservice an und bestellen Sie eine Flasche Cola. Fordert der Dienst einen Mindestbestellwert, fragen Sie die anderen Gäste, ob noch jemand etwas trinken möchte und vielleicht zu schüchtern ist, den

Gastgeber zu fragen. Falls Sie sich nicht trauen, mit den anderen Gästen Kontakt aufzunehmen, dann lassen Sie es halt, Herrgott noch mal.

Richtig: Bitten Sie die anderen Gäste um ihre Handys und untersuchen Sie die Geräte an der Sprechmuschel auf Speichelreste. Merke: Auch fremde Spucke ist Feuchtigkeit.

Tipp 3

Das Problem: Soziale Phobiker glauben, dass Ihnen jeder die Angst ansieht.

Falsch: In dieser Situation kann man nichts falsch machen. Selbst sofortiger Selbstmord, noch vor Ort, ist jetzt eine Option und gesellschaftlich akzeptiert.

Richtig: Suchen Sie sich auf Partys Menschen, die ähnlich gestört sind wie Sie, und stellen Sie sich zu ihnen. Dann fallen Sie nicht so auf. Vorsicht vor Spiegeln! Das darin sind oft Sie. Wenn Sie den ganzen Abend vor einem Wandspiegel stehen, hält man Sie vielleicht für eitel. Und negative Bewertung wird Ihnen wohl kaum gefallen.

Die gute Nachricht, liebe Betroffene: Nicht alle sozialen Phobiker sind Menschen hilflos ausgeliefert. Einige verfügen über erstaunliche Abwehrstrategien. Vor ein paar Jahren setzte unter Menschen, die gern mal Freunde zu sich nach Hause einladen, ein mysteriöses Sterben ein. Tausende von aufgeschlossenen Menschen verendeten scheinbar ohne Grund. Die Polizei stand vor einem Rätsel. Erst nach intensiven Ermittlungen stieß man auf ein Netz aus sozialen Phobikern, die sich im Geheimbund TÖDINERV (Tötet die Nervensägen) zusammengefunden hatten und jeden potenziellen Gastgeber bestialisch abschlachteten.

Bei der Auswahl der Opfer gingen die Täter äußerst geschickt vor. Sie fragten in Fußgängerzonen diverse Passanten, ob sie beabsichtigten, mal wieder ein paar Freunde einzuladen. Lautete die Antwort Ja, wurde der potenzielle Gastgeber sofort erschossen.

Eine etwas defensivere Splittergruppe gründete eine Lobby, die sich dafür einsetzen sollte, dass Smalltalk und geselliges Beisammensein strengen Regeln unterworfen werden. Kommunikation sollte nur noch auf die nötigsten Worte reduziert werden, aber immer »Danke« und »Bitte« umfassen. Das Wort »Unterhaltung« sollte als Synonym für »Gespräche« komplett verboten werden. Außerdem verboten: Gespräche über das Wetter, Krankheiten und Kindheitserinnerungen, es sei denn, es wurde vorher die ausdrückliche schriftliche Genehmigung des Gesprächspartners eingeholt. Diese musste aber noch von einem Notar beglaubigt werden.

Des Weiteren, so geht aus Geheimunterlagen der TÖDINERV hervor, soll der Einsatz von Pfefferspray und Elektroschockern in Gesprächen ausdrücklich erlaubt, ja sogar vorgeschrieben sein. Durch die Regelung sollen sozial Aufgeschlossene schon im Voraus davon abgehalten werden, das Gespräch zu suchen. Wissenschaftler stehen dem Verkauf an soziale Phobiker allerdings kritisch gegenüber.

Sie kritisieren, dass die Betroffenen oft wochenlang keinen Kontakt zu anderen Menschen pflegen, aber immer Pfefferspray griffbereit haben. Gepaart mit dem weit verbreiteten Selbsthass unter Phobikern führt dies schnell zu Pfeffersprayeinsatz gegen sich selbst. Was auf die Dauer gesundheitsschädlich wirken kann. Bei der Beschaffung neuen Pfeffersprays fallen die Betroffenen außerdem häufig auf Betrüger herein, die den sozial Gestörten Fälschungen oder gestrecktes Pfefferspray zu überzogenen Preisen verkaufen. Hier ein besonders erschütternder Fall:

»Entschuldigen Sie, das Pfefferspray, das ich gestern bei Ihnen gekauft habe, hat nicht gewirkt.«

»Haben Sie es falsch angewendet? Vielleicht auf die Füße Ihres Gegners gerichtet?«

»Nein, ich habe meinem Gegenüber das Zeug wie vorgeschrieben direkt in die Augen gejagt. Aber der Typ hat mich nur verwundert angesehen und ist nicht schreiend zusammengebrochen.«

»Sind Sie sicher? Vielleicht haben Sie nur nicht richtig hingehört?«

»Doch, ich habe intensiv an ihm gehorcht. Kann es sein, dass das Pfefferspray zu schwach war?«

»Ach nein, jetzt weiß ich es. Sie hatten es mit einem sogenannten ›harten Hund‹ zu tun. Es gibt solche Menschen, denen Pfefferspray nichts anhaben kann. Sind aber zum Glück die Ausnahme.«

»Ich habe es nach dem Fehlschlag aus Neugier an einer alten Dame getestet. Aber auch bei der zeigte es keine Wirkung.«

54

»Vielleicht war es eine harte Hündin.«

»Für meinen Geschmack sind das zu viele Ausnahmen.«

»Na gut. Ich gebe zu: Vielleicht habe ich das Pfeffer in dem Spray ein bisschen gestreckt und dabei das eine oder andere Staubkorn zu viel hineingetan. Aber wer kann denn auch ahnen, dass Sie das Zeug tatsächlich einsetzen? Und wer kann weiter ahnen, dass Sie nach einer fehlgeschlagenen Verteidigung noch in der Lage sein werden, sich bei mir zu beschweren? Da ist aber auch wirklich alles schiefgelaufen, was schieflaufen kann, mein Herr. Aber wissen Sie was? Ich gebe Ihnen einfach ein neues Spray.«

»Oh, das ist nett. Aber … woher weiß ich, dass das jetzt funktioniert? Man müsste das Spray gleich im Laden testen können. So wie Birnen.«

»Sie testen Birnen?«

»Glühbirnen. Nicht das Obst.«

»Ach so. Ich dachte schon, Sie beißen einfach in irgendetwas rein, und wenn es keine Birne ist, legen Sie es wieder zurück.«

»Gute Idee.«

»Testen Sie das neue Pfefferspray doch einfach an mir.«

»Ist das nicht gefährlich?«

»Ich habe Strafe verdient, ich habe Ihnen gestrecktes Pfefferspray verkauft.«

»Ich meine ja auch gefährlich für mich. Sie sind mir doch schnuppe. Ist bestimmt nicht gut, wenn ich Pfefferspray in geschlossenen Räumen benutze.«

»Dann sprühe ich mir das Zeug eben selbst in die Augen. Gehen Sie einfach so lange vor die Tür. Sie können ja durch das Schaufenster beobachten, wie ich auf die Attacke reagiere. Wenn ich zu Boden gehe und schreie, ist das Spray OK. Falls nicht, probiere ich es weiter.«

»Fairer Deal. Aber spielen Sie mir nichts vor, Freundchen.«

Der Kunde verlässt den Laden. Drei Minuten später kommt er wieder herein.

»Und?«

»Ich ... glaube ... es ... könnte ... noch ... etwas ... stärker ... sein ... aber ... ich ... kann ... mich ... im ... Moment ... schlecht ... darum ... kümmern. Kaufen ... Sie ... es ... lieber ... woanders.«

»Gut. Ich hätte gern noch einen Elektroschocker. Kriege ich den auch bei Ihnen?«

»Ja, aber ich werde ihn nicht für Sie testen können. Ich muss erst einmal ins Krankenhaus.«

»Oh, ist jemand krank?«

»Ja, ich.«

»Was haben Sie denn?«

»Ein Beißen und Brennen in den Augen.«

»Wissen Sie, woher?«

»Keine Ahnung. Muss gegen irgendetwas allergisch sein.«

»Dann wünsche ich gute Besserung.«

»Danke, beehren Sie mich mal wieder.«

»Nein.«

»Macht mir nichts aus. Mein Geschäft ist auf Kunden wie Sie nicht angewiesen.«

»Und wenn es mal schlechter läuft?«

»Dürfen Sie gern wieder vorbeikommen.«

18

Seit meiner Kindheit leide ich unter Wackelkontakt, Hinstellomanie und Kleptopedie. Alle drei Störungen sind unangenehm. Der Wackelkontakt zum Beispiel ist die Unfähigkeit, Menschen dauerhaft zu berühren. Ich ertrage nur sehr kurze Kontakte. Dafür können sie sich von mir aus auch ständig wiederholen. Die Berührung darf eben nur nicht länger dauern als den Bruchteil einer Sekunde. Sonst drehe ich durch. Wenn ich Menschen berühre, wirkt das, als ob ich sie zum Morsen nutzte. Gebe ich jemandem die Hand, zuckt sie sofort nach der Kontaktaufnahme wieder zurück, dann wieder hin, wieder weg, wieder hin, wieder weg usw. In einer atemraubenden Geschwindigkeit. Wenn ich jemanden umarme, stoße ich ihn gleich wieder weg, umarme ihn wieder, stoße ihn wieder weg. Wahnsinnig schnell, wie die Flügelschläge eines Kolibris, zu schnell für das menschliche Auge. Zungenküsse habe ich nie probiert. Mein Wackelkontakt begann bereits als Baby. Statt dauerhaft an den Brüsten meiner Mutter zu saugen, konnte ich immer nur einen winzig kleinen Schluck nehmen, setzte dann ab, nahm wieder einen winzig kleinen Schluck, setzte ab, nahm wieder einen winzig kleinen Schluck …. Einen Vorteil hat das kindliche Schnellsaugen aber gebracht: Ich bin Deutschlands schnellster Gefühlsaufnehmer. Wer nie einen Menschen länger als einen Sekundenbruchteil berührt hat, lernt im Laufe der Zeit, diesen kurzen Augenblick für höchst intensive emotionale Aufnahme zu nutzen. Aus einer blitzschnellen Umarmung gewinne ich mehr

Zärtlichkeit als ein vergleichbarer Jammerlappen bei einem dreistündigen Gruppenkuscheln.

Meine beiden anderen Störungen widersprechen sich sogar, was sie besonders unangenehm macht: Ich bin Hinstellomane, aber auch Kleptopede. Als Hinstellomane stehle ich nicht wie ein Kleptomane Waren aus dem Supermarkt, sondern bringe sie von zu Hause mit und platziere sie heimlich im Verkaufsregal. Dann bin ich total erregt. Einmal wäre ich fast von einem Kaufhausdetektiv erwischt worden, als er mich beim Betreten des Marktes aufhielt und fragte, was ich da unter meiner Jacke hätte.«

»Nichts«, log ich.

»Aha. Und was ist das?«, insistierte er und zog ein Glas Gurken unter meinem Mantel hervor.

»Interessant, dass Sie fragen. Ein Glas Gurken.«

»Und was hast du damit vor?«

Ich pfiff unschuldig, aber auf diesen brillanten Trick fiel er nicht rein.

»Weißt du, was ich glaube?«, fragte er und bohrte mir einen Finger in die Brust. »Du hast die Gurken von zu Hause mitgebracht und willst sie heimlich ins Regal stellen.«

»Will ich nicht.«

»Willst du doch, du krankes Schwein.« In diesem Augenblick brach ich ob des psychischen Drucks zusammen:

»OK, Herr Detektiv. Ich geb's zu. Ich kann Ihren unmenschlichen Verhörmethoden nicht länger standhalten. Ja, ich bin Kleptopede. Darf ich wenigstens noch erfahren, wie Sie auf mich aufmerksam geworden sind?«

»Das Klopapier, das du letzte Woche eingeschleust hast, war benutzt.«

19

Fällt aus.

19

Auch.

20

Auch mit meiner Kleptopedie stoße ich oft auf Irritationen. Um diese Krankheit zu beschreiben, muss ich etwas weiter ausholen: Nach einer Phase als Hinstellomane war ich eine Zeitlang Kleptomane. Schnell hatte ich ein gewisses Geschick darin entwickelt, Gegenstände mitgehen zu lassen. Ich stand zum Beispiel an der Wursttheke, sagte zum Metzger »Oh, gucken Sie mal! Hinter Ihnen!«, und wenn er sich verblüfft umdrehte, klaute ich ihm eine Handvoll Hack aus der Ablage. Drehte er sich wieder zu mir zurück, bevor ich das Hack in meine Tasche stecken konnte, behauptete ich geistesgegenwärtig, ich würde gerade meine Hände darin baden. »In Hack?«, fragte der Metzger überrascht. Und ich antwortete »Nein, äh, in … äh … Ja doch, in Hack.« Doch meine Meisterschaft langweilte mich schnell, bald fehlte mir der Kick, und ich suchte mir eine neue Herausforderung: die Kleptopedie. Fortan stahl ich mit den Füßen. Mit den Händen stehlen ist schließlich keine Kunst, die wahre Meisterschaft zeigt sich beim Fußstehlen. Besonders wenn man sich der ultimativen Herausforderung stellt: Produkte ganz oben im Regal. In diesem Fall setze ich entweder zu einem Handstand an und füßele geschickt im Regal herum, bis ich der Ware habhaft werde. Oder ich reiße mein Bein sehr hoch, fliege wie ein Fußballer beim Fallrückzieher durch den Supermarkt und hoffe, in dem äußerst schmalen Zeitfenster, in dem sich mein Fuß unmittelbar neben dem Produkt befindet, mit geschickt greifenden Zehen das Objekt der Begierde zu erwischen. Als

Kleptopede ist mit »heimlich stehlen« nicht viel. Bei den Kaufhausdetektiven bin ich bekannt wie ein bunter Hund, mittlerweile ergreifen sie mich meist schon, sobald ich den Laden auch nur betrete. Meine Maske erweist sich als unzureichender Schutz, die Hüter des Gesetzes erkennen mich wohl daran, dass ich rechts barfuß bin und kleine Magneten zwischen den Zehen trage. So lassen sich Dosen leichter stehlen. Vier kleine Magneten reichen für eine Dose Ravioli, die ich unter meinem Fuß hinkend zum Ausgang schleppe. Wenn ich überhaupt so weit komme, werden mir die meisten Dosen allerdings schon vor dem Ausgang wieder abgenommen. Ich muss einfach noch lernen, sie mit dem Fuß unter meinen Trenchcoat zu schieben.

7

Mit den Schwattmanns habe ich sehr ungern Kontakt. Es lässt sich aber nicht vermeiden, ständig treffe ich auf das greise Rentnerpaar, beide geschätzte achtzig. Ich vermute, sie lauern mir auf. Nur um mich zu ihren blöden Kaffeekränzchen einzuladen. Keine schöne Veranstaltung für einen Mittdreißiger. Aber ich habe nie im Leben gelernt, Nein zu sagen.

Die Schwattmanns haben leider nie verstanden, dass ich keinen Kontakt zu anderen Menschen haben möchte. Dass ich eigentlich zurückgezogen lebe. So zurückgezogen, wie das im siebten Stock eines Mehrfamilienhauses eben möglich ist. Ich behaupte einfach mal, dass es niemanden auf der Welt gibt, der in einem siebenstöckigen Mietshaus zurückgezogener lebt als ich. Die meisten Bewohner haben akzeptiert, dass ich meine Ruhe möchte, dass ich jedem aus dem Weg gehe. Nur die Schwattmanns ignorieren es. Ständig suchen sie den Kontakt, sind freundlich und fragen, wie es mir geht. Sobald ich meine Wohnungstür öffne, stehen sie vor mir und laden mich zu ihrem doofen Kaffeekränzchen ein. Jedes verdammte Mal.

»Herr Fitz, wir haben Sie ja lange nicht mehr gesehen«, freuen sie sich dann immer.

»Eine Woche«, entgegne ich dann. »Als ich das letzte Mal den Müll runtergebracht habe.«

»Sie sind aber groß geworden. Also groß im Sinne von dick. Wollen Sie heute nicht zum Kaffee kommen?«

»Gern. Wann denn?«

»Wie immer um vier. Dann sind wir rechtzeitig zu SOKO im ZDF um sechs fertig.«

Den Schwattmanns entkommt man nicht. Da kann man machen, was man will. Ich habe alles versucht. Keine Chance. Die Schwattmanns wohnen in der Wohnung direkt gegenüber meiner, auf der anderen Seite des Hausflurs. Durch ihren Türspion blicken sie auf meine Wohnungstür. Und die Schwattmanns blicken oft durch den Spion. Immer. Sie lassen meine Tür keine Sekunde lang aus den Augen. Ich kann mich nicht erinnern, wann ich das letzte Mal meine Wohnung verlassen habe und nicht sofort einer der beiden vor mir stand.

Auf dem letzten Kaffeekränzchen fragte ich Herrn Schwattmann:

»Warum sind Sie und Ihre Frau eigentlich so auf mich fixiert?«

»Wir machen uns Sorgen um Sie. Sie vereinsamen und verwahrlosen doch ohne uns. Man soll immer ein Auge auf seine Nachbarn haben. Unsere Gesellschaft ist so schrecklich anonym. Niemand ist mehr für den anderen da. Wir sind da anders. Nicht dass Sie tot in Ihrer Wohnung liegen, und niemand merkt es.«

»Mir wäre es egal, wenn Sie tot in der Wohnung liegen.«

»Ich weiß. Aber wir haben viele Freunde und eine treu sorgende Familie. Außerdem achten die anderen Nachbarn auf uns. Wir sind nicht auf Sie angewiesen, Herr Fitz. Sie aber haben doch niemanden außer uns. Wenn Sie sterben, muss es erst im Treppenhaus stinken, damit das jemand bemerkt.«

»Da haben Sie natürlich recht. Kann ich noch etwas Kaffee haben?«

Die Schwattmanns sind meiner Zurückgezogenheit nicht förderlich. Jede Woche ein Kaffeekränzchen von alten Leuten besuchen und reden – versuchen Sie mit dieser Story einmal jemandem weiszumachen, dass Sie zurückgezogen leben. Wegen den Schwattmanns werde ich sogar zum Messie. Normalerweise umgebe ich mich ungern mit Müll, habe ihn zeit meines Lebens immer rechtzeitig entsorgt. Aber wenn man jedes Mal auf Schwattmanns trifft, sobald man die Wohnung verlässt, zögert man den Gang nach unten so lange wie möglich hinaus. Bis es gar nicht mehr geht. Mein Abfall bleibt oft wochenlang in meiner Wohnung. Aus Angst vor den Schwattmanns. Irgendwann wird der Gestank so übermächtig, dass ich nicht anders kann, als den Müll zu entsorgen. Prompt begegne ich den Schwattmanns.

»Herr Fitz, wollen Sie nicht mal wieder zum Kaffee kommen? Mein Gott, Ihr Müll stinkt bestialisch. Sie sollten ihn häufiger entsorgen.«

Ich merke, wie ich langsam verzweifle. Einfach nicht Nein sagen zu können treibt einen zu den entwürdigendsten Verzweiflungstaten. So habe ich vor vier Wochen den Türspion der Schwattmanns mit Kaugummi verklebt. In der Hoffnung, sie würden das nicht so schnell bemerken, sondern die schlechte Sicht auf ihre nachlassende Sehkraft zurückführen. Leider haben sie mich bei der Aktion beobachtet. Durch den Türspion. Während ich den ausgelutschten Kaugummi anbrachte, öffnete Herr Schwattmann die Wohnungstür und ertappte mich auf frischer Tat.

»Was machen Sie denn da, Herr Fitz?«

»D-da hat jemand einen Kaugummi auf Ihren Spion geklebt, den wollte ich abkratzen.«

»Ich habe durch den Spion gesehen, wie Sie den Kaugummi aus Ihrem Mund geholt und auf den Spion gepfropft haben.«

»Das war eine optische Täuschung.«

»Nein, das war eine optische *Ent*täuschung, Herr Fitz. Warum machen Sie das?

»W-wegen Fasching. Ich wollte Ihren Spion als Kaugummi verkleiden.«

Ich bin verzweifelt. So verzweifelt, dass ich mich entschlossen habe, meine Wohnung in Zukunft nicht mehr durch die Wohnungstür, sondern nur durch das Fenster zu verlassen. Trotz des 7. Stocks. Das ging eine Zeitlang gut, fand aber ein abruptes Ende, als plötzlich der Hausmeister in meiner Wohnung stand. Nachdem die Schwattmanns mich lange nicht mehr gesehen hatten und ich auch auf ihr Klingeln hin nicht die Tür öffnete, machten sie sich so große Sorgen, dass sie sicherheitshalber den Hausmeister riefen. Mit dem Ersatzschlüssel verschaffte sich der Mann Zutritt zu meiner Wohnung – als ich gerade rittlings auf meiner Fensterbank saß. Mit der Mülltüte in der Hand. Ein Bein baumelte bereits aus dem Fenster, das andere stand noch in der Wohnung.

»Herr Fitz, was tun Sie denn da?«, erkundigte sich der Hausmeister irritiert.

»Äh, den Müll nach unten bringen«, antwortete ich ertappt.

»Und warum klettern Sie dazu aus dem Fenster?«

Nun schoss es wie ein Wasserfall aus mir heraus: »Damit ich nicht wieder die Schwattmanns im Hausflur treffe und sie mich nicht wieder zum Kaffee einladen können. Ich hasse die Kaffeekränzchen bei den Schwattmanns. Da sind immer so viele Menschen. Und alle riechen und sind gemein zu mir.« Dann brach ich in Tränen aus.

»Nichts für ungut, Herr Fitz. Ich wollte nur nachsehen, ob Sie noch leben. Viel Spaß noch mit den Schwattmanns.«

Der Hausmeister verließ die Wohnung, und die Schwattmanns traten ein. Sie sahen sich zögerlich um; es war das erste Mal, dass sie mein Reich von innen beäugten.

»Oh, hässlich haben Sie es hier, Herr Fitz. Und wir wundern uns all die Jahre, warum Sie uns nie zu sich einladen.«

Ich saß immer noch weinend auf der Fensterbank.

»Finden Sie unsere Kaffeeeinladungen wirklich so lästig?«, fragte Herr Schwattmann unvermittelt, und auch in seinen Augen schimmerten Tränen. In diesem Moment tat er mir unendlich leid. Ich fühlte mich schlecht, soeben hatte ich vor einem Dritten über seine Kaffeekränzchen hergezogen, ihn und seine Freunde beleidigt, ich Monster. Wie ich mich dafür hasste. Ich wischte mir die Tränen aus meinem Auge und beeilte mich zu sagen: »Das war nicht so gemeint, lieber Herr Schwattmann. Ich wollte dem Hausmeister nur irgendetwas antworten und habe herumgesponnen. Sie wissen doch, dass ich nicht ganz richtig bin. Ich folge Ihren Einladungen immer sehr gern.«

Herr Schwattmann strahlte mich an: »Wusste ich's doch, Herr Fitz. Was haben Sie denn schon noch im Leben außer uns? Wir sind immer für Sie da. Wofür gibt es denn Nach-

barn? Kommen Sie heute um 16 Uhr zu Kaffee und Kuchen?«

»Ja, gern. Danke für die Einladung.«

Dann blickte ich von meinem Platz auf der Fensterbank
hinab in die Tiefe. Der Asphalt des Innenhofs hatte etwas
ungemein Anziehendes.

17

»Aus dir ist ja tatsächlich nichts geworden! Hahahaha«, gackst mein Vater freudig erregt und ballt seine Faust zu einer Triumphgeste. »Das ist toll. Großartig. Ich habe also recht behalten!«

Ich beobachte ihn durch den Spion meiner geschlossenen Wohnungstür, sehe, wie er im Hausflur ausgelassen auf und ab hüpft, außer sich vor Freude. Er umarmt meine Mutter; auch sie strahlt über das ganze Gesicht, und man sieht ihr das Glück an, das ihr das Scheitern ihres einzigen Kindes bereitet. Offenbar ist für sie ein Traum in Erfüllung gegangen.

Die Stimme meines Vaters überschlägt sich vor Begeisterung: »Habe ich nicht immer gesagt, dass aus dem Kerl nie etwas wird? Habe ich es nicht gesagt? Elfriede, habe ich es gesagt oder habe ich es nicht gesagt?«

»Ich weiß nicht, du redest immer so undeutlich. Aber kann sein. Ich bewundere dich so für deine Weitsicht.«

Mein Vater und meine Mutter legen im Hausflur ein kleines Freudentänzchen hin. Sie wirken dabei etwas hüftsteif, wahrscheinlich tanzen sie das erste Mal in ihrem Leben, aber es trübt ihren Ausdruck puren Glücks nicht die Bohne. Nie habe ich die beiden so ausgelassen erlebt.

Wenig später lassen sie angeekelt voneinander ab und tanzen getrennt weiter. Die Nase hoch, sehr elastisch aus den Füßen kommend. Wie Snoopy. Dann hält meine Mutter plötzlich inne, zuckt zusammen und schaut angeekelt vor sich auf den Fußboden. Irgendetwas Abstoßendes muss gerade an ihr vorbeigelaufen sein, eine Ratte oder ein riesiges Insekt, das kann ich durch den Türspion nicht erkennen. Aber ich kenne den ekelerfüllten Blick meiner Mutter nur zu gut. Aus unserem Familienalbum. Von Fotos, auf denen sie mir die Brust gibt. Wir haben ganze Familienalben voller Bilder von mir, und am Rand bzw. im Hintergrund stehen immer meine Eltern und sehen mich angeekelt an. Ist mir also sehr gegenwärtig.

Im Gegensatz zu meiner Mutter nimmt mein Vater von dem Ungeziefer keine Notiz. Er ist scheinbar einfach nur glücklich. Die Worte sprudeln nur so aus seinem Mund: »Sieh dir dieses miese Loch doch nur einmal an, Elfriede. Gescheitert auf der ganzen Linie, der Kerl. Ich hatte recht. Das muss man sich einmal vorstellen. Ich hatte doch noch nie recht. Dass ich das noch erleben darf.«

Er schluchzt glücklich in sich hinein. Auch bei meiner Mutter fließen Glückstränen. Die beiden umarmen sich und weinen gemeinsam vor Freude.

Ja, mein Vater hatte recht, stimme ich ihm gedanklich zu, während ich ihn hinter verschlossener Tür durch meinen Türspion beobachte. Ich bin wirklich auf der ganzen Linie gescheitert. So wie er es immer vorausgesagt hat. Meine ganze Kindheit hindurch hat er es prophezeit, wieder und wieder. Mit Sätzen wie: »Du landest mal in der Gosse«, »Aus dir wird nie was« oder »Du wirst noch bereuen, dass du überhaupt geboren wurdest.« Immer wieder denke ich auch an seinen Ausruf bei meiner Geburt – ich hatte gerade das Licht der Welt erblickt, da schrie er: »Das ist das Ende!«

Und so ging es weiter. Beim Frühstück begrüßte er

mich statt mit »Guten Morgen!« mit »Du wirst es nie zu etwas bringen!« Wenn ich ins Bad kam, während er sich noch die Zähne putze, sabberte er mit zahnpastatriefendem Mund »Uiuiuiui, mit dir wird esch mal ein bösches Ende nehmen.« Und an meinem Geburtstag sang er zur Melodie von »Happy Birthday to you« die Liedzeile »Mach nur weiter so und du landest in der Gosse.« Dass die Silben überhaupt nicht zur Melodie passten, störte ihn nicht. Mein Vater sagte immer: »Wichtig ist die Aussage. *Die* muss stimmen!«

Die ersten Jahre meines Lebens glaubte ich, dass es mein Vater nur gut mit mir meinte. Er wollte mich eben so früh wie möglich auf die Härten des Lebens vorbereiten, dachte ich. Schon im Kreißsaal. Mir deutlich machen, dass das Leben ein permanenter Kampf war, den man nicht auf die leichte Schulter nehmen sollte. Doch als sich mir im Laufe meiner Kindheit endlich das Konzept des »Untertons« erschloss, verrieten die Worte meines Vaters nicht mehr hilfreiche Warnung, sondern schadenfrohe Hoffnung. Konnte das sein? Hoffte mein eigener Vater tatsächlich, dass ich im Leben scheitern würde? Geplagt von diesen Gedanken lag ich oft tagelang wach. Nachts zum Glück nicht, da schlief ich wie ein Murmeltier.

Ich habe meine Eltern zwanzig Jahre lang nicht gesehen, und jetzt tanzen sie ausgelassen vor meiner Haustür auf und ab. Sie frohlocken und sind bestens gelaunt. Kein Zweifel: Mein Scheitern macht sie tatsächlich glücklich. Die Gewissheit, dass ihr Sohn es zu nichts gebracht hat, löst Glückshormone in ihnen aus. Ich bin ganz unten. Und das ist für sie ein Grund zum Feiern.

Mein Vater wischt sich eine Glücksträne aus dem Augenwinkel.

»Weißt du noch, Elfriede, wie viel Kritik ich damals in der Klinik einstecken musste? Jan-Uwe war gerade erst geboren, aber ich war schon felsenfest überzeugt, dass aus dem Jungen nie etwas wird. Nur die Krankenschwester hat immer dagegengehalten.« Mein Vater äfft die medizinische Pflegekraft mit quäkender Stimme nach: »Das ist jetzt aber noch ein bisschen früh, um so etwas zu sagen. Warten Sie doch einmal ab. Der Junge ist ja kaum auf der Welt. Blablabla.«

»Blablabla«, wiederholt meine Mutter und bekräftigt mit einem Kopfschütteln, dass auch sie das Gerede der Krankenschwester für ausgemachten Blödsinn hielt. Und das heute immer noch so sieht.

»Mein Gott, was hatte ich in all den Jahren Angst, der Kerl könnte doch noch Karriere machen. Aufgrund irgendwelcher unglücklichen Umstände. Nicht auszudenken, dass am Ende doch noch etwas Gescheites aus ihm geworden wäre. Das hätte ich mir nie verziehen. Und ihm erst recht nicht.«

»Aber jetzt ist ja alles gut«, führt ihn meine Mutter aus düsteren Gedanken zurück ins goldene Hier und Jetzt.

»Ja. Schau dich nur um, Elfriede, sieh doch, wie heruntergekommen alles ist.« Mit dem rechten Arm macht er eine ausholende Bewegung, die meine Mutter auffordern soll, sich den verdreckten Hausflur noch einmal anzusehen. »Ich würde sagen, der ist arbeitslos. Jippieh! Und weißt du was, Elfriede? Ich behaupte: Der wird in diesem Leben auch nicht mehr die Kurve kriegen.«

»Oh, hoffentlich nicht!«, stößt meine Mutter gespielt erschrocken hervor und klopft dreimal auf das Holz des Türrahmens zu meiner Wohnung.

Meine Eltern. Über zwanzig Jahre habe ich sie nicht gesehen, nicht das Geringste von ihnen gehört, nur ihr Geruch hing mir in all der Zeit noch in der Nase. Ich wusste nicht einmal, ob sie überhaupt noch leben. Unser Kontakt endete an dem Tag, an dem sie heimlich auszogen, während ich noch in der Schule saß. Als ich an jenem Tag hungrig nach Hause kam, fand ich eine komplett ausgeräumte Wohnung vor. Nur in dem Raum, der einst die Küche gewesen war, lag ein Zettel auf dem Fußboden. Auf dem stand: »Ätschibätsch.«

Vor einer Stunde standen die beiden plötzlich vor meiner Haustür und klingelten Sturm. Keine Ahnung, wie sie mich gefunden haben. Ich verhielt mich still, in der Hoffnung, dass die beiden Quatschköpfe dann schnell wieder verschwinden würden. Doch da hatte ich mich verrechnet, wie mir inzwischen klar geworden ist, weil ich seit einer Stunde mucksmäuschenstill und bewegungslos hinter der Tür verharre und durch den Spion meine Erzeuger bei ihrem merkwürdigen Gebaren im Hausflur beobachte. Nicht dass ich nachtragend wäre, ich kann sogar gut verstehen, dass sie mich damals zurückgelassen haben. Ich könnte auch keinen Pubertierenden um mich ertragen, sei er noch so sanft und wehrlos und tausendmal mein eigen Fleisch und Blut. Aber ich habe heute einfach keine Lust auf Menschen. Gestern auch nicht. Morgen erst recht nicht. Ich habe nie Lust auf Menschen, da können diese Menschen noch so sehr meine Eltern sein, die ich seit zwanzig Jahren nicht gesehen habe.

Verstehen wir uns nicht falsch: Ich gönne meinen Eltern jede Freude, ich bin ja kein Unmensch. Ich ehre Vater und Mutter. Aber ich habe einfach die Stille zu schätzen gelernt, die sich aus meinem Leben in der Einsamkeit ergeben hat.

Jetzt wo ich nur durch die Wohnungstür von ihnen getrennt bin und darauf warte, dass sie wieder abdampfen, erinnere ich mich wieder an die Zeiten, die ich doch eigentlich schon verdrängt hatte. Mein Gott, was haben sie mir zugesetzt. Mein Klassenlehrer in der Grundschule war mir auch keine Hilfe. Als ich ihn damals um Rat fragte, wie ich mit meinen Erzeugern umgehen sollte, empfahl er mir, offen mit den beiden zu reden, ihnen einfach zu sagen, wie sehr mich ihre Beleidigungen verletzten.

Ich war so naiv und befolgte den Rat.

Als meine Eltern so aus erster Hand erfuhren, womit sie mich verletzen konnten, bekamen sie leuchtende Augen und faselten etwas von »interessantes Feedback«. Meine Mutter hakte noch nach, erkundigte sich bei mir, welche Beleidigungen mir besonders wehtaten. Die notierte sie sich auf einem Zettel und formulierte Gute-Nacht-Geschichten um sie herum. Diese Werke voller Beleidigungen las sie mir abends vor dem Einschlafen vor. Ich schlief natürlich nie ein, sondern heulte bis in die Morgenstunden.

Und jetzt sind sie wieder da. Nicht um das, was sie früher versäumt oder zerstört haben, wiedergutzumachen, sich gar zu entschuldigen und um Vergebung zu bitten, sondern aus Neugier. Um sich am Ende ihres Lebens bestätigen zu lassen, dass aus ihrem Sohn tatsächlich ein Wurm geworden ist. Sie sind nicht bereit, sich abwimmeln zu lassen, sie werden erst verschwinden, wenn sie sich persönlich von meinem Elend überzeugt haben. Entweder spüren sie, dass ich zu Hause bin, man hört ja oft von diesem unsichtbaren Band zwischen Eltern und Kind, oder sie haben doch gesehen, dass ich durch den Türspion aus meiner Wohnung in den Flur luge. Wahrscheinlich gibt dieses kleine Fenster zur Welt mehr preis, als ich vermute. Sobald meine Eltern weg sind, werde ich das einmal von der anderen Seite prüfen. Vielleicht bewahrheitet sich mein Verdacht, dass der vermeintlich diskrete Spion in Wahrheit eine Lupe ist, die mein Auge grotesk vergrößert.

Vielleicht haben die beiden aber auch das verräterische Knacken der Kakerlake vernommen, auf die ich direkt hinter der Tür versehentlich getreten bin. Oder ich habe zu laut geatmet. Vielleicht habe ich in den letzten Minuten durch die Nase geatmet, und es pfiff verräterisch? Und wenn ich schon mal angestrengt nachdenke, beschäftige ich mich doch auch gleich noch mit der Frage: Atme ich eigentlich häufiger durch die Nase oder durch den Mund? Eine Frage, der ich bei Gelegenheit mal empirisch auf den Grund gehen werde.

Mein Vater reißt mich aus meinen Tagträumen, als er brüllt »Jetzt mach schon auf, du Schwachkopf!« und gegen die Tür tritt. »Wir wissen, dass du da bist. Wir haben dich in den letzten zehn Jahren von einem Detektiv beschatten lassen. War schweineteuer, dein ganzes Erbe ist dabei draufgegangen, aber wir wollten eben wissen, was du so machst. Hey, wir sind schließlich deine Eltern. Und wir haben Dich seit zwanzig Jahren nicht mehr gesehen.«

Damit hat er mich aus der Deckung gelockt.

»Was interessiert euch das denn auf einmal?«, rufe ich zurück. Es klingt mehr weinerlich als wütend. Durch den Spion sehe ich, wie mein Vater aufhorcht und sich neugierig der Tür nähert.

»Haha!«, freut er sich. »Es interessiert uns gar nicht. Wollte dich nur aus der Reserve locken.«

»Wobei«, mischt sich meine Mutter ein, »mich interessiert, ob du noch deine Knollennase hast.«

Meine Knollennase. Die hatte ich ganz vergessen. Lange hat mich niemand mehr auf das Teil aufmerksam gemacht. Wie auch? Ich treffe ja niemanden. Ich bereue umgehend, mich meinen Eltern zu erkennen gegeben zu haben. Kaum sind die beiden wieder da, bricht die alte Wunde wieder auf. Meine Knollennase. Ich starre fassungslos durch den Spion auf meine Eltern, die synchron diabolisch zurücklächeln.

Ich habe ihnen so viel zu verdanken: All meine psychischen Störungen. Die beiden sind nicht ausschließlich gemein um des Gemeinseins willen. Sie sind eben Anhänger der albernen Pädagogik. Falls Sie sich für alberne Erziehung interessieren, liebe Leser: Ist ganz einfach. Sie müssen Ihr Kind nur mit Dingen konfrontieren, die Sie witzig finden. Die Erziehung wird so quasi zu einer lebenslangen Versteckte-Kamera-Sendung.

Einer der wesentlichen Grundpfeiler der albernen Erziehung ist die Taufe. Ein Taufspruch, so die Überzeugung meines Vaters, darf dem Kind im Leben nicht weiterhelfen. Erst wenn er zum Knüppel zwischen den Beinen wird, handelt es sich um einen guten Sinnspruch. Schließlich, so eine der Hauptthesen meines Vaters in seinem Hauptwerk *Alberne Erziehung – Plage, Geißel, Pest oder Cholera?*, müsse ein Kind frühzeitig lernen, sich in den Dreck zu reiten. Dementsprechend heißt es in meinem Taufbuch: »Und ob du schon wandeltest im finsteren Tal, da gehörste auch hin, es bereite dir Qual.« Damit setzte er sich knapp gegen meine Mutter durch, die als Taufspruch »Wenn du glaubst, es geht nicht mehr, beende den Geschlechtsverkehr« vorschlug.

Ansonsten gilt die Faustregel: In der Erziehung ist alles erlaubt, solange es mindestens ein Elternteil witzig findet. Klassiker sind u. a.:

– Dem Kind statt eines Stofftiers einen noch zuckenden Barsch in die Wiege legen.

– Dem Kind die Farblehre falsch beibringen (Rot als Grün, Grün als Braun und Lila als irgendwie anders definieren. Übrigens dachten sogar meine Lehrer lange Zeit, ich sei farbenblind, bis ein Amtsarzt herausfand, dass mein Vater mir die Farben nur falsch beigebracht hatte. Als ich den Mediziner fragte, wie er darauf gekommen sei, antwortete er, das verklemmte, gehässige Kichern meines Vaters während des Tests habe ihn verraten.)

Ich habe meinen Vater an meinem dreizehnten Geburtstag mit dem Vorwurf konfrontiert, dass er für meine seelischen Schäden verantwortlich sei. Er antwortete nur, ich solle mich nicht in Verschwörungsszenarien hineinsteigern. Ich sei einfach nur ein Vollgestörter. Mehr hörte ich ihn nicht sagen, denn da stürzte ich auch schon durch das Loch im Fußboden meines Kinderzimmers, das er raffiniert mit einem Teppich verdeckt hatte.

Manchmal sage ich mir: Dafür, dass ich albern erzogen worden bin, ist aus mir doch noch etwas Imposantes geworden. Dann schweige ich kurz, bevor ich lospruste und überlege, wie ich auf so einen Unsinn komme.

Diesmal weckt mich meine Mutter aus meinen Tagträumen. »Na, schön, du Hurensohn«, droht sie und blickt entschlossen in den Türspion. »Wenn du uns nicht reinlässt, tanzen wir so lange Tango, bis es dir zu bunt wird.« Dann schnappt sie sich ihre gleich schlechte Hälfte, und die beiden tanzen stumm durch den Hausflur. Ein abscheuliches Bild. Ihre fetten Bäuche pressen sich aneinander, bevor meine Mutter ächzend versucht, ihr von Krampfadern überzogenes Bein, das unter einem knielangen Cordrock hervorguckt, auf die Schulter meines Vaters zu hieven. Der Rock rutscht dabei so hoch, dass ich ihre Seniorenwindel unter der fleischfarbenen, transparenten Strumpfhose sehe. Dabei rufen die beiden immer wieder mit spanischem Lispel-Akzent »Wir sind die Eltern von Jan-Uwe Fitz. Wir sind die Eltern von Jan-Uwe Fitz.« Meine Mutter weiß eben, wie sie meinen Widerstand bricht und ihren Willen durchsetzt: indem sie auf mein ausgeprägtes Schamgefühl setzt. Dass ich gar nicht anders kann, als die Tür zu öffnen, um meine Eltern in die Wohnung zu lassen, weil ich mich vor den Nachbarn schäme. Ich öffne die Tür.

Die Abscheulichen Zwei beenden ihren »Tango«, lassen voneinander ab und gehen gut gelaunt an mir vorbei in die Wohnung. Ich schließe wieder die Tür. Allerdings von außen. Dann gehe ich zum Fahrstuhl, fahre ins Erdgeschoss und verlasse das Haus.

Als ich aus dem Treppenhaus ins Freie trete, höre ich die Stimme meiner Mutter aus dem Fenster meiner Wohnung im 7. Stock: »Jan-Uwe, zieh dir die Jacke aus. Damit du dich erkältest!« Das Echo ihrer Worte hallt durch den Hof. Dann höre ich, wie sie mit meinem Vater feixt.

»Weißt du, Mutter, dass ich so geworden bin, ist auch deine Schuld. Du warst nie für mich da«, rufe ich zu ihr hoch.

»Ach ja?«, grölt sie zurück. »Wegen wem lag ich denn ständig besoffen in der Ecke?«

Wäre ich in der Lage, noch etwas zu empfinden, wäre ich jetzt wahrscheinlich verletzt.

16

Von Beruf bin ich übrigens Tfavmg. Das ist die Abkürzung von *Trainer für adäquates Verhalten mir gegenüber*. Ein harter Job. Viele Menschen benehmen sich in meiner Gegenwart völlig daneben. Dann greife ich ein und stelle das ab. Wofür ich mich von ihnen bezahlen lasse. Die Zahlungsmoral ist allerdings mies.

Mein Job ist es, Menschen noch während eines Gesprächs mit mir umzuerziehen. Damit sie sich so benehmen, dass ich sie problemlos ertrage. Das ist nicht leicht, denn meine Anforderungen sind sehr hoch.

Ich schule nur Personen, die sich mit ihrem Fehlverhalten noch in den Grenzen des Strafgesetzbuchs bewegen. Ich würde mir nie anmaßen, die Arbeit der Polizei zu tun. Das Gewaltmonopol des Staates ist mir heilig. Beobachte ich beispielsweise einen Einbrecher, der in meine Wohnung eindringt, oder einen Dieb, der meine Brieftasche stiehlt, oder gar einen Mörder, der mit der Axt in der Hand auf mich zuläuft, halte ich mich zurück. Nicht aus Feigheit, sondern weil ich dem Staat vertraue. Ich kenne meine Grenzen. Ich schreite nur ein, wenn die Polizei nicht einschreiten darf. Spezialisiert bin ich auf eine der unerträglichsten Verhaltensweisen der Menschen überhaupt: das künstliche Lachen.

Auch wenn das künstliche Lachen eines Menschen ein Zeichen von Unsicherheit ist: Ich muss meinem Gegenüber doch nicht jedes Gegrunze durchgehen lassen. Und glauben Sie mir: Ich bin gut in meinem Job. Wenn ich mit meinem Kunden fertig bin, wird er mich nie wieder mit einem künstlichen Lachen quälen, das Bäume entlaubt und Vögel entfiedert.

Das künstliche Lachen ist ein weites Feld. Ich habe mich deshalb innerhalb der Spezialisierung spezialisiert. Auf den Bereich *Lachen nach einem eigenen Witz*.

Am Rande: Die Königsdisziplin der Lachoptimierung ist übrigens die Arbeit am ungewollten, am vom Herzen kommenden Lachen. Dafür gibt es weltweit nur wenige Experten. Ich habe davon bisher die Finger gelassen. Beim Versuch, jemandem ein bestimmtes echtes Lachen abzugewöhnen, steht man mit einem Bein im Gefängnis. Deshalb nur ein paar Bemerkungen zu diesem Thema.

Die am weitesten verbreitete Methode, unangenehmes natürliches Lachen zu eliminieren, stellen die sogenannten Lachumerziehungslager dar. Doch die Therapien sind noch nicht ausgereift und umstritten. Die Zahl der Personen, die nach dem Aufenthalt in Lachlagern überhaupt nicht mehr lachen, übertrifft die Zahl derer, die anders lachen, bei weitem. Hinzu kommt: Anders zu lachen heißt nicht zwangsläufig, schöner zu lachen. Besonders wenn man zur Lachumerziehung Maßnahmen wie Waterboarding oder Elektroschocks auf sich nehmen musste. Die Erfahrung lehrt: In Gesellschaft haben es die Umerzogenen danach nicht automatisch leichter als zuvor.

Doch zurück zu meinem Spezialgebiet: dem künstlichen Lachen nach einem eigenen Witz. Immer wieder werde ich gefragt, warum ich mir diesen Beruf aufhalse. Schließlich habe ich selbst von dem neuen künstlichen Lachen meines Gesprächspartners deutlich weniger als alle nachfolgenden Personen, die von meinen Anstrengungen profitieren. Aber vergessen wir eines nicht, liebe Leser: Wir haben unsere Gesprächspartner nur vom nächsten Menschen, der auf sie trifft, geliehen. Hinterlassen Sie Ihren Gesprächspartner so, wie Sie selbst ihn anzutreffen wünschen.

Natürlich wissen viele Menschen nicht, dass ihr Gegenüber noch vor kurzem unerträglich künstlich gelacht hat und dass sein angenehmes Lachen nicht nur neu, sondern auch mein Verdienst ist. Aber ich bin uneitel, mir reicht die Gewissheit, dass es irgendwo da draußen Menschen gibt, die sich nicht von einem gegrunzten Lachen verstören lassen müssen.

Manchmal bitte ich meine Kunden, bevor ich sie wieder in die Welt entlasse, einfach am Anfang zukünftiger Gespräche kurz auf mich als den Lachwandler hinzuweisen. Einfach kurz vorauszuschicken: »Ich lache heute sehr viel angenehmer als früher. Dank Herrn Fitz. Wenn Sie mein Lachen angenehm finden, spenden Sie einfach zehn Euro an Jan-Uwe Fitz.« Alternativ überlege ich, meinen Kunden ein Brandzeichen à la *Fitz inside* auf die Stirn zu rammen.

Ich persönlich ergreife mittlerweile schon Maßnahmen, bevor mein Gegenüber das erste Mal gelacht hat. Denn in der Regel lässt sich bereits beim Anblick einer Person erkennen, ob das künstliche Lachen erträglich oder unerträglich sein wird. Wenn ich einen Raum betrete, scanne ich erst einmal alle Personen danach ab, wer potenziell nach einem gefährlichen Lacher aussieht. Falls ich unsicher bin, mache ich den unbestechlichen Sympathietest. Ich stelle mir die Frage: »Wirkt der Typ da hinten wie ein Arschloch?« Beantworte ich mir die Frage mit »O ja!«, dann gehe ich davon aus, dass sein Lachen abscheulich sein wird.

Faustregel: Arschloch = Scheiß-Lachen. Aber es gilt auch der Umkehrschluss: Scheiß-Lachen = Arschloch.

Also: keine Sekunde warten. Noch vor dem ersten Lacher eingreifen. Ich gehe auf den Kunden zu, und es entspinnt sich folgender Dialog:

ICH: »Guten Tag, Sie sehen aus, als hätten Sie ein schreck-
liches Lachen.«

KUNDE: »Und Sie sehen aus, als hätten Sie gleich ein blaues Auge.«

ICH: »Wie kann man aussehen, als hätte man gleich ein
blaues Auge? Entweder man hat eins oder nicht. Hähä-
hähähägrunzgrunz.«

KUNDE: »Ihr künstliches Lachen klingt viel furchtbarer als
meins. Und Sie wollen mir etwas über angenehmes
künstliches Lachen erzählen?«

ICH: »Quatsch, mein Lachen ist nicht furchtbar. Mein Lachen ist wunderschön. Allerdings habe ich gerade nicht
gelacht, sondern geniest.«

KUNDE: »Sie niesen, nachdem Sie einen Witz gemacht haben? Was machen Sie denn, wenn Sie Schnupfen haben?«

ICH: »Mit dem Popo wackeln.«

KUNDE: »Das heißt, wenn Sie mit dem Popo wackeln, muss ich Ihnen Gesundheit wünschen?«

ICH: »Sie können es auch höflich übersehen.«

KUNDE: »Würden Sie mir denn glauben, dass ich übersehe, wie Sie mit dem Popo wackeln?«

ICH: »Nein.«

KUNDE: »Hatschi.«

ICH: »Na, dann will ich mal weiterlesen.«

KUNDE: »Sie wünschen mir nicht Gesundheit?«

ICH: »Sie haben nicht wirklich geniest. Sie haben nur so getan, um mich zu irritieren.«

KUNDE: »Habe ich doch! Mein Niesen klingt nur recht künstlich. Wollen Sie mir daraus einen Strick drehen?«

ICH: »Ach so! Wie mein Husten.«

KUNDE: »Wieso? Wie husten Sie denn?«

ICH: (nach der Melodie von »Macho Man«) »Hüstel, Hüstel Man.«

KUNDE: »Oha.«

ICH: »Wundern Sie sich nur. Sie haben mich noch nicht husten gehört, nachdem ich mich verschluckt habe.«

KUNDE: »Klingt das anders?«

ICH: »Und ob. (nach der Melodie von »Mendocino«) Mendohüstel. Mendohüstel.«

KUNDE: »Ha! Das ist noch gar nichts gegen meine Art, ›D‹ zu sagen.«

ICH: »Dann sagen Sie doch mal ›D‹.«

KUNDE: »R.«

ICH: »Gesundheit.«

KUNDE: »Klaus.«

ICH: »Gartenschere.«

Jetzt aber genug der Theorie. Sie fragen sich bestimmt: »Kann ich eigentlich selbst auch das Lachen eines anderen korrigieren?« Die Antwort lautet: Ja! Auch Sie können das. Künstliches Lachen ist veränderbar. Schon mit wenig Aufwand lassen sich beeindruckende Ergebnisse erzielen. Dazu ein Fall aus der Praxis:

Ich sitze im Zug, mir gegenüber ein Businesskasper. Der erzählt:

»... und dann sage ich zu dem Typen: Kann ja mal passieren. HahahaGrunzGrunzHahahah.«

ICH: »Oha. Habe ich da gerade ein Grunzen in Ihrem Lachen gehört?«

BUSINESSKASPER: »Was?«

ICH: »Haben Sie gerade beim Lachen gegrunzt?«

BUSINESSKASPER: »Hab ich beim Lachen was?«

ICH: »Sie haben laut gegrunzt. Das möchte ich nie wieder hören, junger Mann.«

BUSINESSKASPER: »Dann halten Sie sich eben die Ohren zu. HahahaGrunzGrunzHahahah.«

ICH: »Da! Da war es wieder. Sagen Sie: Planen Sie noch weitere Witze mit einem Eigenlachen am Ende?«

BUSINESSKASPER: »Was?«

ICH: »Planen Sie noch mehr Witze, die Sie mit Ihrem eigenen Lachen als Scherz kennzeichnen?«

BUSINESSKASPER: »K-keine Ahnung.«

ICH: »In diesem Fall würde ich nämlich sagen: Wir müssen etwas unternehmen. Ich kann Ihr Lachen verändern. Das kostet Sie aber eine Kleinigkeit.«

BUSINESSKASPER: »Ich glaube nicht, dass ich mein Lachen verändern will.«

ICH: »Wollen Sie nicht, dass ich Sie liebhabe?«

BUSINESSKASPER: »Hm?«

ICH: »Wollen Sie, dass ich überall herumerzähle, dass ich im Zug einen totalen Vollidioten kennengelernt habe? Mit dem schrecklichsten Lachen aller Zeiten? Und dass ich damit Sie meine?«

BUSINESSKASPER: »Oh, nein, lieber nicht.«

ICH: »Dann gibt es nur eine Möglichkeit: Ich muss Sie umerziehen. Zu diesem Zweck werde ich Ihnen, sobald Sie lachen, eine reinsemmeln.«

BUSINESSKASPER: »Oha.«

ICH: »Eine andere Möglichkeit sehe ich nicht.«

BUSINESSKASPER: »Oha.«

ICH: »Ja, oha. Ich erkläre Ihnen noch kurz den psychologischen Effekt dahinter. Indem ich Ihr Lachen direkt mit einer Strafe versehe, werden Sie es über kurz oder lang umstellen. Sobald Sie zum ersten Mal anders gelacht haben, bekommen Sie zur Belohnung eine Salzstange von mir. Sehr lecker. Ihr Unterbewusstsein lernt: ›Oh, das neue Lachen wird belohnt.‹ Und so stellen Sie sich nach und nach um.«

BUSINESSKASPER: »Klingt gut.«

ICH: »Na, dann. Erzählen Sie.«

BUSINESSKASPER: »Äh ...«

ICH: »Ja?«

BUSINESSKASPER: »Ich bin jetzt ein bisschen gehemmt. HahahahGrunzGrunz.«

(Ein Schlag.)

BUSINESSKASPER: »Aua.«

ICH: »Und? Spüren Sie schon eine Veränderung?«

BUSINESSKASPER: »Weiß nicht, dafür müsste ich noch einen Scherz machen und dann vergleichen. Aber mir ist das Scherzen gerade vergangen.«

ICH: »Na, toll, jetzt, wo es drauf ankommt … So wird das nie etwas mit einem angenehmeren Lachen. Sie müssen schon mitmachen.«

BUSINESSKASPER: »Vielleicht sollte ich zum Lachen erst mal in den Keller gehen. Und üben.«

(Ein Schlag.)

BUSINESSKASPER: »Au! Aber ich habe doch gar nicht gelacht.«

ICH: »Sie wollten aber. Das hat mir Ihr mieser Scherz verraten.«

BUSINESSKASPER: »Ich dachte, Sie wollten mich für mein Lachen bestrafen.«

ICH: »Ich dachte, es wäre besser, Sie schon für den schlechten Witz an sich zu bestrafen. Präventiv.«

BUSINESSKASPER: »Ach so.«

ICH: »Und? Würden Sie noch einmal so einen schlechten Witz machen?«

BUSINESSKASPER: »Ich würde es mir zumindest zweimal überlegen.«

ICH: »Dann haben Sie schon Fortschritte gemacht. Die erste Rate meines Honorars wird fällig.«

Meine Tätigkeit mag aufregend und sexy klingen – dennoch ist Tfavmg ein vom Aussterben wie vom Niegeborenwerden gefährdeter Beruf. Ich bin nicht nur der Einzige, der unter dieser Berufsbezeichnung sein Tagewerk verrichtet, sondern habe außerdem damit noch nie einen müden Cent verdient. Im Moment sieht es fast so aus, als verschwände mit mir auch der schöne Beruf von der Erdoberfläche. Ich finde einfach keinen Auszubildenden, den ich in dieses wunderbare Handwerk einweisen könnte. Denn

1. suche ich keinen Auszubildenden, und
2. ist die Lage auf dem Ausbildungsmarkt allgemein verheerend. Junge Leute haben von nichts mehr eine Ahnung heutzutage. Sie wissen noch nicht einmal, dass es meinen Beruf überhaupt gibt. Da mache ich ganz klar den Schulen einen Vorwurf. Was lernen Schüler denn heutzutage noch? Kein Wunder, dass sich potenzielle Kandidaten denken: »Pöh, warum soll ich mich für eine Ausbildung interessieren, wenn ich gar nicht weiß, dass es den Job überhaupt gibt? Hartze ich doch lieber.

Einmal war ich kurz davor, einen Auszubildenden einzustellen. Hier der Briefwechsel:

Sehr geehrter Herr Fitz,
hiermit bewerbe ich mich bei Ihnen für eine Ausbildung zum Lachoptimierer, Spezialbereich »Lachen nach dem eigenen Witz«. Meine Referenzen: Mir geht Lachen prinzipiell auf die Nüsse und ich habe jedes Mal konkrete Vorstellungen, was mein Gegenüber anders machen müsste, damit es mir gefällt.
Mit vielen Grüßen
Justus Kasloppkowitsch-Fritzenkötter

*

Sehr geehrter Herr Dings,
vielen Dank für Ihr Interesse an einer Ausbildung zum
Lachoptimierer. Gern würde ich Sie ausbilden; allerdings
plane ich, mir innerhalb der nächsten zwei Jahre das Leben zu nehmen. Falls Sie das nicht stört, kommen Sie
doch am 1.8. bei mir vorbei, und wir machen erst einmal
Liebe bis in die Morgenstunden.
Mit freundlichen Grüßen
Jan-Uwe Fitz

*

Sehr geehrter Herr Fitz,
hiermit widerrufe ich meine Bewerbung vom 5.5.10.
Mit freundlichen Grüßen
Justus Kasloppkowitsch-Fritzenkötter

*

Sehr geehrter Herr Kasloppkowitsch-Fritzenkötter,
zu spät. Hihi. Ich erwarte Sie zum Tête-à-tête.
Mit freundlichen Grüßen
Jan-Uwe Fitz

*

Sehr geehrter Herr Fitz,
so eine Scheiße.
Mit freundlichen Grüßen
Jan-Uwe Fitz

Der Junge ließ sich nie blicken. Ungeheuerlich. Für mich ist der gestorben. Wenn der noch mal nach einem Job fragt, jage ich ihn dorthin, wo der Pfeffer wächst: zum Teufel.

13

Natürlich habe ich versucht, meine Probleme in den Griff zu bekommen. Aber finden Sie heutzutage mal den richtigen Therapeuten. Bis Sie den gefunden haben, laufen Sie schon mit nichts als einer Signalweste bekleidet auf der Autobahn herum. Aber was soll man machen? Es hilft nur suchen, suchen, suchen. Einmal dachte ich bereits, ich sei fündig geworden. Es war eine Frau. Ihre Stimme war eine Mischung aus Joe Cocker und Heidi Klum, und sie hatte dicke Oberarme, die von ihrem Kittel gut zur Geltung gebracht wurden.

»Guten Tag, was kann ich für Sie tun?«

»Ich leide unter Menschenangst. Können Sie mir helfen?«

»Nein, ich bin Metzgerin.«

»Was machen Sie dann hier?«

»Das wollte ich gerade Sie fragen.«

»Dann fragen Sie mich doch.«

»Was machen Sie hier?«

»Ich möchte meine Menschenangst in den Griff bekommen.«

»Das ist genau der springende Punkt. Das wird Ihnen in der Metzgerei nicht gelingen.«

»Nicht?«

»Nein. Ich habe keinerlei psychologische Erfahrung. Aber ich kann ein halbes Schwein tragen.«

»Braucht man für das Studium der Metzgerei keine psychologischen Kenntnisse?«

»Ich kann Schweine auch töten. Mit meinen Händen. Da sind psychologische Kenntnisse nicht gefragt. Ich muss das Schwein ja nicht überreden.«

»Sie können mir also nicht helfen?«

»Nur wenn Sie Aufschnitt haben möchten.«

»Hm.«

»Oder Käse. Käse haben wir auch. Dann müssen wir aber gemeinsam zur Käsetheke gehen.«

»O je. Müssen wir auf dem Weg dorthin Smalltalk machen?«

»Nein, sind nur drei Meter. Sehen Sie da drüben? Das ist die Käsetheke.«

»Ach, das ist ja recht nah. Dann bin ich beruhigt. Als Menschenängstling spreche ich nicht so gern mit Leuten. Fühle mich immer so unterlegen.«

»Sie fühlen sich mir unterlegen?«

»Nein, bei Ihnen geht's.«

»Also, was darf's sein?«

»Auf jeden Fall keine Wurst.«

»Käse?«

»Nein, Sie?«

»Ich würde ein paar Gramm nehmen.«

»Soll ich Ihnen die verkaufen?«

»Nein, das wäre eine irritierende Umkehrung unserer Rollen, und kein Leser könnte mehr folgen. Weil der Autor gerade auf die Zuordnung der wörtlichen Rede verzichtet.«

»Hm, und was mache ich nun mit meiner Menschenangst?«

»Vielleicht kann ich Ihnen helfen, wenn Sie mit Kon-

frontationstherapie einverstanden sind. Das könnte ich hin-
kriegen. Und lustig klingen tut es auch.«

»Ja, machen Sie mal.«

»Drehen Sie sich mal um.«

»OK. Oh, da sind aber viele Menschen.«

»Ja, die warten alle darauf, dass Sie fertig werden und
sie dann an die Reihe kommen.«

»Dann nehmen Sie doch erst mal ein paar von denen
dran. Ich kann gern noch zehn Minuten länger menschen-
ängstlich bleiben.«

»Sie könnten sich schon einmal mit einem Menschen
befassen. So konfrontationstherapiemäßig. Schnüffeln Sie
doch mal den alten Herrn da drüben ab.«

Der Herr ruft: »Wagen Sie es nicht, mich abzuschnüf-
feln, sonst rappelt's im Karton.«

»Die Menschen machen mich schon ein bisschen nervös. Und es wird immer enger.«

»Ja, weil immer mehr Kunden kommen und Sie den
Verkehr aufhalten.«

»O je, und das, obwohl ich nicht mal Wurst will.«

»Käse?«

»Nein. Ich habe übrigens schon einmal Konfrontationstherapie gemacht.«

»Und?«

»War ganz schön. Habe den Therapeuten über meine
wahren Probleme belogen. Habe ihm erzählt, ich hätte
Flugangst statt Menschenangst.«

»Und?«

»Ich hatte einen netten Flug nach Mallorca, auf Kosten
der Krankenkasse.«

»Wurde Ihr Therapeut nicht skeptisch?«

»Doch, er meinte, für eine Konfrontationstherapie in Sachen Fliegen sei ich zu freudig erregt. Ich habe beim Start und bei der Landung immer ›Huiiiiiiiiii‹ gerufen. Sagen Sie, sind die Menschen hinter mir schon weg?«

»Nee, noch nicht.«

»Es dauert bestimmt nicht mehr lange, und es kommt zu Tumulten.«

»Die werden sich dann aber gegen Sie richten. Sie halten ja den Verkehr auf.«

»Ich könnte mir vorstellen, dass der Mob in dem Chaos Ihre Wurstauslage plündert.«

»Soll er. Wir sind gegen Wurstverlust versichert.«

»Ach, wissen Sie, eigentlich suche ich doch nur jemanden, mit dem ich reden kann. Oft reicht schon eine Gesprächstherapie. Vielleicht hilft es mir, wenn ich Ihnen erzähle, dass ich unter Menschenangst leide.«

»Haben Sie ja schon. Hat aber nicht geholfen, oder?«

»Nein. Aber ich könnte es noch einmal probieren.«

»Muss es mich interessieren, damit es Ihnen hilft?«

»Ich glaube nicht. Mich interessiert ja auch nicht, dass Sie Wurst verkaufen, und am Ende habe ich trotzdem die Wurst.«

»Wir verkaufen ja keine Wurst, wir verleihen sie nur.«

»Ach, echt? Sie sind ein Wurstverleih?«

»Wissen Sie, ich hätte lieber einen anderen Beruf. Sie ahnen ja nicht, mit was für Typen man es in so einer Metzgerei zu tun hat.«

»Mit was für welchen denn?«

»Hier, sehen Sie mal. Habe ich heimlich aufgezeichnet.«

Sie zeigt mir das Display ihres Handys, und ein Film läuft ab.

Eine alte Frau sagt: »Guten Tag. Ich hätte gern 200 Gramm Hack.«

Der Metzger antwortet: »Ihr Pferd dürfen Sie aber nicht mit reinbringen.«

»Das ist kein Pferd, das ist ein Gnu.«

»Egal, das darf hier auch nicht rein.«

»Draußen steht aber nur, dass Hunde nicht rein dürfen.«

»Das schließt Gnus und Pferde mit ein.«

»Und Iltisse?«

»Die dürfen rein.«

»Ist das nicht ein bisschen willkürlich?«

»Ein bisschen? Das ist total willkürlich. Aber ich mache die Gesetze nicht.«

»Ich bin nicht bereit, mein Gnu draußen zu lassen. Das wird mir doch geklaut.«

»Wer klaut denn schon ein Gnu?«

»Entschuldigen Sie, ich habe gerade nicht zugehört, was sagten Sie?«

»Entschuldigen Sie, ich habe gerade nicht zugehört, was sagten Sie? Ich würde jedenfalls sagen, wir einigen uns nicht. Rufen wir die Polizei.«

»Wie bitte? Ich habe gerade nicht zugehört.«

»Wie bitte? Ich habe gerade nicht zugehört.«

14

Nicht dass mich die Geschichten der Metzgerin nicht interessiert hätten, aber ich habe die Metzgerei gewechselt, in der Hoffnung, auf einen Psychiater zu treffen. Nach fünf gescheiterten Versuchen habe ich die gelben Seiten aufgeschlagen und einfach einen Therapeuten herausgesucht. Bei diesem Herrn war ich dann einige Zeit in Behandlung.

15

»Sie haben recht«, unterbricht mein Therapeut unser dreißigminütiges Schweigen, »das ist wirklich eine blöde Sache.« Der Satz ist befreiend, und zwar nicht so sehr wegen seines therapeutischen Nutzens. Die letzte halbe Stunde hatte ich schließlich doch ziemlich verkrampft auf meinem Stuhl in seiner Praxis gesessen, trotz meines Versuchs, seinem Rat (»Sie müssen lernen, auch Schweigen auszuhalten«) so entspannt wie möglich nachzukommen. Stille zu ertragen ist normalerweise nicht mein Problem, ich kann problemlos zwei Stunden in Gesellschaft aushalten, ohne dass auch nur ein einziges Wort gesprochen wird, das lernt man sehr schnell, wenn man Menschenangst hat, sich aber aus Pflichtgefühl und Höflichkeit noch nicht komplett von allen Menschen zurückgezogen hat. Aber dreißig Minuten sind einfach eine verdammt lange Zeit, wenn Sie für eine Therapiestunde à fünfzig Minuten richtig viel Geld bezahlen.

Ich jedenfalls werde in diesen Minuten der Stille schnell unruhig, rutsche unbehaglich auf meinem Stuhl hin und her, weil mich der Gedanke »Puh, so ein Schweigen muss man sich aber auch erst leisten können« komplett gefangen nimmt. Hinzu kommt: Ich kann unglaublich gut Gesichter lesen. Und im Gesicht meines Psychotherapeuten steht während unserer Schweigephasen immer: »Hihi, Rumsitzen und Schweigen ist echt leicht verdientes Geld. Hihi.« Auf meinen Gegenvorschlag, er könne doch auch mal lernen, unbezahlte Stunden auszuhalten, ist er damals nicht großartig eingegangen. Er hat mich nur kurz mit einem Blick wissen lassen, dass er mich auch an eine Elektroschockanlage anschließen könne, wenn ich weiter mit solchen Vorschlägen käme. Damit habe man in der Vergangenheit bei Typen wie mir unglaubliche Erfolge erzielt, und ihm sei das sowieso lieber, da sich sein Gerät noch finanziell amortisieren müsse. (Ich kann unheimlich viel aus Gesichtern herauslesen.) Von Zeit zu Zeit frage ich mich, ob mein Therapeut seinen Beruf überhaupt beherrscht. Ich kann das natürlich nicht beurteilen, ich bin medizinischer Laie, und nur weil ich in den zehn Jahren meiner Behandlung keinerlei Fortschritte gemacht habe, sondern im Gegenteil sogar noch mehr Ängste hinzugekommen sind, gibt mir das nicht das Recht, voreilige Schlüsse zu ziehen. Natürlich habe ich immer wieder mit dem Gedanken gespielt, den Therapeuten zu wechseln. Und sei es nur, um einen Vergleich zu haben. Doch das Risiko wäre mir zu groß. Was, wenn mein Therapeut zufällig sieht, wie ich gerade die Praxis eines anderen Arztes betrete? Für den bricht doch eine Welt zusammen. Und wenn ich dann reumütig zurückkehre, weil der andere Arzt vielleicht doch nicht das Gelbe vom Ei war, denkt er sich: »Klar, jetzt kommt er wieder angeschissen. War wohl nichts mit dem anderen, was?« Dann habe ich meinem Therapeuten nicht nur unrecht getan, was an und für sich schlimm genug ist, sondern ihn auch noch gegen mich aufgebracht. Der behandelt mich doch dann bestimmt mit Absicht falsch. Aus Rache. Und das völlig zu Recht. Würde ich genauso machen. Bestimmt ist mein Arzt ein Top-Therapeut, nur erkenne ich das eben nicht. Also immer tapfer weiter.

Ich traue mich noch nicht einmal, vorsichtig nachzufragen, ob es denn normal sei, dass ich nun seit zehn Jahren wegen meiner Menschenangst bei ihm in Behandlung bin, mittlerweile aber zusätzlich noch unter Höhenangst, Spinnenangst und Therapeutenangst leide. Ich sage Ihnen, die Therapeutenangst ist das Schlimmste. Wir versuchen sie per Konfrontationstherapie anzugehen. Mein Therapeut hat mir vorgeschlagen, zwei Wochen lang mit ihm ans Meer zu reisen, um meine Therapeutenangst zu bekämpfen. Natürlich auf meine Kosten. Seine Familie hat er auch mitgenommen, mich aber, kaum waren wir am Urlaubsort, drei Orte weitergeschickt, damit ich in einem ruhigen Hotelzimmer erst einmal ein paar theoretische Übungen mache. Die dauerten zwei Wochen, und als ich fertig war und das Hotel meines Therapeuten aufsuchte, war der schon wieder abgereist. Meine Therapeutenangst hat sich dank dieser speziellen Form der Konfrontationstherapie nicht wirklich gebessert. Jedenfalls meiner Meinung nach. Mein Therapeut meint aber, doch, ich hätte eindeutige Fortschritte gemacht. Das würde ich in unserem nächsten gemeinsamen Urlaub schon bemerken. Ich glaube ihm das einfach mal. Was bleibt mir übrig? Ich bin ein Laie. Ich gebe mir die Antworten lieber selbst: »Klar ist das normal. Man weiß doch, dass es erst eine Zeitlang schlechter werden muss, bevor es bergauf geht.« Damit gebe ich mich dann zufrieden.

23

Es ist dennoch seltsam, wie viele und vor allem welche Krankheiten im Laufe meiner Therapie hinzugekommen sind. Es gibt diese Momente, in denen ich mich frage: »Ist mein Therapeut überhaupt Therapeut? Oder ist er ein Hochstapler?« Vielleicht fragt er sich ja Ähnliches: »Ist mein Patient überhaupt Patient? Oder ist er am Ende nur ein Hypochonder? Hat er wirklich Angst vor Menschen oder die nicht eher vor ihm? Na ja, mir soll's egal sein, solange er seine Rechnungen bezahlt.«

Mir wiederum könnte es nur egal sein, solange er seine Rechnungen nicht schreibt. Tut er aber. Verdächtig: Der Mann hat keinen Doktortitel. Jedenfalls steht keiner auf seinem Schild. Ich habe mir leichtsinnigerweise auch nie einen Ausweis oder so etwas von ihm zeigen lassen oder ein Diplom oder was auch immer diese Leute brauchen, um sich Therapeut nennen zu dürfen. Schon danach zu fragen scheint mir ein ungeheuerlicher Vertrauensbruch. Es würde die angenehme Basis zerstören, die in den letzten zehn Jahren das Fundament unserer Zusammenarbeit gebildet hat.

Wann immer mir mein Therapeut mit Elektroschocks droht, vibriert mein Kopf ohne mein Zutun. Was übersetzt »Nein« heißt. Mittlerweile verfüge ich über eine fast unermessliche Bandbreite an körperlichen Ausdrucksweisen für »Nein«. Bei der letzten Körpersprachenzählung kam ich auf fünfundzwanzig. Eine beeindruckende Zahl, aber kein Therapieerfolg. Dem Ziel meiner Therapie (den Umgang mit Menschen zu erlernen, statt ihnen immer nur aus dem Weg zu gehen), habe ich mich noch nicht genähert. Ein schöner Erfolg wäre es schon, auf eine einzige Art und Weise ganz bewusst Nein zu sagen, statt auf fünfundzwanzig verschiedene Arten unbewusst. Einmal verneinen, ganz klassisch, mit Zunge, Atem und Mund. Das Konzept, das sich hinter dem Wort »Nein« versteckt, ist mir bewusst, intellektuell habe ich es vollständig durchdrungen: Es verhindert, dass ich Dinge tun muss, die ich nicht tun möchte. Aber was soll ich machen, wenn mir diese vier Buchstaben nicht in den Sinn geschweige denn über die Lippen kommen, sobald ich einem Menschen gegenüberstehe? Wo ist das Wort »Nein«, wenn man es einmal braucht? Irgendwo in meinem Körper eingesperrt. Und nicht Nein sagen zu können ist teuer. Es gab Zeiten, da hatte ich sechshundertfünfundachtzig Versicherungen. Eine etwas komplizierte Faustregel heißt: Ja statt Nein bewirkt das Gegenteil. Eines Tages hat dann eben einfach mein Körper für meinen Mund Nein gesagt. Einsprungshandlung quasi. Aber andere so lange zu würgen, bis sie grün anlaufen, hat sich bis heute als Kommunikationsform in unserer Gesellschaft nicht bewährt. Vielleicht zu Unrecht. Den Friseur zu würgen ist zwar eine unmissverständliche Form, ihm mitzuteilen, dass mir meine Frisur nicht gefällt, aber eine gesellschaftlich noch unzureichend akzeptierte. Zu meiner Verteidigung: Ich habe meinem Friseur immerhin fast zwanzig Jahre lang meine Frisur durchgehen lassen und mich jedes Mal nach dem Schnitt künstlich begeistert, vielleicht eine Spur zu übertrieben. Auf die Frage »Und, gefällt's Ihnen?« habe ich mit Applaus, La Ola,

Konfetti, Hupkonzerten und Autokonvoi reagiert. Nur um ihn nicht zu verletzen. Irgendwann ging's halt nicht mehr. Manchmal habe ich das Gefühl, mein Therapeut genießt mein Schweigen. Ich kann mir nicht helfen, aber wenn ich ihm eine Frage stelle, wirkt seine Reaktion auf mich wie Zeitschinden, zum Beispiel wenn er antwortet: »Lassen Sie uns gemeinsam darüber nachdenken.« Oder er wirft sich auf den Boden und wälzt sich vor Schmerzen wie ein argentinischer Fußballspieler nach einer Windböe. Anschließend vergehen dreißig Minuten. Untermalt von €-Zeichen in seinen Augen. Unter uns: Ich bewundere den Kerl ein bisschen für seine Coolness. Er hat immer die passende Antwort, reagiert auf alles gelassen. Er ist mein Vorbild. Wenn ich mal gesund bin, möchte ich so werden wie er. Wie er mir in jeder Therapiestunde meine Grenzen aufzeigt – brillant. Nur nicht zielführend.

Heute zum Beispiel habe ich die Stunde mit meinem aktuellen Problem begonnen: »Ich leide unter übertriebenen romantischen Gefühlen. Ich verliebe mich in alle und jeden auf den ersten Blick. Allein heute Morgen auf dem Weg zu Ihnen wurde mir dreiundzwanzig Mal das Herz gebrochen, und ein kleiner Hund läuft nun anhänglich hinter mir her. Um mich vor meiner exzessiven Liebe auf den ersten Blick zu schützen, verlasse ich das Haus nur noch mit Augenklappen und Blindenstock.« Das ist doch ein Problem, um das sich so ein Therapeut kümmern müsste. Stattdessen haben wir wieder nur geschwiegen und nachgedacht. Fünf Minuten vor dem Ende kam dann wieder seine Standardformel: »Sie haben recht, das ist eine blöde Sache.« Dann schaute er auf die Uhr und sagte »Machen wir heute mal etwas früher Schluss, ich habe noch Wichtigeres zu tun.«

Im Ernst: Ich finde das eine geniale Lösung. Aber natürlich nur für ihn, nicht für mich. Er bemerkte wohl meinen skeptischen Blick, jedenfalls fragte er: »Wollen Sie lieber den Therapeuten wechseln?« Und ich antwortete tatsächlich: »Nein.«

Geht doch.

2. Teil

1

Hoffnung. Wenn man sie nicht verliert, wird sie einem genommen. Ich bin schon lange ohne und mache mir auch keine mehr. Habe ich mir abgewöhnt. Problemlos. Wie von selbst. Ich kann mich übrigens auch nicht mehr zu früh freuen. Dabei war das jahrelang die einzige Form der Freude, die ich empfunden habe. Hoffnung und Vorfreude wurden mir früh im Leben ausgetrieben. Von meinen Eltern.

Wenn sie unter dem Weihnachtsbaum die Geschenke auspackten – und ich ihnen mit großen Augen dabei zusah. Und mit leeren Händen. Obwohl sie mir in der Zeit vor Weihnachten immer wieder versprochen hatten: »Freu dich auf Weihnachten, da gibt es etwas Tolles.«

Stattdessen saß ich Heiligabend etwas verloren unter dem Weihnachtsbaum. Und wenn ich dann fragte: »Duhu, wo ist denn das Tolle, das ihr mir versprochen habt?«, antworteten Sie: »Wer hat denn gesagt, dass das Tolle für dich ist?« Dann zeigten sie mir freudig erregt ihr neues Auto in der Garage.

Wer so aufwächst, empfindet eben irgendwann keine Vorfreude mehr. Eine Zeitlang hatte ich noch Hoffnung, nämlich die, dass es eines Tages mal anders kommt. Doch bis zum heutigen Tag habe ich nicht ein einziges Weihnachtsgeschenk bekommen. Manchmal glaube ich, ich war kein Wunschkind.

Da ich nicht mehr hoffe, käme ich auch nie im Leben auf die Idee, der freie Platz an meinem Zweiertisch im ICE-

Speisewagen könnte auf Dauer unbesetzt bleiben – nur weil die Person, die bis eben dort saß, ihre Sachen gepackt und sich in die Schlange der Aussteigenden eingereiht hat. Jeder andere hätte vielleicht Hoffnung, gerade an Tagen wie heute, da der Zug nicht sonderlich voll ist. Ich hingegen finde mich mit dem Schlimmsten ab, kaum dass der Platz frei geworden ist. Nein, ich bin nicht pessimistisch. Ich bin nur unheimlich früh in der Lage, mich in mein Schicksal zu fügen.

Die Aussichten auf meinen neuen Tischgenossen deprimieren mich schon jetzt. Mindestens so stark wie der Hintern, der sich gerade links neben meiner Schulter befindet und zu einem anderen Menschen gehört, der gleich aussteigen wird und sich ebenfalls in die Schlange der Wartenden eingereiht hat. Ich hasse Hintern, die sich in direkter Nachbarschaft meines Kopfes befinden. Mein eigener Hintern ist mir schon zu nah.

Der Zug fährt in den Bahnhof ein, und die Reisenden verlassen im Gänsemarsch den Speisewagen. Ein schönes Bild: Menschen, die sich entfernen. Am liebsten würde ich ihnen hinterherrufen: »Und kommt ja nie wieder, ihr Hurensöhne!« Aber warum sollte ich übermütig werden? Den Gehenden werden Kommende folgen, und einer davon wird an meinem Tisch Platz nehmen. Mir gegenüber. Frontal. Und ich werde die Innendesigner der Bahn verfluchen. Im Ernst: Wenn ich den erwische, der sich das Gegenübersitzen im öffentlichen Raum ausgedacht hat. Fremde Menschen mit dem Gesicht zueinander platzieren, wie krank muss man sein?

Im Speisewagen sitzen jetzt außer mir noch zwei Herren in adretten Anzügen. Sie essen und unterhalten sich leise an dem Vierertisch neben mir, auf der anderen Seite des Mittelgangs. Die anderen Tische sind nicht besetzt. Viel Platz, könnte man meinen, und wüsste ich es nicht besser, würde ich vielleicht tatsächlich denken: »So voll ist der Zug heute gar nicht. Vielleicht habe ich wirklich für den Rest der Fahrt meine Ruhe.« Aber leider bin ich immun dagegen, unbehelligt zu bleiben.

»Meine Damen und Herren, bitte beachten Sie: Soeben ist Ihr persönlicher Albtraum zugestiegen und wird sich in wenigen Augenblicken an Ihren Tisch setzen. Wir wünschen eine gute Fahrt!«, höre ich meine schadenfrohe innere Stimme sagen, bevor sie vor Lachen feucht in mich hineinprustet. Und sie hat recht: Ein älterer Herr in grünem Trenchcoat und mit einem roten Hut auf dem Kopf betritt den Speisewagen. Seine Augen wandern nervös durch den Raum, offenbar auf der Suche nach einem freien Sitzplatz.

»Für welchen der vielen freien Plätze er sich wohl entscheiden wird?«, fragt meine innere Stimme scheinheilig. Denn die Sache ist glasklar: Der neue Fahrgast wird bei mir Platz nehmen. Da steuert er auch schon geradewegs meinen Tisch an, die freien Plätze rechts und links lässt er achtlos liegen. Es muss genau dieser Platz an meinem Tisch sein. Ich tauche sofort in mein Buch ab, senke meinen Kopf so weit, dass mein Kinn hart gegen mein Brustbein drückt. Meine Pupillen aber habe ich so weit es geht nach oben gerollt, sodass ich unter der Deckung meiner verwuschelten Augenbrauen hindurch den Reisenden beobachten kann. Er kommt näher und bleibt unmittelbar vor meinem

Tisch stehen. Noch immer schaue ich nicht auf, als sei ich ganz in mein Buch vertieft und hätte den Eindringling tatsächlich nicht bemerkt.

»Sie brauchen gar nicht so bescheuert nach unten gucken. Ich weiß genau, dass Sie mich beobachten.«

Mit einem dumpfen Schlag lässt er sich auf der Bank nieder. Das klang jetzt aber nicht wie das erwartete »Ist hier noch frei?« Ich blicke auf und simuliere mit einer erbärmlichen schauspielerischen Performance Überraschung.

»Keine Angst«, schimpft er laut. »Ich habe auch keine Lust auf ein Gespräch mit Ihnen.«

Stimmt eigentlich, warum freundlich Hallo sagen, wenn man auch schon im Erstkontakt seine bedingungslose Ablehnung ausdrücken kann? Dennoch suche ich instinktiv in seinem Gesicht nach einem Hinweis auf Ironie. Irgendetwas, aus dem ich schließen könnte: Das hat er jetzt nicht so gemeint.

Aber ich finde nichts. Kein Augenzwinkern, kein Lächeln, kein verräterisches Zucken. Stattdessen greift er stumm zur Speisekarte. Ich starre ihn weiter verblüfft an. Er bemerkt es anscheinend, blickt von der Speisekarte auf und verdreht die Augen. Ihm entfährt ein genervtes Stöhnen. Dann vertieft er sich wieder in die Speisekarte.

Eines müssen Sie wissen, lieber Leser: Ich käme nie auf die Idee, einen Fremden anzusprechen. Ich rede prinzipiell nicht gern mit fremden Menschen, genauso wenig wie mit Freunden, und erst recht rede ich nicht gern mit Verwandten. Wenn überhaupt, wechsle ich ab und zu mal ein paar Worte mit mir selbst. Aber eine Frage muss ich meinem Tischnachbarn jetzt doch stellen:

»Haben Sie gerade wegen mir genervt die Augen verdreht und gestöhnt?«

Als sei ihm der Blitz in die Glieder gefahren, fährt der Herr zusammen. »O Gott! Habe ich das?«, fragt er erschrocken, und seine Überraschung wirkt echt. »Dann entschuldigen Sie bitte vielmals. Das wollte ich nicht. Wirklich nicht. Ich habe mich manchmal einfach nicht im Griff. Wenn ich einen anderen Menschen verachte, zeige ich ihm das immer eine Spur zu deutlich. Ich bin da unmöglich.«

Gut, das ist eine Erklärung. Aber sie stellt mich noch nicht richtig zufrieden. Zumal mich dieses »eine Spur zu deutlich« noch beschäftigt.

»Verstehen Sie mich bitte nicht falsch«, fährt er fort. »Ich habe nichts gegen Sie persönlich ...« Dann hält er inne und verbessert sich: »Also natürlich habe ich etwas gegen Sie, so ist das nicht, aber ich habe prinzipiell gegen alle Menschen etwas. Nehmen Sie es also bitte nicht persönlich. Ich hätte bei jedem anderen auch die Augen verdreht und genervt aufgestöhnt.«

»Sie haben etwas gegen mich persönlich, aber ich soll es nicht persönlich nehmen«, fasse ich seine Erklärung noch einmal laut, aber mehr für mich, zusammen.

»Genau. Ich lehne Sie jetzt nicht stärker ab als zum Beispiel ...« – sein Blick streift umher und bleibt an den zwei Geschäftsreisenden in Anzug und Krawatte hängen, die auf der anderen Seite des Gangs ihr Mittagessen einnehmen – »... die beiden Herren am Nebentisch.«

Die beiden Herren haben das gehört und erstarren.

Ich lächle sie beschwichtigend an und zeige auf mein Gegenüber:

111

»Äh … Er hat das gesagt«, stelle ich lieber mal zur Sicherheit klar. »Er hat etwas gegen Sie. Ich nicht. Ich gehöre gar nicht zu ihm. Er hat sich einfach an meinen Tisch gesetzt. Ich selbst bin sanft wie ein Lamm und voller Respekt für Sie.«

Gut, das klang jetzt erbärmlich anbiedernd, aber mir scheint es angeraten, mich von dem Herrn an meinem Tisch zu distanzieren und nicht mit ihm in einen Topf geworfen zu werden.

Es entsteht ein ungemütlicher Moment des Schweigens, und ich fühle mich verpflichtet, weiter zwischen den beiden Parteien zu moderieren. Ich wende mich an den Herrn an meinem Tisch und flüstere ihm zu: »Ich glaube, die beiden hätten gern eine Erklärung von Ihnen.«

»Also, auch gegen Sie persönlich habe ich nichts, meine Herren«, entschuldigt sich mein Tischgenosse. »Mich nerven Menschen im Allgemeinen. Und zwar alle. Aber essen Sie ruhig weiter. Sie werden nichts von meinem Menschenhass spüren. Ich kann mich unheimlich gut zurückhalten.«

Die beiden Geschäftsreisenden sehen den Herrn stumm an, beschließen dann, uns einfach zu ignorieren, und widmen sich wieder ihrem Essen.

»Sie machen sich ja kein Bild davon, wie sehr ich Menschen hasse«, wendet sich der Herr wieder an mich. »Wie die Pest! Und zwar alle. Ohne Unterschiede. Leider kann ich nicht anders, als die Menschen um mich herum das auch deutlich spüren zu lassen. Warum soll ich aus meiner Abneigung ein Geheimnis machen? Nur weil mir noch niemand etwas getan hat? Ich darf ja wohl noch sagen, dass ich überhaupt nichts von Ihnen halte. Das Einzige, was ich lobend anmerken muss, mein Herr: Sie riechen nicht so unangenehm wie viele andere Menschen.«

»Danke für das Kompliment«, entgegne ich artig.

»Freuen Sie sich mal nicht zu früh. Vielleicht riechen Sie ja doch unangenehm. Macht es Ihnen etwas aus, wenn ich das überprüfe? Nicht dass ich am Ende unseres Gesprächs irrtümlicherweise eine gute Meinung von Ihnen habe. Stört es Sie, wenn ich sie abschnüffle? Von oben nach unten und von rechts nach links?«

»Doch. Ein bisschen.«

»Dann werde ich zur Sicherheit behaupten, Sie stinken wie ein Laster Gülle. Lieber fälschlicherweise einen schlechten Eindruck haben als einen guten, sage ich immer.«

»OK.«

»Aber Sie müssen sich keine Sorgen machen, dass ich zu viel darüber spreche, wie Sie riechen. Ich bin nämlich unheimlich wortkarg.«

Er taucht wieder in die Speisekarte ab.

Ich blicke ihn noch eine Zeit erstaunt an und kann mir auch nicht vorstellen, dass sich das in absehbarer Zeit legt. Aber war es das jetzt? Hat er sich beruhigt? Es ist ja nie einfach, neu irgendwo hinzuzukommen, auch nicht an einen Tisch im Speisewagen, und der eine oder andere neigt da zu Übersprungshandlungen, die sich auch in vermehrtem Geschwätz äußern können. Vielleicht kehrt jetzt wieder Ruhe in meine Fahrt ein? Bestimmt ist der Herr tatsächlich wortkarg und war bis eben nur ein bisschen nervös. Wobei ich nicht sagen kann, ob Wortkarge ihre Komplexe ausgerechnet durch einen Redeschwall kompensieren. Ich hätte da eher auf komplettes Verstummen getippt. Aber ich bin kein Psychologe.

Zögerlich schlage ich mein Buch auf, lasse mein Gegenüber aber nicht aus den Augen. Wie eine Bombe, die ich gerade entschärft habe, bei der aber noch ein Restrisiko besteht und von der ich mich deshalb nur langsam entferne, mich nur allmählich in Sicherheit wiege. Er liest immer noch in der Speisekarte. Und ergreift wieder das Wort. Resigniert lasse ich das Buch sinken.

»Gestatten Sie übrigens, dass ich meinen Hut aufbehalte? Sie müssen wissen: Ich trage einen Scheitel. Und ich will nicht, dass die anderen Menschen mir auf die Kopfhaut schauen müssen.«

»Von mir aus gern.«

»Mir ist Nacktheit nämlich peinlich, müssen Sie wissen.«

»Aha«, antworte ich. Es könnte einen Hauch verdattert wirken.

»Wissen Sie, Haare haben doch einen Sinn. Sie sollen etwas bedecken. Ein Scheitel aber legt etwas frei. Kopfhaut. Ein Stück Nacktheit.«

»Das muss jeder für sich entscheiden«, sage ich, nur um irgendetwas zu sagen, auch wenn Sprachlosigkeit angebracht sein sollte.

»Ein Scheitel ist Porno«, ereifert er sich. »Scheußlich, wie die Sitten verkommen sind. In Zügen oder in Flugzeugen muss man seinem Vordermann oft stundenlang auf den hinteren Ausläufer seines Scheitels starren. Ich vertrage Bahnfahren eigentlich ganz gut, aber wenn ich jemandem auf den Scheitel gucken muss, wird mir jedes Mal schlecht. Ich habe bereits jemanden vollgekotzt, nachdem ich stundenlang auf seinen verschuppten Haaransatz glotzen musste. Überall so kleine weiße Blättchen.« Er würgt.

»Und da haben Sie ihn vollgekotzt?«, frage ich ihn erstaunt.

»Ich habe ehrlich gesagt nicht eingesehen, woandershin zu kotzen. Schließlich war er schuld.«

Er blickt wieder in die Speisekarte, um sie sofort wieder sinken zu lassen und weiterzureden: »Eine Frage hätte ich noch, bevor wir uns anschweigen: Haben Sie noch eine Frage, bevor wir uns anschweigen?«

Ich muss gar nicht lange nachdenken.

»Wenn Sie mich so fragen … Eine Frage hätte ich tatsächlich«, nehme ich die Gelegenheit dankbar wahr.

»›Spucken Sie's aus‹, wie der Engländer sagt.«

»Sie sind genau so, wie ich gern wäre. Sagen Sie: Gibt es Sie wirklich? Sie erweisen sich am Ende unserer Reise nicht als jemand, den ich mir nur einbilde? So eine Art Alter Ego, das ich nur zu lange unterdrückt habe? Wie Tyler Durden in *Fight Club*?«

Er blickt mich fassungslos an. Seine Augen verfinstern sich.

»Haben Sie mieses Schwein mir etwa gerade das Ende von *Fight Club* verraten?«

Mir wird heiß vor Erschrecken.

»Aber … der Film ist doch schon so alt«, stammle ich. »Ich wusste doch nicht, dass Sie den noch nicht kennen.«

»Was? Der Film geht auch so aus? Ich meinte das Buch, Sie Monster. Verraten Sie allen Gesprächspartnern das

Ende von Filmen, die Sie schon gesehen haben? Ich weiß schon, warum ich normalerweise nicht mit Menschen spreche.«

»Ich …«

»Wer garantiert mir denn, dass es Sie überhaupt gibt? Hm? Vielleicht sind ja vielmehr Sie das Produkt meines Unterbewusstseins. Und nicht umgekehrt.«

»Wenn Sie Zweifel daran haben, dass ich real bin: Ich kann Ihnen gern meinen Ausweis zeigen. Dann will ich aber auch Ihren sehen.«

»Zeigen Sie her. Aber nicht dass Sie mir statt des Ausweises einen Zettel zeigen, auf dem steht, wie *Lost* endet.«

Wir kramen beide unsere Ausweise hervor und halten sie dem jeweils anderen unter die Nase. Mein Gegenüber heißt Johann Menke. Herr Menke wiederum überzeugt sich von meiner Identität.

»OK, Herr Fitz.« Er spricht meinen Namen wie eine eklige, ansteckende Geschlechtskrankheit aus. »Ich kann mir nicht vorstellen, dass mein Tyler Durden Jan-Uwe Fitz heißt. So einen beknackten Namen würde sich mein Unterbewusstsein nicht aussuchen.«

Der Mann kann keine zwei Sätze reden, ohne mich zu beleidigen. Bewundernswert.

»Aber ich kann natürlich verstehen, wenn Sie ganz auf Nummer sicher gehen wollen«, fährt er fort. »Ich werde Ihnen jetzt von den beiden Herrschaften am Nebentisch meine Anwesenheit bestätigen lassen.«

»Das ist nicht nötig, Herr Menke. Ich glaube Ihnen auch so …«

»Nein, Sie sollen ganz sicher sein, dass ich wirklich existiere. Ich bestehe darauf. Ich möchte nicht das Gefühl haben, dass Sie die ganze Zeit glauben, ich sei ein Hirngespinst.«

»Schon OK. Wirklich...«

»Schließlich könnte mein Ausweis gefälscht sein.«

»Nein, nein ...«

Zu spät. Herr Menke beugt sich bereits wieder zu den beiden Geschäftsreisenden.

»Entschuldigen Sie bitte. Wir brauchen Ihre Hilfe. Wir sind uns nicht sicher, ob es mich wirklich gibt. Könnten Sie das kurz bestätigen? Also nur, falls Sie mich sehen. Falls nicht, müssen Sie nichts sagen. Ich will ja nicht, dass Sie lügen. So wichtig ist es nun auch nicht.«

Die beiden Herren blicken meinen Tischgefährten leer an.

»Bleiben Sie jetzt ganz ruhig, Herr Fitz«, sagt Herr Menke nervös. »Ich möchte nicht, dass Sie in Panik geraten, aber es kann sein, dass ich tatsächlich nur Ihr Hirngespinst bin. Die beiden Herren reagierten gerade sehr seltsam auf mich. Ich versuche es gleich noch einmal. Diesmal aber lauter. Wenn das auch nichts nützt, fragen wir den Schaffner. Sollte er bestätigen, dass ich nur ein Geist bin ... dann hätte ich mir das scheißteure Bahnticket auch sparen können.«

»Schon gut, schon gut«, unterbricht der Ältere der beiden Businessreisenden. »Ich kann Sie deutlich sehen und hören, falls Sie das beruhigt. Ich wollte nur erst meine Nürnberger runterschlucken. Mit vollem Mund spricht man nicht. Doch, ich kann Sie deutlich sehen. Allerdings ...« –

er macht eine dramatische Pause – »… allerdings kann ich Ihnen nicht sagen, ob wiederum ich überhaupt existiere. Da kann man sich ja heutzutage wirklich nicht mehr sicher sein. Man liest ja so viel.«

Erleichtert lehnt sich Herr Menke zurück. »Da fällt mir aber ein Stein vom Herzen. Und dem Herrn Fitz erst. Vielen Dank. Sie haben uns sehr geholfen.« Der Businessreisende isst weiter, Herr Menke atmet tief durch. »Mein Gott, hatte ich eine Angst, dass es mich nicht gibt.«

In diesem Moment tritt der Kellner an unseren Tisch und fragt, ob wir etwas bestellen möchten. Ich bin noch mit einem Kaffee versorgt und lehne dankend ab. Herr Menke ordert Chili con carne. Als der Kellner gegangen ist, seufze ich: »Na, das sind alles so Sachen.«

Herr Menke zuckt erschrocken zusammen. Ich auch, denn wenn jemand erschrickt, erschrecke auch ich. Erschrecken wirkt auf mich ansteckender als Gähnen.

»Tun Sie mir bitte einen Gefallen, Herr Fitz«, ruft er verärgert durch den Speisewagen. »Wenn wir schon die nächste Zeit zusammen an einem Tisch verbringen müssen: Dreschen Sie bitte keine Phrasen. Ich hasse Phrasen. Noch eine Phrase – und ich gehe Ihnen an die Gurgel.«

»Sie wollen mir wegen einer Phrase an die Gurgel gehen?«

»Ich *will* Ihnen nicht an die Gurgel gehen. Ich *muss* Ihnen an die Gurgel gehen. Meine Dämonen zwingen mich dazu.«

»Sie erwürgen mich, weil ich eine Phrase dresche?«, frage ich ungläubig.

»Ich bin mit meinen Nerven ganz schön am Ende«,

sagt er vorwurfsvoll. »Die vielen Menschen. Die Enge. Der Quatsch, den Sie reden …«

»Sie sind mir ja einer.«

»Ha! Da! Schon wieder! Wieder eine Phrase«, kreischt er hysterisch. »Ich kann mich nicht mehr zusammenreißen. Es ist stärker als ich!« Dann klappt sein Kinn nach rechts weg.

»Oh, Ihr Kinn ist nach rechts weggeklappt«, bemerke ich.

»Ja, das ist kein gutes Zeichen. Ich glaube, ich habe gerade die Kontrolle über mich verloren.«

»Hoffen wir, dass der Schaffner nicht gerade jetzt Ihr Ticket sehen möchte.«

»Er würde mich auf meinem BahnCard-Foto auch gar nicht erkennen. Darauf ist mein Kinn noch intakt.«

Dann erhebt sich Herr Menke von seinem Sitz, beugt sich über den Tisch und greift mir mit beiden Händen an den Hals. Er drückt sanft zu.

»Was machen Sie da?«, erkundige ich mich neugierig.

»Ich würge Sie«, antwortet er.

»Das habe ich vermutet. Und warum?«

»Ich habe keine Wahl, ich laufe Amok.«

»Ohne Waffen?«

»Das nächste Mal frage ich den Herrn, welche Waffe ihm genehm ist«, entgegnet er ironisch. »Sie werden das nicht wissen, Herr Fitz, aber ein Amoklauf ist irrational und spontan. Wenn man im Moment des Ausbruchs keine Waffe zur Hand hat, muss man eben improvisieren.«

»Wie gut, dass das Besteck noch nicht auf dem Tisch liegt.«

»Für Sie. Für mich wäre es eine große Hilfe.«

»Sie klingen sehr erfahren. Sind Sie schon häufiger Amok gelaufen?«

»Nein, zum ersten Mal. Finden Sie, ich mache das gut?«

»Ja. Aber was mich noch interessieren würde: Man hat ja nicht immer die Chance, einen Amokläufer nach seinen Motiven zu befragen. Also: Spielen Sie viele Computerspiele?«

»Gar nicht.«

»Dann kann das nicht der Grund sein.«

»Nein, ich gebe der Gesellschaft die Schuld. Zu viele Menschen, die in meiner Gegenwart laut telefonieren zum Beispiel.«

»Das ist ein Motiv. Aber sagen Sie: Müssten Sie nicht vielleicht etwas fester zudrücken? Damit ich keine Luft mehr bekomme?«

»Sie bekommen noch Luft?«

»O ja. Hören Sie mal.«

Ich atme tief ein und aus wie ein Patient, der von seinem Arzt mit dem Stethoskop abgehört wird.

»Sie erstaunen mich, Sie zäher Hund. Dann sollte ich tatsächlich noch stärker zudrücken.« Herr Menke wirkt leicht verunsichert. »Wenn Sie am Ende nicht tot sind, ist so ein Amoklauf ja auch blöd.«

Er drückt nun tatsächlich etwas fester zu.

»Und? Jetzt besser?«

»Joh, etwas«, presse ich angestrengt hervor, weil er tatsächlich stärker zudrückt. »Aber sagen Sie mal, darf ich mich als Opfer eigentlich wehren, oder gibt es Amoklaufkonventionen, die ich zu beachten habe?«

»Nein, das hängt vom Be-Amokten ab. Das muss jeder für sich entscheiden.«

»Verstehe ich Sie also recht: Ich dürfte mich wehren, wenn ich am Leben hinge?«

»Was haben Sie denn vor?«

»Ihnen in die Klöten treten.«

»Nein, Sie dürfen sich nicht wehren.«

Er drückt, und ich blicke aus dem Fenster. Nach einigen Minuten frage ich: »Brauchen Sie noch lange?«

»Das werden Sie schon merken. Seien Sie mal nicht so ungeduldig.«

»Ich frage nur, weil Ihr Essen da ist.«

Ich deute mit dem Kopf nach links. Der Kellner ist soeben an unseren Tisch getreten und hält unentschlossen einen Teller Chili in der Hand.

»Machen Sie mal Platz auf'm Tisch«, raunzt er uns an.

»Einen Augenblick, bitte. Ich laufe gerade Amok, ja?«, weist ihn mein Peiniger zurecht und hebt dann umständlich seine Arme, während seine Hände weiter meinen Hals umfassen. Der Kellner stellt den Teller auf den Tisch. Der Amokläufer bedankt sich höflich.

»Bleibt Ihnen denn mittlerweile die Luft weg?«, fragt er mich.

»Nicht so sehr, dass ich ersticken würde, bevor wir Kassel-Wilhelmshöhe erreichen.«

»Oh, das ist erst in zwei Stunden.«

»Wenn der Zug keine Verspätung hat«, belehre ich ihn.

»Ihnen bleibt so lange nicht die Luft weg, bis wir Kassel-Wilhelmshöhe erreichen? Egal, wie lange das dauert?«

»Ja, ich bin sehr ehrgeizig.«

Das ist natürlich gelogen: Ich bin überhaupt nicht ehrgeizig. Ich schaffe nie, was ich mir vornehme. Aber das geht Herrn Menke ja nichts an. Ist privat.

»Aber fester zudrücken kann ich nicht«, jammert der Amokläufer.

»Jetzt rächt sich, dass Sie keine Waffe dabeihaben, was?«

»Sie könnten mich aber auch mal ein bisschen unterstützen. Zum Beispiel, indem sie mit zudrücken. Vier Hände drücken stärker als zwei.«

»Vergessen Sie's! Da müssen Sie jetzt allein durch. Ich helfe Ihnen doch nicht dabei, mich umzubringen.«

»Vielleicht könnten Sie die Luft anhalten?«

»Ich denke gar nicht daran!«

Der Duft des Chilis, das vor Herrn Menke steht, steigt mir in die Nase. Ich bekomme Hunger.

»Wissen Sie, was ich jetzt mache? Ich esse Ihr Chili, während Sie mich würgen«, drohe ich ihm.

»Boah, Sie sind so gemein! Ich kann Sie nicht einmal davon abhalten, weil ich keine Hand freihabe.«

Ich greife nach dem Löffel am Rand seines Tellers, tauche ihn in das Chili, puste und führe ihn zu meinem Mund.

»Hmmmmm, lecker«, schwärme ich.

»Lassen Sie das. Das ist mein Essen.«

»Mjam, mjam«, streue ich Chiliwürze in seine Wunden (metaphorisch gemeint).

»Und lassen Sie dieses bescheuerte Mjam Mjam. Ich hasse Babysprache.«

Ich tauche den Löffel erneut ein. Herr Menke schaut mir unschlüssig dabei zu, nimmt dann aber doch die Hände von meinem Hals und entreißt mir wutschnaubend den Löffel.

»Bestellen Sie sich Ihr eigenes Essen«, fährt er mich an.

Der Kellner, der immer noch neben uns steht und unsere Auseinandersetzung interessiert verfolgt hat, fragt mich: »Für Sie das Gleiche, der Herr?«

»Ja, bitte«, antworte ich.

Als sich der Kellner abwendet, halte ich ihn am Ärmel fest:

»Moment. Eine Frage noch. Sie haben doch gesehen, wie der Mann mich gewürgt hat. Warum haben Sie nicht eingegriffen?«

»Ich hatte nicht genug Zivilcourage.«

Er schaut pikiert auf meine Hand und bedeutet mir mit seinem Blick, ich möge bitte seinen Ärmel loslassen. Ich folge seiner Bitte und würde mich jetzt auf mein Mittagessen freuen, wenn ich nicht genau wüsste, dass es scheiße schmecken wird. Vorfreude und Hoffnung sind einfach nicht mein Ding.

2

Während Herr Menke schweigend sein Chili isst, lese ich ein paar Zeilen in meinem Buch. Die Ruhe währt nur kurz. Mein Tischnachbar legt den Löffel zur Seite, tupft sich den Mund mit der Serviette ab und blickt versonnen aus dem Fenster.

»Das ist alles so unschön«, sagt er nachdenklich und mehr zu sich selbst, aber doch so laut, dass ich nicht anders kann, als von meiner Lektüre aufzusehen. »Man macht sich ja immer etwas vor, bevor man in einen Zug steigt. Man glaubt, man reist ein paar Stunden lang entspannt durch die Weltgeschichte, kann ungestört lesen oder aus dem Fenster gucken – aber dann landet man doch wieder mit so einem Vollidioten an einem Tisch.«

Entnervt lasse ich das Buch sinken.

»Jetzt hören Sie doch mal auf, ständig auf mir herum-zuhacken. Ich weiß ja, dass Sie Menschen nicht mögen. Aber reiben Sie mir nicht ständig unter die Nase, wie un-angenehm es mit mir ist.«

»Jetzt stellen Sie sich doch nicht so an«, entgegnet er vorwurfsvoll. »Ich werde ja wohl noch sagen dürfen, dass ich überhaupt keine Lust auf Sie habe.«

»Aber nicht alle zwei Minuten. Warum denken Sie sich nicht einfach Ihren Teil wie andere auch?«

»Tu ich doch. Seien Sie froh, dass Sie das nicht hören, Sie bekommen nur die Spitze des Eisbergs mit. Das, was ich nicht zurückhalten kann. Wenn es Sie stört, dann hö-ren Sie doch nicht hin.«

Ich wende mich ab und blicke beleidigt an die Decke. Er ignoriert meine Stimmung.

»Irgendwo habe ich mal gelesen, dass es sogar für sozial nicht Gestörte stressig sein soll, so eng beieinander zu sitzen wie wir gerade an diesem Tisch.«

»Ach?«, wende ich mich ihm sofort wieder zu. Ich muss wirklich noch daran arbeiten, etwas länger beleidigt zu sein, das geht ja nicht, dass ich mich immer gleich wieder einfangen lasse. »Aber die meisten Menschen gewöhnen sich relativ schnell aneinander«, setze ich hinzu.

»Ja. Aber ich könnte das nicht«, sagt er nachdenklich. »Mich an jemanden gewöhnen. Ein Mensch wird nicht erträglicher, nur weil ich mehr Zeit mit ihm verbringe. Im Gegenteil. Wissen Sie, was ich besonders schlimm finde? *Menschen*, die im Laufe der Zeit *lockerer* werden. Am Anfang sind die so angenehm verklemmt. Aber plötzlich werden die *lockerer*.« Die Worte »Menschen« und »lockerer« spuckt er abfällig aus. »Das sind mir die Liebsten«, fährt er fort. »Die, die *lockerer* werden. Die habe ich gefressen. Die hören gar nicht mehr auf, *lockerer* zu werden, wenn sie einmal angefangen haben, *lockerer* zu werden. Die werden *lockerer* und *lockerer* und am Ende muss man ihnen ein paar knallen.«

»Ja, das geht mir genauso. Abscheulich.«

»Sie wollen aber jetzt hoffentlich nicht irgendwelche Gemeinsamkeiten zwischen uns betonen, oder? Sich darüber austauschen, wie das ist, Eigenbrötler zu sein? Das können Sie sich gleich sparen. Bin ich nicht der Typ für.«

»Für wen halten Sie mich?«, frage ich verärgert. »Nie im Leben käme ich auf die Idee, Erfahrungen mit Ihnen auszutauschen, nur weil wir uns irgendwie ähnlich sein könnten. Gott bewahre.«

»Dann ist es ja gut. So etwas kann ich nämlich überhaupt nicht leiden. Am Ende sind Sie noch der Meinung, dass wir zwei uns so gut verstehen, dass wir unbedingt Kontakt halten müssen. Weil Sie glauben, einen Leidensgenossen gefunden zu haben oder so. Und dann drängen Sie darauf, Adressen auszutauschen. Das schminken Sie sich aber mal schön ab, mein Herr. Nicht mit mir.«

»Machen Sie sich keine Sorgen, Herr Menke, Sie gehen mir so komplett am Arsch vorbei wie ich Ihnen.«

»Dann ist es ja gut.«

»Ich bin nicht die Bohne an Ihnen oder Ihrem Schicksal interessiert. Es gehört zu meinen schlimmsten Albträumen überhaupt, jemanden zu treffen, der mir gleicht. Seit ich in der Gruppentherapie war, weiß ich, wie schlimm das ist.«

»Sie haben eine Gruppentherapie mitgemacht?«

»Ja. Ich war in einer privaten Nervenklinik.«

»Ach. Im Ernst? Davon habe ich immer geträumt. Mein Leben in einer Privatklinik zu fristen. Wie Robert Walser. Endlose Spaziergänge, Einzelzimmer, leckeres Essen. Aber ein Platz in einer Privatklinik ist bestimmt teuer, oder?«

»Nicht, wenn Sie privat versichert sind.«

»Sie sind privat versichert?«

»Nein.«

»Sie haben das selbst bezahlt?«

»Nein. Ich habe mich eingeschlichen und schwarz behandeln lassen. Quasi als blinder Passagier. Oder genauer gesagt als blinder Patient.«

Herr Menkes Augenbrauen sind jetzt so stark gerunzelt, dass sie auf seiner Unterlippe aufliegen.

»Wie? Aber … wie … geht das denn? Hat das niemand bemerkt?«

»Nein. Erst als ich mich freiwillig gestellt habe, bin ich aufgeflogen. Aber da hatte ich schon längst nicht mehr das Gefühl, dass mir mein Aufenthalt irgendetwas bringt. Ich glaube, ich bin immun gegen Psychotherapie. Nur die Tabletten, die waren immer super.«

»Mensch, dass ausgerechnet Sie in einer Nervenklinik waren. Sie wirken psychisch so stabil.«

»Danke für das Kompliment. Sie aber auch«, gebe ich artig zurück.

»Nein, war ein Scherz. Sie sind schon ein ziemlich krankes Schwein. Habe ich gleich gesehen.«

»Ich finde, Sie sind auch nicht ganz klar.«

»Fände ich interessante Gespräche nicht so unglaublich nervtötend, würde ich Sie jetzt ohne Ende über Ihren Aufenthalt in der Anstalt ausfragen.«

»Um Gottes willen, ich hasse es, anderen Leuten Geschichten zu erzählen, die sie interessieren könnten. Sobald ich merke, dass man mir aufmerksam zuhört, ändere ich das Thema.«

Wir schweigen kurz. Dann frage ich leise: »Haben Sie manchmal auch so Angst, dass Sie werden wie die anderen?« Ich deute mit dem Kopf in Richtung der beiden Herren am Nebentisch.

»Schlimmer. Ich glaube mitunter, ich bin schon fast wie die. Unser Gespräch zum Beispiel bereitet mir große Sorge«, antwortet er leise.

»Mir auch, wir sollten es einstellen.«

»Da ist nur ein Problem. Ich würde so gern wissen, wie das in der Klinik so war. Und dieses Gefühl macht mir Angst.«

»Ich habe einen furchtbaren Verdacht …«

»Nämlich?«

»Sie haben Interesse an einem anderen Menschen.«

»O nein!«, ruft er erschrocken aus und beginnt verstört am Daumen zu nuckeln.

»Und wissen Sie was? Ich spüre, dass ich es Ihnen gern erzählen würde.«

»Was für eine Scheiße!«, jammert er verzweifelt. »In was sind wir hier bloß hineingeraten? Wir sind im menschlichen Miteinander gefangen.«

Auch ich bin verzweifelt und wehklage: »Ein Gespräch zwischen zwei Menschen, an dem ausgerechnet ich teilnehme … Ich weiß nicht, ob ich das ertrage.«

»Ich habe eine Idee!«, ruft er plötzlich begeistert aus. »Wir müssen ja nicht miteinander reden. Ich sitze hier einfach so herum und blicke aus dem Fenster. Und Sie führen Selbstgespräche. Erzählen sich einfach selbst von Ihrer Zeit in der Klinik. Wie so ein Bekloppter, der vor sich hinbrabbelt. Und ich belausche Sie zufällig, weil ich nicht anders kann. Sitze ja mit Ihnen an einem Tisch.«

»Das ist eine ausgezeichnete Idee!«, rufe ich begeistert aus.

Und so rede ich im Speisewagen ein bisschen mit mir selbst.

128

25

Ich habe Spaziergänge im Wald immer gehasst. Aber sie sind das kleinste Übel, wenn man sich schon fortbewegen muss. Und um Fortbewegung kommt man oft nicht herum. Das Schicksal nimmt keine Rücksicht auf Menschen, die sich gerade noch gefreut haben: »Super, kann ich die nächsten Tage mal wieder ein bisschen vor mich hinvegetieren.« Schon kommen die Eltern, und es bleibt einem nur, schnell abzuhauen.

Ich hasse gehen prinzipiell. Ob im Wald oder in Fußgängerzonen, spielt keine Rolle. Aber bis ich ein Taxi oder einen Zug gefunden habe, in dem ich meine Flucht endlich wieder vegetierend fortsetzen kann, lässt sich gehen, mitunter auch rennen, nicht vermeiden.

Beim Gehen mache ich aus meinem Herzen keine Mördergrube. Man sieht mir deutlich an, wie schlecht gelaunt mich das macht. Sollen doch von mir aus alle sehen, dass ich keinen Bock habe, einen Fuß vor den anderen zu setzen. Noch schlechtere Laune habe ich zugegeben im Sitzen. Am besten geht es mir noch im Liegen. Da habe ich aber auch schlechte Laune.

Ich belasse es aber nicht bei einem mürrischen Gesichtsausdruck. Stattdessen murmle ich zur Unterstützung ständig »Boah, Scheiß Gehen, ey!«. Auch jetzt gerade. Mein Gott, bin ich angepisst. So sehr, dass ich gar nicht darauf achte, wohin ich gehe. Erst als ich wieder aufblicke, bemerke ich, dass ich mich mittlerweile im Wald befinde. Mensch, habe ich ein Glück. Wenn ich schon gehen muss – dann doch bitte im Wald. Ich bin so begeistert, dass ich »Juchhufallera« rufe. Ich bin sehr launisch.

Ein Wald ist eine tolle Erfindung. Ich muss viel weniger Menschen ausweichen als in einer Fußgängerzone. Und treffe ich doch einmal auf einen Spaziergänger, werde ich seiner schon so früh gewahr, dass ich in aller Ruhe entscheiden kann: Gehe ich rechts oder links vorbei?

In einem Wald ist alles einfacher. Viel weniger Reize. Wie ruhig es hier ist. Der Wald wird in die Geschichte meines Lebens als der Ort eingehen, an dem ich mich am seltensten erschreckt habe. Und das, obwohl der Wald doch gemeinhin als eine der bevorzugten Heimstätten von Menschen mit übler Absicht gilt. Im Wald, da sind bekanntlich die Räuber, die man am besten, wie es das berühmte Volkslied vorschlägt, mit einem »Hallihallo, die Räuber!« begrüßt. Also zum Beispiel so:

»Hallihallo, die Räuber! Und? Alles klar?«

»Ja, muss ja. Bisschen wenig Menschen hier im Wald. Lange niemanden mehr ausgeraubt. Aber jetzt sind Sie ja da.«

Am Rande, lieber Leser: Sie können auch andere Berufsgruppen so begrüßen. Genauso denkbar: » Hallihallo, der Postbote.« Oder »Hallihallo, der Bäcker, ach, nein, ich meinte den Metzger, war gerade unkonzentriert.« Wäre auch naheliegender, als einen Räuber so freudig zu begrüßen. Ich bin noch nie einem Räuber begegnet, die tarnen sich oft sehr geschickt, aber wenn, würde ich statt »Hallihallo« eher mit »Ogottogott« reagieren. Warum sollte ich mich bei einem Zusammentreffen mit einem Ganoven so freundlich zeigen, schließlich führt der Herr kaum etwas

Gutes im Schilde, und nur nett zu ihm sein, weil ich hoffe, dass er mich dann nicht ausraubt, das ist es mir ehrlich gesagt nicht wert. Davon abgesehen kann ich nicht so charmant »Hallihallo« sagen, dass ein Räuber sich denkt: »Ach, der begrüßt mich so nett mit ›HalliHallo‹, dem lasse ich mal seine Brieftasche und sein Handy.« Wenn ich versuche, freundlich zu sein, geht das nach hinten los. Begegne ich einem Menschen, der nur entfernt wie ein Räuber aussieht, liefere ich nicht nur auf der Stelle meine Wertgegenstände bei ihm ab, sondern verprügele mich auch gleich noch selbst. Spart ihm den Aufwand, und ich kann gewisse Körperteile verschonen, die besonders schmerzen würden.

Hinter jedem Baum in diesem Wald könnte ein Räuber stehen und nur darauf warten, dass ich vorbeikomme – um dann hervorzuspringen und zu sagen: »Geld oder Leben, was darf's sein?« Ich laufe aber nun seit sechzig Minuten durch den Wald, und bisher hat sich mir kein Räuber zu erkennen gegeben. Dabei gibt es hier Bäume über Bäume. So viele perfekte Verstecke. Wenn die Förster ein Einsehen mit uns Paranoikern hätten, würden sie mehr Spiegel in deutschen Wäldern anbringen. Solche Spiegel, wie sie im Straßenverkehr an schwer einzusehenden Kreuzungen und Einfahrten hängen. Dann könnten wir früh genug hinter die Bäume blicken und würden, falls wir dort einen Räuber erspähen, entweder einen anderen Weg einschlagen oder, falls die Luft rein ist, beruhigt weiter unserer Wege gehen. Aber wir Paranoiker haben keine so starke Lobby wie die Autofahrer.

Ich habe noch Glück. Meine Angst vor Bäumen ist relativ schwach ausgeprägt. Wundere mich selbst, dass ich vor Bäumen und den potentiellen Gefahren, die sich hinter ihnen verbergen, nicht mehr Angst habe. Verwunderlich, dass ich ausgerechnet die Gefahr, die von Bäumen, Sträuchern und anderen Gewächsen ausgeht, so leichtfertig abtue. Ich erwarte von allem und jedem das Schlimmste, nur von einem Baum seltsamerweise nicht. Ist das Naivität? Oder einfach die Folge, weil ich bisher keine schlechten Erfahrungen mit Eichen, Buchen, Erlen & Co gemacht habe? Das unterscheidet sie von allem anderen auf der Welt. Ich habe mit allem schlechte Erfahrungen gemacht. Nur nicht mit Bäumen. Bäume waren immer anständig und höflich zu mir. Mir ist noch nie etwas Unangenehmes widerfahren, das die Schuld einer Pflanze gewesen wäre. Von fleischfressenden Pflanzen habe ich bisher nur gehört, halte es aber für eine urbane Legende. Beziehungsweise für eine dschungelige Legende. Natürlich traue ich einem Baum zu, dass er mich erschlägt. Aber ich behaupte einfach mal: wenn, dann nicht mit Absicht.

Auch nicht sonderlich interessant in diesem Zusammenhang: Meine Vorfahren litten durch die Bank weg unter einer Heidenangst vor Bäumen. Mein Gott, was haben die gebibbert, wenn sie auch nur einen Stamm mit Ästen sahen. Deshalb hatten wir nie einen Weihnachtsbaum, sondern immer nur eine Weihnachtskuh. Der Stern von Bethlehem wurde auf eines der beiden Hörner gesteckt, der Goldhaar-Engel auf das andere. So geschmückt lief das Tier mächtig sauer durch die Wohnung.

Die Angst vor Bäumen wurde in meiner Familie von Generation zu Generation vererbt. Nur um mich machte sie einen Bogen. Dafür ereilten mich viele andere Ängste und

Störungen, von denen meine Vorfahren nur träumen konnten. Oft nahm mich mein Vater zur Seite und sagte »Sohn, du hast so viele Ängste. Mach etwas aus ihnen.« Dann zuckte er zusammen, weil er durch mein Kinderzimmerfenster die Birke im Vorgarten sah. »Siehst du«, sagte er traurig. »Ich habe nur meine Angst vor Bäumen. Aber in dir steckt so viel mehr. Du bist voller so wunderbarer Phobien. Ich werde dich morgen in der Störungsstelle anmelden, damit deine Talente gefördert werden.«

44

»Darf ich Sie kurz unterbrechen?«

»Natürlich, Herr Menke. Ich führe sowieso nur Selbstgespräche.«

»Erinnern Sie sich an unser Gespräch von vor zwei Stunden?«

»Ja.«

»Sie wollten mir von Ihrem Aufenthalt in der Anstalt erzählen.«

»Ja.«

»Haben Sie aber nicht.«

»Ich dachte, meine Vorgeschichte interessiert Sie vielleicht auch.«

»Nein.«

»Sie müssen doch erfahren, was mit mir los ist. Wer ich bin. Warum ich überhaupt in die Klinik musste.«

»Aber muss es so lange dauern, bis Sie auf den Punkt kommen?«

»Ich bin mit der Vorgeschichte fast fertig.«

»Dann geht's jetzt in die Klinik?«

»Ja.«

»Da bin ich aber gespannt.«

»Das können Sie auch sein.«

»Kleiner Scherz. Bin natürlich nicht gespannt.«

»Müssen Sie auch nicht sein.«

45

Wo war ich stehengeblieben? Also: Ich bin nach wie vor im Wald und erinnere mich so vor mich hin. Da erkenne ich plötzlich schemenhaft durch die Bäume hindurch einen großen, hornhautumbrafarbenen Gebäudekomplex. Das Haus passt nicht so recht in die Umgebung, es ist viel zu modern für einen Wald. Je näher ich komme, desto deutlicher wird sein funktionaler Charakter. Vor mir steht keine Burg oder ein Bauernhof, sondern eine Klinik. Mit einem gläsernen Eingang, an dem ein weißes Schild prangt: *Klinik für Psychotherapie, Psychiatrie und Psychosomatik.* Ich drücke mein Gesicht gegen die Glasfront und blicke in das Foyer: rechts ein Empfangstresen, dahinter eine dynamisch wirkende junge Frau in einem dunklen Kostüm. Sie sieht mich und runzelt die Augenbrauen. Vielleicht ist mein Anblick aus ihrer Perspektive gewöhnungsbedürftig, wie ich meine Nase an der Scheibe plattdrücke und meine Augen langsam von rechts nach links und wieder zurück wandern lasse, um das ganze Foyer einsehen zu können.

Da höre ich plötzlich eine knarzende Altfrauenstimme:

Psycho, Psycho, Knäuschen,
Wer drückt die Nas' ans Irrenhäuschen?

Als ich mich überrascht umdrehe, steht mir jedoch keine Hexe gegenüber, sondern eine wunderschöne Frau, geschätzte dreißig. Kaum zu glauben, dass die grässliche Stimme zu ihr gehören soll. Die Schönheit lacht mich an. Da erkenne ich sie. Es ist Claudiagard Hildmann, eine alte Freundin von mir. Also Freundin im Sinne von »Nie war ich einer Frau näher als Claudiagard Hildmann«. Zwei Jahre lang waren wir unzertrennlich. An insgesamt drei Tagen. Wir haben uns auf einer Party kennengelernt, auf der ich mal wieder verloren in der Ecke stand, damals, als ich noch Partys besuchte. Und sie kam zu mir rüber und fragte: »Wollen Sie tanzen?«

Ich antwortete: »Was glauben Sie, was ich hier tue.«

Und sie lachte. Ich lachte zurück, auch wenn ich es bitterernst gemeint hatte. Ich war der felsenfesten Überzeugung, dass exzessives Fingernägelkauen als Tanz durchginge.

Wir tanzten dann tatsächlich. Ich wollte gar nicht mehr aufhören, sie schon nach dem ersten Lied. Als ich mich enttäuscht zeigte, erklärte sie mir, dass sie mich nicht aufgefordert hätte, weil ich so sympathisch sei, sondern aus Mitleid. Und dass sie nicht zu lange mit mir gesehen werden wolle. Das verstand ich. Sie bot mir schließlich an, noch einmal etwas mit mir trinken zu gehen. Wahrscheinlich weil ich unheimlich enttäuscht geguckt hatte. Das haben schöne Frauen manchmal: extremes Mitleid mit Losern.

Am Ende waren wir dreimal miteinander aus, verloren aber bald den Kontakt zueinander. Also sie zu mir. Kann auch sein, dass sie ihn eingestellt hat. Ich habe jedenfalls regelmäßig versucht, sie telefonisch zu erreichen. Ungefähr stündlich. Eines Tages war die Telefonnummer nicht mehr vergeben.

Und jetzt stehen wir uns wieder gegenüber.

»Na, kennst du mich noch?«, fragt sie mit ihrem umwerfenden Lachen.

»Natürlich. Claudiagard. Die einzige Frau, die jemals freiwillig mit mir geredet hat. Was machst du hier?«

»Ich wurde gerade aus der Klinik entlassen. Habe soeben meinen sechsten Alkoholentzug beendet.«

»Das klingt, als sei es dir in den letzten Jahren nicht so gut gegangen.«

»Na ja. Ich habe mein Studium abgebrochen, ein bisschen gemodelt und bin anschließend in einen Teufelskreis aus Drogen, Alkohol und Medikamenten gerutscht.«

»Klingt aufregend«, sage ich anerkennend.

»Ja. War nicht die schlechteste Zeit des Lebens. Mittlerweile glaube ich an Gott, Religion und so einen Mist. Weil ich hoffe, darin Sinn zu finden.«

»Und?«

»Hm. Alkohol war geiler.«

»Für deinen zerstörerischen Lebensstil siehst du aber immer noch sehr gut aus.«

»Danke. Du nicht. Auch Alkoholiker?«

»Nein, nein«, winke ich ab. »Noch nicht. Ich versuche zwar verzweifelt, einer zu werden, aber mir schmeckt das Zeug einfach nicht.«

»Das ist aber ärgerlich. Hilft ungemein, das Leben zu ertragen. Um ehrlich zu sein, glaube ich, dass ich auch diesmal nicht lange trocken bleiben werde. Ein Tipp: Verdünne Wodka einfach mit viel Fruchtsaft. Dann schmeckst du den Alkohol nicht so.«

»Danke. Das werde ich mal testen.«

»Mensch, Jan-Uwe. Wie lange ist das her?«

»Zehn Jahre, zwei Tage und zwölf Stunden«, kommt es wie aus der Pistole geschossen. »Hätten wir uns vorgestern getroffen, hätten wir genau zehn Jahre Funkstille feiern können.«

Ich weiß das so genau, weil ich Tag für Tag gezählt habe, wann mich das letzte Mal eine Frau angelächelt hatte.

»Wie ist es dir ergangen? Familie? Kinder?«, fragt sie.

»Nein. Ich habe das Leben in vollen Zügen genossen. Viele Partys, viele Menschen. Drogen. So was halt. Für feste Beziehungen war da kein Platz.«

»Damals hast du Menschen ja nicht so richtig gemocht. Hat sich das also geändert.«

»Ja … Nein.«

»?«

»Ich dachte gerade, ich könnte vielleicht so tun, als wäre ich ein anderer Mensch als damals. Damit du mich attraktiver findest. Du hast dich ja nur aus Mitleid mit mir abgegeben.«

»Ja. Wie du da in der Ecke gestanden und an den Fingernägeln geknabbert hast, das war so traurig. Und da ich vorhatte, später in die Entwicklungshilfe zu gehen, dachte ich mir: Fang doch mit dem Typen an.«

»Bist du in der Entwicklungshilfe?«

»Nein. Wusstest du eigentlich, dass man dafür ins Ausland muss?«

»Ja, schon.«

»Mir war das nicht klar. Damit war die Sache für mich natürlich gestorben. Bei meinem Heimweh.«

»Denkst du manchmal noch an früher? An uns?«, frage ich in einem Anflug von Sentimentalität.

»Nein. Hätten wir uns hier nicht zufällig getroffen, ich hätte nie wieder im Leben an dich gedacht.«

»Mensch, was hätte aus uns beiden werden können …
Ich denke oft wehmütig an dich zurück.«

»Echt? Das ist aber nett.«

»Und an meine beiden vergebenen Chancen.«

»?«

»Na ja, als wir fast miteinander geschlafen hätten.«

»?«

»Ich mich aber nicht getraut habe, den ersten Schritt
zu machen.«

»Wann soll das denn gewesen sein?«, fragt sie in einer
Mischung aus Verwunderung und Ekel.

»Damals, als ich dich in Marburg besucht habe. Und wir
abends noch etwas essen gegangen sind. Und später vor
deiner Haustür standen. Da hast du eindeutig sexuelle Signale gesendet. Aber ich, ich habe dir nur einen Gutenacht-
kuss auf die Wange gegeben und bin nach Hause. Gentleman durch und durch.«

»Daran erinnere ich mich gar nicht.«

»Jaha«, sage ich stolz. »Ich schon. Ganz Gentleman war
ich. Ganz Gentleman.«

»Ich glaube ehrlich gesagt nicht, dass ich damals sexuelle Signale gesendet habe.«

»O doch. Eindeutig. Du hast extrem willig aus der Wäsche geguckt.«

»Habe ich nicht«, lacht sie überrascht.

»Wohl.«

»Nein.«

»Na, na, na?« Ich blicke sie gespielt misstrauisch an.

»Nein, wir waren nur Freunde. Also Bekannte. Flüchti-
ge Bekannte.«

Sie wirkt überzeugter als ich. Nun bin ich kein Mensch, der sich von irgendeinem anderen Menschen nicht überzeugen ließe. Insbesondere dann, wenn es sich um eine attraktive Frau handelt. Ich passe meine Interpretation der Ereignisse sehr schnell einer anderen Darstellung an. Doch von meiner Lebenslüge trenne ich mich nur ungern.

»Wenn ich dich damals geküsst hätte, hätten wir uns anschließend in den Laken gewälzt. Das ist sicher«, behaupte ich mutig.

»Mit Sicherheit nicht!« Nun klingt sie doch erbost und ich beschließe, mich etwas zurückzunehmen.

»Was hättest du denn geantwortet, wenn ich gefragt hätte, ob ich mit nach oben kommen soll?«

»Ich hätte gesagt: Vergiss es.«

»Ach, ehrlich?«

»Wir waren doch eher wie Bruder und Schwester«, fügt sie hinzu.

»Ja, aber zweimal standen wir kurz vorm Inzest. Um in deiner Metapher zu bleiben.«

»Nein!«

»Vielleicht machst du dir nur etwas vor?«

»Ich glaube, ich bin hier nicht diejenige, die sich in etwas verrannt hat.«

»Ach, Menno.«

Enttäuscht und wütend trete ich gegen eine Mülltonne.

»Da mache ich mir all die Jahre etwas vor, verdränge und verdränge, und dann treffe ich natürlich dich wieder. Die einzige Person, die mir das nehmen kann. Und natürlich nimmt sie es mir auch. Ich habe noch nie in meinem Leben einen Menschen wiedergetroffen, nicht zuletzt, weil ich überhaupt sehr wenige Menschen kennengelernt habe. Sogar vor meinen Eltern bin ich weggelaufen, als sie wieder den Kontakt gesucht haben, aber ausgerechnet die Person, bei der ich mir etwas vorgemacht habe, etwas, das mir gut tut, das mir mein Leben manchmal wenigstens einigermaßen erträglich macht, läuft mir wieder über den Weg – und stellt alles klar. Toll, liebes Leben, ganz toll.«

Ich trete noch einmal gegen die Mülltonne, es soll wütend wirken, aber es erscheint eher halbherzig, Claudiagard merkt bestimmt, dass ich mir vor allem den Fuß nicht verletzen möchte.

»Das tut mir leid«, sagt sie vorsichtig. »Ich wusste nicht, dass das so wichtig für dich war.« Sie hält sich aber nicht lange damit auf, mich zu trösten: »Du hast vorhin gesagt, es waren zwei Gelegenheiten, bei denen wir fast miteinander geschlafen hätten. Wann soll denn das andere Mal gewesen sein?«

»O nein!«, wehre ich bitter lachend ab. »Das sage ich dir nicht. Das nimmst du mir nicht auch noch.«

»Ach, komm. Es interessiert mich.«

»Nee, nee.«

»Och, bitte.«

»Nur wenn du mir versprichst, nicht klarzustellen, dass wir auch an diesem Abend nicht im Bett gelandet wären.«

»Wir wären garantiert nicht im Bett gelandet.«

»Dann sage ich's dir nicht.«

»Los, raus mit der Sprache. Biddöö.«

Sie sieht mich mit ihren wunderschönen blauen Augen an, und mein Widerstand bröckelt.

»Was kriege ich dafür?«

Sie denkt nach.

»Ich verspreche, dir für den Rest deines Leben die Illusion zu lassen, dass wir heute Sex hätten haben können.«

»Hm, klingt fair.«

»Also? Wann soll das gewesen sein?«

»Na, damals als wir im Multiplex waren und anschließend in der Kino-Bar noch Cocktails getrunken haben«, helfe ich ihrem Gedächtnis auf die Sprünge.

»Ja, daran erinnere ich mich. Wir waren ziemlich betrunken.«

»Genau.«

»Aber ich hätte auch damals nicht mit dir geschlafen. Und wenn ich noch so besoffen gewesen wäre.«

»Und da geht auch diese Illusion hin. Plopp!«

»Plopp?«

»Ja, Seifenblase. Zerplatzt. Plopp.«

»Aber du kannst dir ja ab sofort einbilden, dass wir heute zusammen geschlafen hätten, wenn du den ersten Schritt gemacht hättest.«

»Ich weiß bloß nicht, ob mir das gelingt. Irgendwie eignet sich die Atmosphäre nicht recht für eine solche Illusion. Ich meine: vor einer Anstalt. Morgens.«

»Mein Gott, du hast zu viele schlechte Filme geguckt. Deine Fantasie ist ja klischeebeladen ohne Ende. Erotische Fantasien kann man überall haben. Du kannst dir doch einreden, dass du mich gepackt hast und ins Damenklo gezerrt und ich dort alles mit mir habe machen lassen. Voller Ekstase.«

»Damenklo? Da fliege ich doch sofort raus, wenn mich jemand entdeckt. Ich kann mir sogar vorstellen, dass du mit mir da reingehst, nur um sofort den Wachdienst zu rufen. Und dich scheckig lachst, wenn ich abgeführt werde.«

»Das traust du mir zu?«

»Ich traue jedem alles zu.«

»Stimmt. Sogar, dass ich mit dir schlafe.«

»Nur wenn die Atmosphäre stimmt.«

Ich sehe ihr in die Augen, nehme meinen ganzen Mut zusammen und frage: »Wärst du denn bereit, mit mir aufs Damenklo zu gehen und dort hemmungslos Liebe zu machen?«

»Nein.«

»Vielleicht stark gehemmt Liebe zu machen?«

»Auch nicht.«

»Plopp.«

Ja, liebe Leser. Sie haben recht: Manchmal bin ich ein richtiges Glückskind. Wie wahrscheinlich ist es schon, dass man ein solch niederschmetterndes Gespräch direkt vor einer Nervenklinik führt? Ist das nicht ein unfassbares Glück? Ich bin am Boden zerstört und würde mich am liebsten umbringen. Ich wäre doch bescheuert, zu solch drastischen Mitteln zu greifen, wenn ich bereits am Eingang zu einer Nervenklinik stehe. Wenn mir irgendwer helfen kann, dann die. Ich habe schon Pferde vor der Apotheke kotzen sehen. Aber noch keinen Irren sich vor der Nervenklinik den Kopf wegschießen. Nur ein paar Schritte, und ich kann mir helfen lassen. Gegen meine Depression angehen. Mich heilen lassen. Und ein neues Leben beginnen.

Und so betrete ich, nachdem ich mich von meiner alten Freundin verabschiedet habe, das Foyer der Klinik.

Tag 1 in der Klinik

In meinen Augen ist das unterlassene Hilfeleistung. Eine Privatklinik kann doch einen Patienten nicht abweisen, nur weil er nicht weiß, wer er ist. Als könnte ich etwas dafür, dass ich mein Gedächtnis verloren habe. (Psst: Ich simuliere nur. Ich weiß sehr wohl, wer ich bin (leider). Aber das kann die Empfangsdame nicht wissen. Zumal ich unheimlich überzeugend wirke, wenn ich mir das Selbstlob an dieser Stelle erlauben darf.)

»Kommen Sie mir nicht so«, geht sie mich mit schnarrender Stimme an, »Sie wissen genau, wer Sie sind. Sie wollen nur nicht, dass ich Sie wegschicke.«

»Ach ja? Woher wollen Sie das denn wissen?«, halte ich kämpferisch stand. »Ich habe keinen blassen Schimmer, wer ich bin. Aber wenn Sie mehr wissen, bitteschön, sagen Sie es mir. Ich bin dankbar für jeden Tipp.«

»Sie haben sich am Anfang des Gesprächs mit Ihrem Namen vorgestellt. Erst als ich Ihnen gesagt habe, dass wir Sie ohne die schriftliche Kostenübernahme Ihrer Krankenkasse oder eine Vorauszahlung in Höhe von 5000 Euro nicht aufnehmen können, haben Sie zufällig Ihr Gedächtnis verloren.«

»Ach ja? Keine Ahnung, ich erinnere mich nicht daran. Aber wen wundert's, dass man bei Ihren Preisen vergisst, wer man ist. Als wen habe ich mich denn ausgegeben?«

»Als Jan-Uwe Fitz.«

»Jan-Uwe Fitz? Sagt mir nichts«, lüge ich und lege den rechten Zeigefinger auf meine Lippen. Mit dieser klischee-

144

haften Geste möchte ich unterstreichen, dass ich nachdenke. Natürlich hätte ich auch auf dieses platte Bild verzichten können, aber die Frau soll nicht daran zweifeln,
dass ich über mich nachdenke. Nicht dass sie glaubt, ich
sei einfach nur sprachlos.

»Sie lügen«, wirft sie mir vor.

Sie wissen es längst, lieber Leser: Natürlich lüge ich.
Aber woher soll ich denn bitte die Kostenübernahme meiner Krankenkasse bekommen? Und 5000 Euro besitze ich
auch nicht. Ich kann mich nicht einmal erinnern, jemals
einen Betrag mit so vielen Nullen gesehen zu haben. Um
dennoch einen Platz in der Privatklinik zu bekommen,
bleibt mir eben nur, die Karte Identitäts- und Gedächtnis-
verlust zu spielen – und einen Notfall vorzutäuschen.

»Gehen Sie in eine andere Klinik«, raunzt mich die Empfangsdame an. »Es gibt viele staatliche Einrichtungen, die
sich um Menschen wie Sie kümmern. Und Ihre Krankenkasse bezahlt Ihnen sogar den Aufenthalt.«

»Ich will aber in diese Klinik«, beharre ich wie ein trot-
ziges Kind. »Ich habe schon so viel Gutes von Ihrem Haus
gehört.«

»Was denn?«

Ich denke scharf nach. Mit dieser Frage habe ich nicht
gerechnet. Denn natürlich habe ich nichts Gutes gehört,
genau genommen habe ich noch nie etwas von dieser Klinik gehört. Bis ich zufällig vor ihr stand. Also lüge ich weiter:

»Auf meinem Spaziergang durch den Wald habe ich
einen Mann getroffen, der ausgesprochen guter Dinge war.
Ich hielt ihn an und fragte: ›Junger Mann, Sie wirken so

145

ausgelassen. Was ist Ihnen denn widerfahren?‹ Und wissen Sie, was er geantwortet hat?«

»Nein, und es interessiert mich auch nicht«, bellt die Empfangsdame.

»Er sagte: ›Ich komme gerade aus der privaten *Klinik im Wald und nicht an der Oper*. Nicht weit von hier. Dort wurde ich geheilt. Mir geht es ja so gut, so gut, so gut! Bevor ich in der Anstalt war, war ich immer ganz traurig. Ich habe tagelang geweint. Doch die Klinik hat mich aufgepäppelt. Jetzt geht es mir gut, gut, gut! Falls es Ihnen auch einmal nicht gut geht – die *Klinik im Wald und nicht an der Oper* kann ich Ihnen empfehlen. Einfach da vorn an der Eiche rechts, sich dann eines Besseren besinnen und umdrehen, weil Sie an der Eiche links gemusst hätten.‹«

»Ach so, der«, winkt die Empfangsdame ab. »Das ist einer aus unserem Promotion-Team. Setzt unsere neue Guerilla-Marketing-Kampagne um. Glauben Sie ihm kein Wort. Der wird dafür bezahlt, dass er uns lobt.«

»Heißen Sie tatsächlich *Klinik im Wald und nicht an der Oper?*«

»Ja, früher hießen wir einfach *Klinik an der Oper*, bis ein spitzfindiger Mensch festgestellt hat, dass weit und breit keine Oper zu finden ist. Die nächste ist hundertsechzig Kilometer entfernt.«

»Wie weit darf eine Oper von einer Klinik entfernt sein, um sich noch *Klinik an der Oper* nennen zu dürfen?«

»Keine Ahnung.«

»Darf sich eine Klinik eigentlich *Klinik am Jan-Uwe* nennen, wenn Jan-Uwe in der Nähe wohnt?«

»Ich frage mich, warum der Typ im Wald rumhüpft.

Das Marketingkonzept sieht eigentlich vor, die Promotion-Teams durch Fußgängerzonen hüpfen zu lassen.«

»Der Grat zwischen Waldweg und Fußgängerzone wird immer schmaler. Ich kann auch nie sagen, ob ich gerade im Wald bin oder in einer Fußgängerzone.«

»Gehen Sie jetzt bitte. Oder zahlen Sie den Vorschuss.«

»Hören Sie, Frollein, ich weiß nicht, wer ich bin, und deshalb weiß ich auch nicht, wie vermögend ich bin oder wie meine Krankenkasse heißt. Ich weiß nur: Ich bin ein Notfall. Total gestört. Mit Depressionen. Und brauche dringend Hilfe.«

»Für einen Depressiven wirken Sie erstaunlich fröhlich.«

»Ich bin etwas aufgekratzt. Außerdem wirkt die Klinik schon.«

»Wie viel Geld haben Sie bei sich?«

Ich wühle in den Hosentaschen und kratze zwölf Cent zusammen. Mit einer generösen Geste lege ich die Münzen auf den Empfangstresen. Die Dame schüttelt den Kopf: »Tut mir leid. Ohne Kostenübernahme Ihrer Kasse kann ich nichts für Sie tun.«

»Und wenn ich den Abwasch mache? Vielleicht in der Zeit zwischen Gruppen- und Einzeltherapie?«

»Bitte gehen Sie jetzt.«

OK, sie hat es so gewollt. Ich packe meine schwerste Waffe aus: Ich blicke süß. Die Dame würgt. Das deutsche Gesundheitssystem ist hart wie Kruppstahl.

In gewisser Weise habe ich ja Verständnis: Wo kämen wir denn hin, wenn jeder Patient, der behauptet, sein Gedächtnis verloren zu haben, in einer Privatklinik aufgenommen würde? Eine private Einrichtung kann nicht mal eben ein Auge zudrücken. Doch andererseits ist da diese Stimme in mir, die sagt: Kann man nicht wenigstens bei mir eine Ausnahme machen? Von mir aus schickt weg, wen ihr wollt. Aber seid für mich da. Hey, ich bin's doch, Jan-Uwe! Ich erwarte keine Sonderbehandlung. Ich will nur, dass die Klinik für mich eine Ausnahme macht und so tut, als wäre ich ein zahlender Patient. Das entgangene Geld können Sie sich an anderer Stelle, bei anderen Patienten, wieder reinholen. Von mir aus auch heimlich. Einfach ein paar Leistungen, die bei mir erbracht worden sind, bei anderen Patienten abrechnen. Ich schweige auch wie ein Grab und sage es niemandem. Ich kann auch unheimlich gut unschuldig gucken, wenn ich auf den Patienten treffe, auf dessen Kosten ich lebe.

»Und was bezahlen Sie, damit Sie jeden Tag hierherkommen dürfen?«, frage ich meine Widersacherin keck.

»Werden Sie nicht albern. Ich arbeite hier.«

»Ich würde doch auch arbeiten, aber Sie lassen mich ja nicht spülen. Bekommen Sie Rabatt auf eine Gruppentherapie?«

»Keine Ahnung. Muss ich nachfragen.«

»Da habe ich Sie auf etwas gebracht, wie? Aus Dank sollten Sie mich aufnehmen.«

Die Frau verdreht die Augen.

»Wenn ich bereit bin, den Abwasch zu machen, mein Zimmer selbst zu reinigen und mir meine Medikamente selbst zu verschreiben – bekomme ich dann Nachlass? Wie beim Friseur? Da bezahle ich auch weniger, wenn ich mir die Haare selbst föhne.«

»Gehen Sie jetzt bitte.«

»Schicken Sie alle Patienten in Not einfach fort?«

»Hier kommen nie Gestörte vorbei, die ihr Gedächtnis verloren haben, und wollen spontan aufgenommen werden.«

»Dann bin ich ein Präzedenzfall.«

»OK. Verpissen Sie sich. Präzedenzfall geschaffen.«

»Wo soll ich denn hin? Ich weiß doch nicht, wer ich bin und wo ich wohne.«

»Quatsch. Sie wissen genau, wer Sie sind. Menschen, die nicht wissen, wer sie sind, benehmen sich anders.«

»Ich kann auch anders. Ich kann mich gerne benehmen wie ein Mensch ohne Identität.«

»Gehen Sie jetzt.«

Mein Gott, ich stecke mitten in einem Psychoduell, wie man es sonst nur aus Hollywood-Thrillern kennt. Das Leben imitiert die Kunst. Und ich bin live dabei. Wer von uns beiden knickt zuerst ein? Wer macht den ersten Fehler? Ich habe in meinem Leben schon viele Psychoduelle gekämpft. Und immer verloren. Meine Nerven haben nie mitgespielt, und oft bin ich nach drei Sekunden Psychoduell weinend zusammengebrochen. Diesmal aber spüre ich ungeahnte Kräfte in mir. Schließlich geht es um das Großartigste, was ich mir vorstellen kann: den Aufenthalt in einer privaten Klinik! Da wachse ich über mich hinaus. Von dieser Empfangsdame lasse ich mich nicht aufhalten!

»Sie wollen mir allen Ernstes nicht helfen? Obwohl ich nicht weiß, wie ich heiße, und total durcheinander bin? Ich werde mich beschweren. Ich möchte den Chef der Klinik sprechen, junger Mann.«

Auf das »junger Mann« bin ich ein bisschen stolz. Die Runde geht klar an mich.

»Wie Sie möchten. Ich rufe den Chefarzt. Soll der sich doch mit Ihnen auseinandersetzen.«

Sie hebt den Hörer ihres Telefons ab, wählt eine dreistellige Nummer und wartet. Dabei schaut sie mich genervt an. Ich halte ihrem Blick stand und blicke ebenso genervt zurück. Wenn mich jemand genervt anguckt, gucke ich mindestens so genervt zurück. Da kenne ich nichts.

»Ja, hier ist der Empfang«, spricht die Dame in ihr Telefon. »Hier steht ein angeblich gestörter Mann und möchte aufgenommen werden ... Nein, hat er nicht ... Er behauptet, er weiß nicht, wer er ist, und nennt mich ›junger Mann‹ ... Ja, natürlich bin ich eine Frau. Nein, ich zeige Ihnen nicht meine Mu... Die kennen Sie doch außerdem schon ... Was? Ach, so, der Hausmeister, ja, sorry ... Ich kann mich nur noch an einen Kittel erinnern ... OK, ich wimmele ihn geschickt ab.«

Sie hängt ein, sieht mich an und fasst den Inhalt ihres Telefonats wie folgt zusammen: »Der Arzt meint auch: Verpissen Sie sich.«

Nicht nachgeben, Jan-Uwe, jetzt nicht nachgeben. Gegenangriff:

»Reden Sie mit allen Patienten so?«

»Nein, nur mit Ihnen.«

»Dann bin ich ja beruhigt. Sonst hätte ich das getwittert und gefacebookt. Das hätte Ihrer Online-Reputation mächtig geschadet, das kann ich Ihnen sagen.«

»Wie viele Follower haben Sie denn?«

»Keinen. Aber das kann sich ja noch ändern.«

»Würden Sie jetzt bitte gehen?«

»Aber ich bin ein Notfall. Ich brauche erste Hilfe. Ich weiß nicht, was ich mir oder anderen antun werde, wenn Sie mich wegschicken. Wollen Sie das verantworten?«

»Ja«, entgegnet sie ungerührt. »Die Klinik wird abstreiten, dass Sie je hier waren.«

»Es gibt Videobänder, auf denen zu sehen ist, dass ich mit Ihnen rede.« Ich zeige auf die Videokamera, die an der Decke hängt. »Kopien davon habe ich bereits bei meinem Rechtsanwalt hinterlegt. Sie werden veröffentlicht, falls mir etwas zustoßen sollte.«

»Sie haben schon kopiert, was gerade erst passiert?«

»Mein Anwalt hat einen Livestream.«

»Aber nicht von unserer Überwachungskamera.«

»Sie haben recht, da hakt meine Story.«

»Nichts wird darauf hinweisen, dass Sie je hier waren.«

»Und wenn ich mit Edding an die Wand schreibe: ›Jan-Uwe Fitz was here‹?«

»Dann ist das erstens blöd, weil wir wissen, dass Sie Ihren Namen doch noch kennen. Und zweitens überstreichen wir den Hinweis einfach.«

Ich denke nach. Verzichte aber diesmal darauf, meinen Zeigefinger auf die Lippen zu legen. Spart Zeit. Die Empfangsdame unterbricht meine Gedanken: »Gehen Sie woanders hin, wenn Sie geheilt werden möchten. Ich glaube Ihnen kein Wort. Unsere Klinik liegt abgeschottet von jeglicher Zivilisation in einem einsamen Waldstück. Und da fühlen Sie sich ausgerechnet in dem Moment psychisch krank, als Sie hier vorbeikommen?«

»Ich kann mir den Moment meines Durchdrehens leider nicht aussuchen, junge Frau«, entgegne ich beleidigt. »Was würden Sie denn tun, wenn Sie an einer Klinik vorbeilaufen und gerade in diesem Moment merken: Huch! Ich habe einen Burn-out.«

»In die Klinik gehen und um Hilfe bitten.« Sie starrt mich erschrocken an. »Scheiße. Ich bin in Ihre Falle getappt.« Doch ich zeige Größe, triumphiere jetzt nicht und nutze meine plötzlich starke Position nicht aus. Unheimlich anständig von mir.

»Was kann ich denn tun, damit Sie glauben, dass ich wahnsinnig bin?«

»Essen Sie meinen Telefonhörer auf.«

Sie reicht mir ihren Telefonhörer, und ich stecke ihn in den Mund. Die Sprechmuschel guckt noch heraus. Ich versuche ihn zu zerbeißen, das könnte meinen Wahnsinn noch unterstreichen. Da! Ein Anflug von Verunsicherung in ihrem Gesicht. Doch sie fängt sich wieder und fordert mit Nachdruck:

»Verpissen Sie sich.«

Ich spucke den Hörer aus, würge kurz (das Teil war doch bedrohlich nah an meinem Rachen) und schimpfe: »Ich hoffe, dass Sie nie in eine Klinik wie Ihre geraten. Da wären Sie aber gelackmeiert. Ich kann Ihnen ein Lied davon singen, wie das ist: Burn-out zu haben, aber keine Hilfe zu bekommen. Los, jetzt. Heilen Sie mich.«

»Ich bin nur die Empfangsdame.«

»Ich bin Wassermann. Glauben Sie an Horoskope?«

»Empfangsdame ist kein Sternzeichen. Das ist ein Beruf. Mein Beruf.«

»Glauben Sie an Berufe?«

Sie sieht mich fragend an, und ich sehe ein, dass ich gerade überzogen habe.

»Ich möchte sofort mit einem Arzt sprechen.«

Die Dame verdreht die Augen; wenn sie so weitermacht, hat sie morgen Muskelkater in den Pupillen. Sie nimmt den Hörer ab und wählt. Ich bin zufrieden. Der habe ich gezeigt, dass ich zu allem entschlossen bin. Unser Psychoduell werde ich siegreich beenden. Sie glaubt wohl, nur weil ich nicht weiß, wer ich bin, kann sie mit mir machen, was sie möchte.

»Der Empfang«, spricht sie in den Hörer und sieht mich böse an. Ich schaue entschlossen zurück. »Schicken Sie Tobias und Thomas. Wir haben hier einen Patienten, der nicht gehen möchte.« Hm, Tobias und Thomas. Klingt nicht nach einem Arzt. Der hat in der Regel einen Doktor vor dem Namen und wird auch nicht per Vorname angefordert. Die Dame hängt ein und deutet auf einen der beiden Stühle gegenüber ihrem Tresen. »Setzen Sie sich doch, bescheuerter Unbekannter. Ich habe den Wachdienst gerufen, der wird Sie in wenigen Minuten hinauswerfen.«

»Alles klar«, sage ich triumphierend, aber während ich Platz nehme, denke ich, dass Triumph wohl fehl am Platz ist. Das Ganze endet doch offensichtlich gar nicht mit einem Sieg? »Hinauswerfen«, hat sie gesagt? Hm. Dann hätte ich auch gar nicht erst kommen müssen. War jetzt alles umsonst oder was? Nachdenklich setze ich mich auf den Stuhl und harre der Dinge, die da kommen. Und die sind zu zweit, beide fast zwei Meter groß und muskelbepackt und wirken auf den ersten Blick, als sei mit ihnen nicht gut Kirschen essen. Tobias und Thomas, kein Zweifel. Die beiden bauen sich mit verschränkten Armen vor mir auf und schauen mich herausfordernd von oben herab an. Dann machen sie einen Schritt zur Seite, und zwischen ihnen schlüpft ein kleiner Mann in einem weißen Kittel hindurch.

»So, so, Sie sind also der Patient, der seinen Namen vergessen hat?«, fragt er mit übertriebener Gutmütigkeit. »Ich bin Dr. Möbius, ich leite diese Klinik.« Er reicht mir die rechte Hand, und ich schüttle sie zögerlich.

»Ich würde mich auch gerne vorstellen, aber ich weiß leider nicht, wer ich bin.«

»Ja, davon habe ich schon gehört.«

»Ich habe versucht, das Ihrer Mitarbeiterin am Empfang zu erklären, aber sie nimmt mich nicht ernst. Stattdessen hat sie versucht, mich abzuwimmeln. Glauben Sie mir: Ich bin ein Notfall. Ich kam eben ganz plötzlich nicht mehr mit mir zurecht.«

»Na, wenn Sie schon nicht mit sich zurechtkommen, dann sollten Sie unserer Frau Heine auch keine Vorwürfe machen, was? Hahaha.« Er lacht rasselnd über den eigenen Scherz. Ich lächle gequält. »Was ist denn nun genau passiert?«, fragt er mich fast väterlich. Hoffnung keimt in mir auf. Vielleicht geht ja doch noch was mit der Klinik und mir?

»Ich bin zufällig im Wald spazierengegangen, als mir plötzlich schwindelig wurde und ich bemerkt habe ›Oh, Scheiße, ich bin gestört.‹ Da sah ich Ihre Klinik. Sie können sich nicht vorstellen, wie erleichtert ich war. Können Sie mich heilen?«

»Ich will mal so sagen, Herr …?

»F...ie heiße ich noch einmal? Ich weiß nicht. Ich habe ja meine Identität und mein Gedächtnis verloren.« Das war knapp. Um ein Haar wäre ich ihm ins Netz gegangen.

»Hören Sie mal Herr WieauchimmerSieheißen.« Er legt den Arm um meine Schulter, hilft mir sanft aus dem Stuhl und führt mich zur Tür. Ich leiste keinen Widerstand, alle Hoffnung stirbt. »Wir sind eine Privatklinik. Wer bei uns unterkommen möchte, zahlt viel Geld. Mehr als Sie in Ihrem Leben jemals verdienen werden. Wir machen es so: Sie suchen sich einfach eine andere Klinik, oder ich rufe Ihnen einen Krankenwagen, der Sie in die nächste staatliche Einrichtung fährt. Dort wird man Sie garantiert aufnehmen.«

»Ich möchte aber so gern in Ihrer Klinik geheilt werden«, bettele ich kleinlaut.

»Keine Chance.«

»Habe ich Bedenkzeit?«

»Nein.«

»Aber ich bin wirklich gestört.«

»Das glaube ich Ihnen ja. Nur: Bei uns sind Sie falsch, ich rufe Ihnen einen Krankenwagen.«

»Nein, lassen Sie. Ich kümmere mich selbst um ein anderes Krankenhaus.«

Wenn ich jetzt woanders eingeliefert werde, kann ich die entspannten Wochen in der Privatklinik vergessen. Wenn es auf ehrliche Art nicht geht, muss ich eben zu illegalen Mitteln greifen. Aber es muss diese Klinik sein. Das schwöre ich mir.

»Schön, dass Sie endlich Einsicht zeigen«, redet Dr. Möbius besänftigend auf mich ein, als wir die Drehtür am

Ausgang erreichen. »Wenn Sie mal richtig viel Geld verdienen, können Sie gern wiederkommen. Auch wenn Sie sich dann kerngesund fühlen sollten. Wir haben hier viele Patienten, die kerngesund sind und die wir trotzdem für viel Geld behandeln.«

»Herr Doktor«, schaltet sich die Empfangsdame rügend ein. »Sie sollen doch nicht immer so erfrischend ehrlich sein.«

»Ach«, winkt der Doktor ab, »unser Freund wird das für sich behalten, oder?« Er knufft mir konspirativ in die Seite, ich giggle albern und versichere: »Aber natürlich.« Dann bin ich auch schon in der Drehtür am Eingang. Der Arzt gibt mir einen leichten Stoß und katapultiert mich in die Freiheit. Einen Sturz kann ich noch gerade eben verhindern.

Da stehe ich also wieder vor der Klinik. Ich sauge die kalte Luft ein, schlage den Kragen hoch und gehe ein paar Schritte von der Klinik weg, während mir Dr. Möbius mit Tobias und Thomas nachblickt. Sollen die sich nur in Sicherheit wiegen. Als ich aus ihrem Blickfeld bin, drehe ich mich noch einmal um, schaue zum Eingang zurück und grinse diabolisch. Denn natürlich zeige ich keinerlei Einsicht. Im Gegenteil, Herr Doktor. Sie haben meinen Ehrgeiz geweckt. Ich will in diese Klinik hinein. Und das werde ich schaffen. So wahr ich meinen Namen vergessen habe.

Tag 2

Was für eine Nacht. Jeder Knochen tut mir weh. Laub und Äste sind keine Taschenfederkernmatratze, die erwartet mich erst in meinem Einzelzimmer in der Klinik. Sobald ich einen Weg gefunden habe, doch noch einen Platz zu ergattern. Ich in einer staatlichen Einrichtung? So weit kommt's noch. Wenn ich schon krank bin, dann möchte ich es auch gut haben. Ich habe es gesund schon schlecht genug gehabt. Das staatliche Gesundheitssystem schreckt mich ab. Der Staat hat kein Interesse daran, die Psyche des Bürgers zu heilen, er möchte ihn zu einem willfährigen, kritiklosen Gesellen machen, der zu allem Ja und Amen sagt. Aber so einer bin ich schon. Dafür muss ich nicht in eine Klinik. In einer Privatklinik hingegen, ja, da wird aus mir ein neuer Mensch werden, ganz sicher. Und falls nicht, habe ich es wenigstens bequem. Einzelzimmer. Riesiges Frühstücksbuffet. Opulente Mittags- und Abendmahlzeiten. Spaziergänge in der Natur. Schöne Sache. Wenn ich erst einmal in der Klinik bin, kriegt mich so schnell niemand mehr raus.

Ich wäre doch bekloppt, würde ich freiwillig ein staatliches Vierbettzimmer beziehen. Keine fünf Minuten hielte ich es in einem Raum mit drei anderen Menschen aus. Und die nicht mit mir. Ständig würden sie mich anbrüllen: »Raus aus dem Zimmer, du Sau!« Und ich würde zurückbrüllen: »Ich wollte ja gar nicht hier rein! Ich wollte eigentlich in eine Privatklinik!«

Auch wenn sich die *Klinik im Wald und nicht an der Oper* noch so sehr meinem Willen verschließt, gibt es Mittel und Wege, meinen Willen durchzusetzen. Ich muss in diese private Nervenklinik hinein. Koste es, was es wolle. OK, koste es nicht, was es wolle, ich habe schließlich kein Geld. Koste es am besten überhaupt nichts. Deshalb ist alles erlaubt, was mich zum Patienten dieser Einrichtung macht. Selbst wenn es gegen das Gesetz verstößt. Und solange es kein Geld kostet. Natürlich. Koste es, was es wolle, nur eben kein Geld.

Ich wälze mich aus dem Laub, stehe auf und klopfe den Dreck des Waldbodens von mir ab. Unweigerlich denke ich an Filme, die von erfolgreichen Einbrüchen erzählen: *Oceans Eleven, Oceans Twelve, Oceans Watweißichwieviel*. Perfekte Anleitungen, wie man eine vermeintlich uneinnehmbare Festung am Ende doch noch einnimmt. Die wichtigste Lehre: Als Einzelperson geht es nicht. Ein Team aus Spezialisten ist gefragt, in dem jeder eine spezielle Aufgabe zu erfüllen hat. Schon steht am Ende der Heilige Gral. In meinem Falle: ein Einzelzimmer in einer privaten Nervenklinik.

Aber Moment: Wenn das Zauberwort tatsächlich Teamwork heißt, habe ich ein Problem. Ich war noch nie teamfähig. Ich war noch nie Teil eines Teams. Manchmal war ich Opfer einer Gruppe von Menschen, ich wurde schon mehrfach von mehreren Leuten gleichzeitig verhohnepiepelt oder zusammengeschlagen. Aber mich deshalb gleich als Teamworker bezeichnen? Ich weiß nicht recht.

Spiele ich das gedanklich einmal durch: Angenommen, ich würde wirklich auf ein Team setzen, Spezialisten anheuern, die mich bei meinem Projekt »Rein in die Klinik« unterstützen. Da muss zunächst einmal die Job Description für jeden Einzelnen her. Welche Skills müssen die Mitglieder einbringen? Welche Aufgaben gibt es überhaupt? Schon stoße ich an die Grenzen meines intellektuellen Vermögens. Wenn ich versuche, logisch zu planen, führt das entweder in eine Sackgasse oder ich biege schon an der ersten Kreuzung falsch ab.

Ich versuche es trotzdem: Als Erstes brauche ich einen Gigolo, um die Empfangsdame abzulenken. Oder wenigstens ein ekliges Tier, um es ihr vor die Füße zu werfen, sodass sie kreischend auf ihren Schreibtisch springt und ich unbehelligt an ihr vorbei in die Klinik spazieren kann. Allerdings ekle ich mich selbst vor Insekten und würde wohl zu der Dame auf den Schreibtisch springen. Wo wir dann zu zweit um Hilfe rufen.

Außerdem will so ein Käfer auch erst einmal gefunden sein. Und danach müsste ich ihn dressieren und abrichten. Am besten fange ich mir also einen jungen Käfer, die sind noch am lernfähigsten und formbarsten. Ich suche den Waldboden nach einem ab. Ich sitze quasi an der Quelle. Waldböden sind doch voll mit ekligem Getier. Aber meine Ansprüche an das Casting sind hoch. Der Käfer muss ein bestimmtes Hässlichkeitsideal erfüllen, sonst wird das mit uns nichts, Baby. Dann halte ich inne, mir kommen Zweifel: Ist es tatsächlich sinnvoll, die kleinen Krabbler in meinen Coup einzubinden? Wie zuverlässig sind sie überhaupt? Lassen sie mich nicht im Stich, wenn es hart auf hart kommt? Sagen sie später vor Gericht gegen mich aus? Wie bekommen eigentlich andere Ganoven ihr Misstrauen gegen Helfer in den Griff? Menschen zu vertrauen ist schwierig genug, aber dann auch noch einem Verbrecher? Das ist die Königsdisziplin des Vertrauens. Wie machen andere kriminelle Masterminds das? Sind sie vielleicht naiver als ich? Oder setzen sie nicht auf Insekten?

Ein besonders ekliger Käfer krabbelt an mir vorbei, sieht mich an, erschrickt, schluckt und huscht weg. Ich lasse ihn laufen. Wenn der Käfer nicht will, dann eben nicht. »Ich scheiße auf deine Hilfe!«, rufe ich ihm hinterher. Kurz liebäugle ich damit, ihm nachzusetzen und ihn plattzutreten.

Also nix Käfer. Wessen Hilfe benötigte ich denn noch? Ich brauche noch einen Computerfachmann, der die Patientenkarteien so manipuliert, dass mein Name plötzlich darin erscheint. Und einen Schlüsseldienst, der mir eines der Einzelzimmer öffnet. Das müsste an Unterstützung reichen.

Bleibt die Frage: Wie soll ich mein Team honorieren? Die Jungs wollen sicher auch einen Nutzen von unserer Zusammenarbeit haben. Ich besitze aber nur zwölf Cent. Die ich zu allem Überfluss gestern am Empfang habe liegen lassen. Und selbst wenn ich sie noch besäße: Für zwölf Cent bekomme ich kein Expertenteam zusammen, das mir hilft, in eine Privatklinik einzubrechen. Mit der Beute kann ich Fitzis Eleven plus minus x plus Käfer auch nicht locken. Ich plane schließlich nicht den Raub eines wertvollen Edelsteins, dessen Schwarzmarkterlös wir am Ende teilen – und auch keinen Einstieg in Fort Knox, um uns die Goldbestände unter den Nagel zu reißen. Wenn wir erfolgreich sind, winkt nicht Reichtum für alle, sondern ein Einzelzimmer für mich. Ob dieser ideelle Lohn den anderen genügt, um mir zur Seite zu stehen? Ein altes Sprichwort sagt: »Wenn du Menschen dazu bringen willst, ein Schiff zu bauen, wecke in ihnen die Sehnsucht nach dem Meer.« In meinem Falle wäre das Meer meine seelische Gesundheit. Und die ist den Kerlen wahrscheinlich schnuppe. Bin gespannt, wie die reagieren, wenn ich ihnen mitteile: »Hey, Sie haben das gute Gefühl, mich in einer Klinik untergebracht zu haben. Ist das nichts?«

Mache ich mir nichts vor: Die Aussichten, dass sie diese Hoffnung als Bezahlung akzeptieren, sind recht gering. Selbst wenn ich meine Mission geheim halte und meinem Team statt der konkreten Aussicht auf Bezahlung nur verschwörerisch zuraune »Lasst euch überraschen. Ich will nicht zu viel versprechen, aber: Es wird euer Schaden nicht sein«, endet das nur in einer riesigen Enttäuschung, die ich unter Umständen nicht überlebe. Verbrecher, die sich an der Nase herumgeführt fühlen, sollen recht humorlos sein. Es gehört nicht viel Fantasie dazu, sich das Ganze auszumalen:

Endlich liege ich im Bett meines Einzelzimmers. Dank der Unterstützung meines zwölfköpfigen Teams aus drei Computerspezialisten, vier Schlüsseldiensten und fünf Käfern ist es mir gelungen, erfolgreich in die Klinik einzubrechen und mir einen Therapieplatz sowie ein Einzelzimmer zu sichern. Ende gut, alles gut: Ich bin am Ziel und ziehe zufrieden die Decke an mein Kinn. Meine zwölf Helfer stehen um mein Bett herum und schauen mich erwartungsfroh an. Ich halte aus meinem Bett heraus eine kleine Dankesrede:

»Danke, Jungs, wir haben es geschafft. Gute Arbeit. Ich bin in meinem Einzelzimmer, wir haben alle Papiere gefälscht, den Klinikcomputer gehackt und mich als offiziellen Patienten registriert. Alles perfekt. Schönes Leben noch. Tschüssi.«

Ich drehe mich auf die Seite und schließe die Augen.

»Wie, tschüssi?«, fragt einer der zwölf verdutzt. »Und unser Lohn?«

Er rüttelt an meiner Schulter. Verärgert drehe ich mich zu ihm.

»Herrgott, was ist denn noch? Könnt ihr mich nicht in Ruhe schlafen lassen?«

»Wir wollen unseren Lohn.«

»Lohn? Was denn für einen Lohn? Wollt ihr mit ins Bett oder was? Hier gibt es keinen Lohn. Das Ziel war, mich in der Klinik unterzubringen. Das hat geklappt. Herzlichen Glückwunsch. Genießt euer restliches Leben.« Beim Wort »Leben« setze ich mit den Zeige- und Mittelfingern meiner Hände Anführungszeichen in die Luft.

Ich drehe mich wieder auf die Seite. Da spüre ich einen Tritt gegen meine Nieren. Das tat weh. Trotz der dicken Decke, in die ich mich gekuschelt habe. Wahrscheinlich aufgrund der Wucht des Kicks. Ich fahre zornig herum.

»Aua. Was soll denn das?«

»Wir gehen hier nicht weg, bevor wir nicht unser Geld bekommen haben.«

Ich blicke in zwölf unfreundliche Augenpaare.

»Herrgott«, bügle ich den Sprecher unwirsch ab. »Ich dachte, ihr helft mir, um mir einen Gefallen zu tun. Ehrenamtliche Arbeit für den guten Zweck.«

»Du hast doch gesagt, es wird unser Schaden nicht sein.«

»Genau. Und das ist es auch nicht. Ist etwa irgendjemand zu Schaden gekommen? Nein. Also. Lasst mich in Ruhe. Ich will schlafen. Der Einbruch war anstrengend, und morgen stehen einige Therapien an.« Ich drehe mich wieder auf die Seite.

»Warum sollten wir dir überhaupt einen Gefallen tun?«, fragt mich ein anderer aus dem Team. »Bevor Du uns über *www.hermitderhilfefürwasillegales.de* rekrutiert hast, kannten wir dich doch überhaupt nicht.«

Zustimmendes Gemurmel der anderen.

»Wenn du uns nicht sofort ein erkleckliches Sümmchen rüberwachsen lässt, machen wir alles wieder rückgängig und setzen dich genau an der Stelle aus, an der wir dich das erste Mal getroffen haben. Gefesselt und geknebelt. Mitten im Wald.«

»Herrgott. Was wollt ihr denn?«

»5000 Euro für jeden.«

»Das sind 60.000 Euro insgesamt. Woher soll ich die denn nehmen? Wenn ich die hätte, müsste ich nicht in die Klinik einbrechen. Dann könnte ich den Scheiß auch gleich bezahlen.«

»Das ist nicht unser Problem. Also?«

»Hm … Kann ich vielleicht euren Abwasch machen?«

Kein Zweifel, ich brauche einen anderen Plan. Irgendetwas, das ich auch alleine geregelt kriege. Bei dem ich nichts dem Zufall überlasse. Oder noch besser etwas, bei dem ich alles dem Zufall überlasse. Mache ich mir nichts vor: Ich bin völlig unfähig zu planen. Das Einzige, was ich kann: nichts dafür, wenn's schiefgeht. Einfach Augen zu und durch. Wie schwer kann es denn sein, in die Klinik zu gelangen und sich in einem Einzelzimmer breitzumachen? Schließlich steht am Eingang kein feuerspeiender Drache, der Eindringlinge verbrutzelt. Nur die Empfangsdame. Gut, es gibt noch Tobias und Thomas, und mit denen möchte ich es lieber nicht aufnehmen, dann doch eher mit einem feuerspeienden Drachen. Aber weiß ich was? Ich werde den beiden eben einfach aus dem Weg gehen. Ich Fuchs. Und bin ich erst einmal drin, darf ich eben nie da sein, wo Tobias und Thomas gerade sind.

Wer will mich schon aufhalten, wenn ich einfach um das Gebäude herumgehe und durch ein offenes Fenster einsteige? Eine brillante Idee. Aber kann es wirklich so einfach sein? Scheint so. Da macht man sich tagelang einen Kopf, dabei liegt die Lösung so nah. Schöne Erkenntnis. Macht mir Mut. Ich lache erleichtert auf. Dann halte ich mir schnell die Hand vor den Mund. Nicht dass mich Tobias und Thomas hören.

Ja, lieber Leser, Sie haben das richtig erkannt: Ich bin völlig skrupellos. Ich bin *bad to the bone*. Fest entschlossen, mir eine medizinische Leistung zu erschleichen. Wie Ladendiebstahl. Nur dass ich keine Mohrrüben klaue, sondern ärztliche Hilfe. Ich werde mich heimlich behandeln lassen, ohne dass die Klinik ein Honorar beziehen wird. Vielleicht werde ich damit sogar zum Trendsetter? Am Ende müssen viele Arztpraxen und Krankenhäuser wegen Gangstern wie mir schließen. Da rackern sich die Ärzte tagein, tagaus ab, behandeln und behandeln und behandeln – und am Ende des Monats geht kein Honorar auf ihrem Konto ein. Weil sich ganz Deutschland heimlich behandeln lässt. Ich muss aufpassen, dass mein Modell nicht Schule macht. Ich darf darüber nie ein Buch schreiben. Oder jemandem hinter vorgehaltener Hand von meinen Untaten erzählen. Sonst spricht sich das herum. Und am Ende wimmelt es in den privaten Nervenkliniken von heimlichen Patienten, die sich gegenseitig aus den Einzelzimmern prügeln.

Es passt vielleicht nicht an diese Stelle des Buches, aber das ist ein guter Grund, ein paar besonders erschütternde Ereignisse aus deutschen Wartezimmern zu erzählen:

ALTE FRAU: »Guten Tag, Herr Doktor.«

ARZT: »Huch! Wurden Sie denn überhaupt schon aufgerufen?«

ALTE FRAU: »Nee, ich dachte, ich zeige ein bisschen Eigeninitiative.«

ARZT: »Finde ich klasse. Oder wie heißt das, wenn man etwas nicht gut findet?«

ALTE FRAU: »Nicht gut?«

ARZT: »Genau.«

ALTE FRAU: »Leiden Sie oft unter Wortfindungsstörungen?«

ARZT: »Nein, meistens finde ich zu viele Worte. Aber selten ein passendes. Warten Sie schon lange?«

ALTE FRAU: »7 Jahre. Als ich kam, war ich schwanger, jetzt geht der Kleine schon zur Schule.«

ARZT: »Oh, und wie macht er sich?«

ALTE FRAU: »Hoffentlich bald aus dem Staub. Ihr Wartezimmer ist verdammt eng.«

ARZT: »Ach.«

ALTE FRAU: »Ich behandle ihn zurzeit absichtlich besonders ungerecht, damit er wegläuft.«

ARZT: »Fühlen Sie sich im Wartezimmer denn wohl?«

ALTE FRAU: »Na ja. Die Zeitungen kenne ich schon in-
und auswendig.«

ARZT: »Ach ja? Was steht denn in der Gala Nr. 23/2002 auf
Seite 26?«

ALTE FRAU: »Inge Meysel ist tot.«

ARZT: »Inge Meysel ist tot? O mein Gott!«
(weint)

ALTE FRAU: »Vielleicht sollten Sie Fernseher aufstellen.
Das ist kurzweiliger für uns Patienten.«

ARZT: »Sind denn noch viele im Wartezimmer?«

ALTE FRAU: »Fernseher?«

ARZT: »Nein, Patienten.«

ALTE FRAU: »Na, so um die zwölf. Habe nicht nachgezählt.
Aber wenn, wären es genau zwölf.«

ARZT: »Nur zwölf Patienten? In sieben Jahren? Da hat bestimmt wieder ein Kollege welche geklaut.«

ALTE FRAU: »Jetzt wo Sie es sagen – es kam öfters ein
weißbekittelter Mann unschuldig pfeifend herein und
hat Säcke über Patienten gestülpt. Dann hat er diabolisch gelacht und ist mit Ihnen auf und davon.«

ARZT: »Können Sie den Mann beschreiben?«

ALTE FRAU: »Nein, Sie?«

ARZT: »Ich denke schon. Er trug einen weißen Kittel.«

ALTE FRAU: »Das wissen Sie von mir.«

ARZT: »Dann seien Sie eben vorsichtiger mit dem, was Sie
ausplaudern.«

ALTE FRAU: »Hm, Sie tragen aber auch einen weißen Kittel.«

ARZT: »Wollen Sie damit sagen, ich raube meine eigenen Patienten? Was hätte ich denn davon? Ich würde mich ja selbst kannibalisieren.«

ALTE FRAU: »Nein, ich vermute, Sie leiden unter dem großen Druck, den man als Arzt hat. Sie kommen damit nicht klar, dass Sie Menschen unbedingt heilen müssen. Logischerweise haben Sie Angst zu versagen. Deshalb entfernen Sie die Patienten aus Ihrem Wartezimmer und tun so, als sei es Diebstahl.«

ARZT: »Sie sind unglaublich ... bescheuert.«

ALTE FRAU: »Habe ich recht?«

ARZT: »Ja. Trotzdem sind Sie unglaublich bescheuert.«

ALTE FRAU: »Mensch, Mensch. Die Entwicklung im Gesundheitswesen ist wirklich beängstigend.«

ARZT: »Was kann ich denn für Sie tun? Was haben Sie überhaupt?«

ALTE FRAU: »Ein übersteigertes Schamgefühl.«

ARZT: »Das ist nichts, wofür man sich schämen müsste.«

ALTE FRAU: »Habe ich dann sieben Jahre umsonst gewartet? »

ARZT: »Nein, das macht sechstausend Euro fuffzig. Haben Sie's passend?«

ALTE FRAU: »Nein, ich hab's gar nicht.«

ARZT: »Nicht bezahlen zu können zieht sich wie ein roter Faden durch das Buch.«

ALTE FRAU: »Buch? Was für ein Buch?«

ARZT: »Schon gut.«

ALTE FRAU: »Nicht witzig.«

ARZT: »Doch.«

ALTE FRAU: »Stimmt, jetzt sehe ich's auch. Wie witzig. Hahaha.«

ARZT: »Hahaha.«

ALTE FRAU: » Hihihi.«

ARZT: »Wiedersehen.«

ALTE FRAU: »Au ja.«

Ich gehe um die Klinik herum, auf der Suche nach einem Hintereingang oder einem offenen Fenster. Eine Außentreppe führt seitlich an den drei Stockwerken des Hauses hoch. In jeder Etage gibt es einen Notausgang. Ich rüttle an einer Tür nach der anderen, doch alle sind verschlossen.

Ich setze meinen Weg um das Haus herum fort, stehe jetzt an der Rückseite. Hier verbindet ein überdachter Weg das Hauptgebäude mit einem zweiten, dahinterliegenden Gebäude. Die Tür zu diesem Teil der Klinik steht offen. Ich trete ein und gelange auf einen langen, engen Flur, von dem rechts und links mehrere Türen abgehen. Ich lese die kleinen Schilder neben den Türrahmen: *102 – Patientenzimmer*. Daneben 103, 104. Ich rüttle an jeder Tür. Die ersten beiden sind verschlossen. Die von Zimmer 104 kann ich öffnen. Ich betrete den Raum. Er ist circa dreißig Quadratmeter groß und eingerichtet wie ein Zimmer in einem Mittelklassehotel. Direkt links am Eingang steht ein Schrank, rechts führt eine Tür ins Bad. Der Raum strahlt gehobenes IKEA-Ambiente aus. Nicht spektakulär, aber auch nicht geschmacklos. Gedeckte Brauntöne. An der rechten Wand, hinter der Ecke, an der das Bad aufhört, steht ein Bett, links neben dem Schrank ein kleiner Schreibtisch. Geradeaus öffnet sich durch eine Glasfront der Ausblick auf einen von Wäldern gesäumten See. Weibliche Kleidungsstücke liegen auf einem Sessel vor dem Balkonfenster: ein Rock, eine transparente Strumpfhose. Kein Zweifel: Mit dieser Klinik habe ich die richtige Entscheidung getroffen. Das Zimmer genügt meinen Ansprüchen, es ist gemütlich und groß genug für mich. Es hat nur einen Nachteil: Es ist bewohnt.

Plötzlich höre ich Schritte auf dem Flur. Jemand drückt die Türklinke herunter. Blitzschnell verstecke ich mich hinter dem braunen Vorhang an der Fensterfront.

Keine Ahnung, was sich gerade in dem Zimmer abspielt. Aus meiner Position hinter dem Vorhang erkenne ich nichts. Aber offenbar hat jemand das Zimmer betreten. Vermutlich die Bewohnerin. Sie geht durch den Raum, öffnet die Schranktür, schaltet den Fernseher ein. Eine Gerichtsshow. Ein versteckter Hinweis? Weiß sie, dass ich im Raum bin, und bedeutet die Gerichtsshow, dass ich bald vor dem Kadi stehen werde? Ich schlucke, und mein »Gulp!« entweicht einen Tick zu laut.

»Ist da jemand?«, ruft die Frau unsicher, ihrer Stimme nach ist sie Mitte vierzig. »Hallo, ich weiß, dass Sie da sind. Zeigen Sie sich.«

Ich atme kaum noch. Pokert sie? Weiß sie wirklich, dass ich im Raum bin? Oder schießt sie nur ins Blaue?

»Wenn Sie sich nicht zeigen, rufe ich die Klinikleitung.«

Vielleicht ruft sie ja immer, wenn sie einen Raum betritt: »Hallo, ich weiß, dass Sie da sind. Zeigen Sie sich.« Vielleicht leidet sie unter Paranoia und Verfolgungswahn. Solche Leute soll es ja geben. Und erst wenn niemand antwortet, ist sie beruhigt.

»Ich weiß, dass Sie hinter dem Vorhang stehen. Ihre Brustwarzen zeichnen sich auf dem Stoff ab.«

Ich kann nicht länger die Luft anhalten und atme ein. Ganz leise, allerdings doch so stark, dass der Sog den Vorhang an meinen Mund zieht.

»Ich kann auch sehen, wie der Vorhang an Ihren Mund gezogen wird, wenn Sie einatmen.«

Jetzt ist Geistesgegenwart gefragt.

»Ah … Endlich sprechen Sie mich an«, beginne ich unsicher. »Ich dachte schon, ich interessiere Sie gar nicht.«

»Was?«, antwortet sie ängstlich.

»Ich bin nämlich ein sprechender Vorhang. Gibt's gar nicht so oft.«

»Wirklich? Oh, tut mir leid. Ich dachte, Sie wären ein ganz normaler Vorhang, hinter dem sich ein Eindringling versteckt. Ich wollte Ihnen nichts unterstellen.«

»Wie kommen Sie denn auf diese schwachsinnige Idee?«

»Wegen der Brustwarzen.«

»Was haben Sie denn gegen meine Brustwarzen?«

»Gar nicht, gar nichts«, weist sie meine vorwurfsvolle Frage von sich, »ich wusste nur nicht, dass Vorhänge Brustwarzen haben.«

»Begegnen Sie eigentlich jedem Möbelstück mit solchen Vorurteilen?«

»Ja. Ich habe ziemlich festgefahrene Meinungen. Wissen Sie was, junger Vorhang?«

»Was?«

»Ich fühle mich von Ihnen auf merkwürdige Weise angezogen.«

170

»Wie angezogen? Sexuell?«

»Ja.«

»Das vergessen Sie mal schön.«

»Ihre Brustwarzen haben auf mich eine besondere Wirkung. Ich werde ganz wuschig.«

»Oje.«

»Ich möchte mit Ihnen Liebe machen, hier und jetzt.«

»Das lassen Sie mal schön blei…«

Sie umarmt mich und küsst den Vorhang von oben nach unten ab. Dann wieder von unten nach oben. Und noch einmal von oben nach unten.

»Warte, Vorhang, ich befreie mich von meiner Hose«, keucht sie.

»Nichts da. Die lassen Sie an.«

In diesem Moment klopft es. Die Person wartet nicht auf ein »Herein«, sondern betritt sofort den Raum. Eine weibliche Stimme, jünger als die meiner Stalkerin, ruft:

»Die Visite, guten Tag. Frau Kautge? Was machen Sie denn da?«

»Können Sie nicht warten, bis ich ›Herein‹ gesagt habe?«

»Lassen Sie bitte den Vorhang los, Frau Kautge.«

»Nein, der Vorhang und ich, wir lieben uns. Nicht wahr, Herr Vorhang?«

Ich sage nichts. Das scheint mir klüger. Einem nervlich angeschlagenen Patienten kann ich vielleicht noch einreden, dass ich ein sprechender Vorhang bin, den Ärzten und dem Pflegepersonal wohl eher nicht.

»Herr Vorhang? Herr Vorhang! Sagen Sie doch was«, verlangt Frau Kautge. Aber ich bleibe stumm.

171

»Na, Frau Kautge«, sagt die weibliche Stimme. »Dann wollen wir mal Ihre Dosis erhöhen, was?«

»Aber wenn ich es Ihnen doch sage: Der Vorhang kann sprechen. Wie der sprechende Busch in der Bibel. Oh, eine Spritze …«

Tag 3

In dieser Nacht habe ich besser geschlafen, aber immer noch nicht richtig gut. Ich durfte zwar den Komfort einer Matratze genießen, allerdings bietet das Bett nur einer Person Platz. Wir nächtigten aber zu zweit darin. Frau Kautge und ich. Ich habe das Einzelzimmer ergattert, von dem ich geträumt habe, aber leider wohnt noch eine andere Person darin. Ich hingegen stehe die meiste Zeit hinter dem Vorhang. Nur wenn Frau Kautge schläft, wage ich mich aus meinem Versteck und lege mich zu ihr ins Bett. Ich sehe gar nicht ein, dass sie das Bett für sich allein haben soll. Ich bin doch nicht in die Klinik eingebrochen, um auf dem Boden zu schlafen.

Anscheinend habe ich so geschickt geschlafen, dass meine Mitbewohnerin nicht aufgewacht ist. Keine Ahnung, wie ich das hinbekommen habe. Bin wohl ein äußerst geschickter Schlafender. Vermutlich habe ich meine Berührungsangst so sehr verfeinert, dass ich auch unbewusst, im Schlaf, darauf achte, keinen Körperkontakt zu einem anderen Menschen zu haben. Oder Frau Kautge hat einen äußerst tiefen Schlaf. Auch als ich das Bett verließ, lag sie noch in Morpheus' Armen.

Man kann nicht behaupten, dass ich besonders vorsichtig wäre. Wie leicht könnte ich auffliegen. Zum Beispiel wenn Frau Kautge jetzt das Bad aufsucht, weil ich nämlich gerade auf dem Klo sitze und leichtsinnigerweise vergessen habe, die Tür abzuschließen. Da würde ich aber ganz schön in Erklärungsnot geraten. Es sei denn, ich würde in dem Moment, wenn sich die Tür öffnet, blitzschnell den Duschvorhang über mich stülpen. Mit Vorhängen gehe ich nämlich äußerst geschickt um. So viel habe ich in der Klinik bereits über mich erfahren.

Und noch etwas habe ich gelernt: Wenn die andere Person nicht weiß, dass ich zugegen bin, macht mir ihre Gegenwart nichts aus. Ich kann sogar mit ihr in einem Bett schlafen, ohne durchzudrehen. Dabei konnte ich noch nie jemanden im Bett ertragen, schon als Kind nicht. Sogar Kuscheltiere habe ich sofort hinausbefördert. Die Sache mit dem Fisch in meinem Bett muss mich dauerhaft traumatisiert haben.

Auch als ich fertig geduscht habe, schläft Frau Kautge noch wie ein Stein. Wir harmonieren perfekt. Sie weiß nichts von mir, und ich gehe ihr ständig aus dem Weg, verstecke mich die meiste Zeit hinter dem Vorhang. Mann und Frau können gut zusammen leben, solange die Frau nichts von dem Mann in ihrem Zimmer weiß und der Mann bereit ist, sich immer hinter den Vorhang zu verkrümeln, wenn seine Partnerin wach ist.

Dennoch: Optimal ist die Situation für uns beide nicht. Mir wäre es lieber, wenn ich weniger Zeit hinter dem Vorhang verbringen müsste. Allerdings kann ich mit dem Status quo besser umgehen als Frau Kautge. Sie wirkt zunehmend verstört, dabei weiß sie doch gar nichts von mir. Aber vielleicht ist es auch gar nicht so leicht, mit einem unguten Gefühl zu leben.

Hinter dem Vorhang werde ich Zeuge eines Gesprächs zwischen Frau Kautge und dem Ärzteteam, das gerade wieder zur morgendlichen Visite vorbeischaut.

»Na, Frau Kautge, wie geht es Ihnen heute?«, fragt der Chefarzt.

»Nicht so gut, Herr Doktor«, antwortet sie mit dünner Stimme. »Ich habe nicht so gut geschlafen. Mein Bett war irgendwie enger als sonst.«

»Ihr Bett ist so groß wie immer, Frau Kautge. Ein normal großes Bett für eine Person.«

»Ich weiß, aber irgendwie scheint es zu schrumpfen, wenn ich schlafe. Und ständig tritt mich etwas. Hier, sehen Sie: Mein Bein ist voller blauer Flecke. Und als ich heute Morgen ins Bad kam, war mein Handtuch nass. Als hätte jemand bereits vor mir geduscht. Irgendetwas stimmt mit diesem Zimmer nicht. Ich glaube, es ist ein verwunschenes Zimmer.«

»Ich habe gehört, dass Sie gestern versucht haben, Liebe mit dem Vorhang zu machen?«, fragt der Arzt.

»Das war einvernehmlich.«

»Einvernehmlich? Ein Vorhang kann sich nicht wehren, Frau Kautge.«

»Das ist kein normaler Vorhang, Herr Doktor. Sie halten mich jetzt bestimmt wieder für gestört, aber das Ding hat mit mir gesprochen. Und es hat Brustwarzen. Da. Sehen Sie.«

Jetzt höre ich seine Stimme wenige Zentimeter von mir entfernt. Nur der dünne Vorhang trennt uns.

»Das sind doch keine Brustwarzen, Frau Kautge. An den beiden Stellen ist der Stoff nur ein bisschen verdreht. Kein Grund, sich sexuell stimuliert zu fühlen.«

»Ich weiß auch nicht, was mit mir los ist. Sonst bin ich nicht so schnell sexuell stimuliert.«

»Reden Sie darüber mal mit Ihrem Einzeltherapeuten.«

»In der Gruppentherapie werde ich das auch mal ansprechen. Vielleicht kennen die anderen Patienten ja das Problem.«

»Das würde ich an Ihrer Stelle nicht tun. Sie wissen doch, dass die anderen nur darauf warten, dass Sie eine Schwäche zeigen – um sich mit Spott auf Sie zu stürzen.«

»Nein, das wusste ich nicht. Die wollen sich auf mich stürzen?«

»In der letzten Gruppentherapie haben sich alle über Ihre Probleme lustig gemacht. Haben Sie das nicht bemerkt?«

»Ach? Ich dachte, der Sinn von Gruppentherapie ist gerade, dass man da ganz offen über seine Probleme reden kann und von allen ernst genommen wird.«

»Ja, theoretisch schon. Sonst noch Fragen?«

»Was kann ich denn gegen das Gefühl tun, dass ich nicht allein im Zimmer bin?«

»Frau Kautge«, sagt der Arzt streng. »In Ihrem Zimmer gibt es keinen zweiten Mitbewohner. Den bilden Sie sich nur ein.«

»Heute Morgen hatte ich den Eindruck, ich rasiere nicht nur mich, sondern auch noch jemand anderen.«

»Sie rasieren sich?«

»Ja, ich habe relativ starken Bartwuchs. Für eine Frau.«

»*Das* sollten Sie mal in der Gruppentherapie ansprechen. Daran haben die anderen bestimmt ihren Spaß.«

»Mach ich.«

»Und wie kommen Sie darauf, dass Sie einen anderen rasiert haben?«

176

»Ich kann es nicht beschwören, aber es kam mir vor, als wären in meinem Waschbecken nach der Rasur deutlich mehr Haare geschwommen, als ich vorher im Gesicht gehabt hatte.«

»Hm, haben Sie denn sonst noch etwas Verdächtiges bemerkt? Vielleicht Personen in Ihrem Badezimmer, die da eigentlich nicht hingehören?«

»Wie gesagt: Mein Handtuch war schon nass, bevor ich mich damit abgetrocknet habe.«

»Ein nasses Handtuch. Wie eklig.« Zum ersten Mal klingt der Arzt wirklich betroffen.

»Ich fühle mich missbraucht.«

»Hm. Um ehrlich zu sein, junger Mann ...«

»... Frau ...«, verbessert Frau Kautge.

»Auch egal«, bügelt der Arzt sie ab. »Jedenfalls häufen sich die mysteriösen Rasiervorkommnisse in der Klinik. Sie sind nicht die Erste.«

»Aha.«

»Aber bis jetzt die Hässlichste, wenn ich das sagen darf.«

»Na klar.«

»Wir vermuten, es gibt sogenannte blinde Patienten in der Anstalt. Sie nutzen aus, dass viele Patienten morgens noch nicht klar bei Verstand sind. Besonders Morgenmuffel sind betroffen.«

»Ich bin einer.«

»Sehen Sie? Sie sind ein Morgenmuffel und beknackt – Sie passen genau ins Opferprofil. Diese Ganoven nutzen die Blödheit ihrer Opfer knallhart aus und schmuggeln sich heimlich zwischen Klinge und Gesicht des Rasierenden.«

177

»Mein Gott. Und was mache ich nun?«

»Als Erstes brauchen wir Beweise. Vor der nächsten Rasur zählen Sie die Haare in Ihrem Gesicht und gleichen sie dann mit der Zahl der Haare im Waschbecken und auf der Rasierklinge ab. Sollten sich eklatante Unterschiede ergeben, dann halten Sie in Zukunft gefälligst die Fresse. Wir kehren die ganze Sache unter den Teppich und reden nicht mehr darüber.«

»So machen wir's. Vielen Dank.«

»Kein Problem.«

»Oh, was haben Sie denn da?«

»Eine Spritze.«

»Ist die für mi… Aua.«

Meine Einzeltherapien.
Das erste Gesprächsprotokoll

»Guten Tag, Herr Doktor.«

»Wer sind Sie denn?«

»Fitz mein Name.«

»Wo ist denn Frau Kautge?«

»Ich bin ihre Urlaubsvertretung.«

»Ach, wo ist sie denn hingefahren?«

»Irgendwohin, wo es schöner ist als hier.«

»Na, das kann ja so ziemlich überall sein.«

»Irgendwo da ist sie wohl auch. Sie hat in ihrer Therapie wohl zu hart an sich gearbeitet und braucht nun erst einmal Erholung.«

»Das verstehe ich. Was kann ich denn für Sie tun, Herr Fitz?«

»Ich habe einen Burn-out.«

»Boah, Sie gehen mir jetzt schon auf den Sack.«

»Warum das denn?«

»Burn-out. Wenn ich das schon höre. Das kotzt mich so an. Ich habe auch einen Arsch voll zu tun und habe keinen Burn-out, verdammte Scheiße. Reißen Sie sich halt zusammen. Wissen Sie, wie oft mir Leute erzählen, Sie litten unter Burn-out?«

»Na ja, das ist eine Klinik, die sich auf Burn-outs spezialisiert hat. Ich rate mal: ständig?«

»Nie.«

»Und trotzdem nerve ich Sie?«

»Ja, muss an Ihnen liegen.«

179

»Sagen Sie: Angenommen, ich reiße mich zusammen, geht dann auch mein Ohrensausen weg?«

»Keine Ahnung. Nur wenn Sie Ohrensausen haben.«

»Habe ich nicht. Ich habe Nasensausen. Ich rieche ständig unangenehme Düfte, obwohl da keine sind. Ich mache nachts kein Auge zu.«

»Dann haben Sie Augensausen.«

»Was hilft dagegen?«

»Zehennagelsausen.«

»Ist das nicht unangenehm?«

»Und wie.«

»Dann her damit.«

»Ich zögere noch.«

»Wie äußert sich denn Zehennagelsausen?«

»Sie glauben, es steht ständig jemand auf Ihrem Fuß. Aber wenn Sie genau hinsehen, ist da niemand.«

»Gespenstisch. Ich habe übrigens noch ein Problem: Angst vor meinem Therapeuten.«

»Und wie äußert sich das?«

»Indem ich sage, dass ich Angst vor meinem Therapeuten habe. Können Sie etwas dagegen tun?«

»Klar. Aber da machen Sie den Bock natürlich zum Gärtner, das ist Ihnen schon klar, oder?«

»Nein.«

»Egal. Ich werde Sie jetzt erst einmal betäuben. Es wird ein bisschen wehtun.«

»Warum betäuben Sie mich?«

»Das ist ein Euphemismus für ›Ich setze Sie jetzt unter verdammt starke Tabletten, weil Sie mir mit Ihrem bescheuerten Pseudo-Burn-out derbe auf die Nüsse gehen.‹«

»Oha.«

»Pfleger!«

Zwei Pfleger betreten den Raum.

»Ja?«

»Halten Sie den Mann fest. Er weiß nicht, was er sagt und tut. Ich muss ihn betäuben.«

»Wieso? Was hat er denn gesagt?«

»Er hat gesagt, Ihre Mutter sei eine Schlampe.«

»Die Sau.«

Die beiden Pfleger überwältigen mich, drücken meinen Kopf in den Nacken, reißen mit Gewalt meinen Mund auf – und der Arzt verabreicht mir eine Spritze in den Hintern.

Als die beiden Pfleger mich wieder freigeben, frage ich den Arzt: »Wieso lassen Sie mir mit Gewalt den Mund aufreißen, um mir dann eine Spritze in den Hintern zu jagen?«

»Ablenkung. Viele Patienten haben große Angst vor Spritzen.«

»Ich nicht. Ich habe Angst vor Menschen, die mir den Mund aufreißen.«

»Das konnte ich natürlich nicht wissen.«

»Nein, nur ahnen.«

Das sind die letzten Worte, die ich von mir gebe, dann bin ich auch schon eingeschlafen. Als ich wieder aufwache, sitze ich auf dem gleichen Platz wie vorher. Dem Therapeuten gegenüber. Er lächelt mich an.

»Wie lange habe ich geschlafen?«

»Vierzig Minuten.«

»Warum vierzig Minuten?«

»Warum nicht? Unsere Therapiestunde ist jetzt rum. Bis morgen.«

Tag 4

Heute steht eine kurzfristig einberufene Patientenversammlung an. Klinikleiter Dr. Möbius hält eine Rede an die Patientenschaft:

»Sehr geehrte Damen und Herren, ich freue mich, dass Sie so zahlreich erschienen sind, wenngleich wir viele von Ihnen abermals nur mit Gewalt zum Kommen bewegen konnten. Das ist das Problem, wenn man eine Klinik voller sozialer Phobiker leitet: Viele Patienten haben eine Scheißangst vor solchen Versammlungen, und man muss ihnen ordentlich Feuer machen. Statt pünktlich zu erscheinen, sitzen sie zitternd in ihrem Zimmer und winseln: ›Ich will nicht unter Menschen. Ich will nicht unter Menschen ...‹ Es ist so peinlich.

Aber gut, so ist das nun einmal in einer Klinik wie unserer. Ich will mich gar nicht beschweren. Jetzt sitzen Sie ja alle hier, blicken ängstlich und nervös nach links und rechts und kauen Ihre Fingernägel bis auf den Stumpf. Sehr schön.

Nehmen Sie sich ein Beispiel an Herrn Nolte und Frau Matuschewski. Das waren die einzigen Patienten, die freiwillig und pünktlich erschienen sind. Ich werde aber einen Teufel tun und die beiden dafür loben, schließlich sind es die einzigen Patienten, die nicht unter Menschenangst leiden, sondern unter einer narzisstischen Störung. Sie genießen das Bad in der Menge, weil sie sich selbst großartig finden. Das können wir ihnen natürlich nicht durchgehen

lassen. Deshalb werde ich die beiden nun mit Gewalt entfernen lassen. Tobias und Thomas, übernehmen Sie.«

Dr. Möbius macht eine Pause, in der die beiden Pfleger
dem Befehl nachkommen. Dann fährt er fort:

»Und damit kommen wir zum ersten Punkt der Tagesordnung: die schwache Resonanz auf unser Frühsportan-
gebot. So geht das nicht, meine Herrschaften.« Er blickt
tadelnd in die Runde. »Das ist ein wichtiger Teil des The-
rapieplans. Sie können nicht einfach fernbleiben. Der Herr
in der ersten Reihe zum Beispiel, Sie habe ich da heute
Morgen nicht gesehen.«

Er zeigt auf mich, und ich zucke zusammen. Natürlich
war ich nicht beim Frühsport. Ich bin ja erst seit gestern
heimlich in der Klinik und wusste gar nichts davon. Aber
selbst wenn, wäre ich nicht hingegangen. Frühsport! Wie
das schon klingt. Wie Frühstück, nur ohne Stück. Stattdessen mit Sport.

»Warum waren Sie denn nicht da?«

Natürlich erwartet er keine sinnvolle Antwort, er will
mich nur in die Bredouille bringen, für ihn ist der Fall klar:
Ich bin entweder zu faul, um in aller Herrgottsfrühe meine
Gliedmaßen zu bewegen, oder zu ängstlich, um mich unter Menschen zu begeben. Aber unter Druck funktioniere
ich manchmal recht gut. Gerade will er weiterreden, als ich
ihm laut entgegne:

»Kein Bock.«

Er starrt mich überrascht an. Weil ich nicht wie erwartet in Erklärungsnot gerate und blöd herumdruckse. Stattdessen ergreife ich die Gelegenheit zu einer flammenden
Rede gegen den Frühsport:

183

»Schön, dass Sie mir die Möglichkeit geben, mich in diesem Auditorium zu erklären, sehr geehrter Dr. Möbius.«

Ich stehe auf und gehe nach vorn zu ihm ans Podium, wo ich dramatisch auf und ab laufe wie ein Staranwalt in einem Hollywood-Film während seines Schlussplädoyers. Mit kräftiger Stimme schmettere ich:

»Es ist mittlerweile eine schöne Tradition, die ich nicht missen möchte: Jeden Morgen um Punkt 6.45 Uhr gehe ich nicht zum Frühsport. Schon frühmorgens fernzubleiben tut mir gut, es weckt meine Lebensgeister und hält mich einsam. Das Schöne: Ich bin nie allein, es gibt unzählige Menschen, die mit mir dem Frühsport fernbleiben. Diesen Menschen fühle ich mich eng verbunden. Gerade weil ich sie nicht kenne. Sie bilden die erste und einzige Gemeinschaft meines Lebens, der ich mich wirklich zugehörig fühle. Menschen, bei denen ich nicht Gefahr laufe, sie jemals kennenzulernen, liebe ich abgöttisch. Wir Fernbleiber sind eine wichtige gesellschaftliche Gruppe, wir könnten Wahlen entscheiden. Wenn wir ihnen nicht fernblieben. Gemeinsam gehen wir durch dick und dünn. Nur eben an verschiedenen Orten und nie zur gleichen Zeit. Wenn ich in Berlin durch dick gehe, geht Deutschlands berühmtester Fernbleiber Kalle Masursky in Bottrop durch dünn. Wenn er es nicht sein lässt. Das Fernbleiben ist für mich ein Jungbrunnen. Ich könnte es den ganzen lieben langen Tag tun und abends mit Beleuchtung. Und endlich erobert dieser Trend auch die pflichtbewussten Deutschen; immer mehr Menschen kommen auf den Geschmack und werden zu Fernbleibern. Es gibt bereits die ersten Kongresse, die allerdings ausnahmslos zum Flop werden, weil die

Teilnehmer der Veranstaltung fernbleiben. Die Sponsoren reagierten nach dem ersten Kongress sehr gereizt und erklärten, die Versammlung nicht mehr zu unterstützen, solange die Zielgruppe nicht anwesend sei. Das ist im Übrigen ein Trend, der mir seit geraumer Zeit Sorge bereitet: Immer weniger Unternehmen sind bereit, ohne Gegenleistung Geld zu bezahlen. Eine bedenkliche Entwicklung, und ich bin froh, dass ich mir hier das Forum gebe, auf diesen Missstand einmal hinzuweisen. Auch wenn es keine Sau hört, außer ein paar Gestörten in der Klinik. Aber mal sehen, vielleicht schreibe ich ein Buch über meine Zeit in dieser Anstalt.

Wie dem auch sei: Trotz unserer wachsenden Zahl stoßen wir Fernbleiber in der Gesellschaft noch immer auf viele Ressentiments. Die meisten von uns wissen allerdings gar nicht, was Ressentiments sind, und schauen lediglich mit einer Mischung aus Verdattert- und Verdutztsein aus der Wäsche. Man merke sich folgende Faustregel: Hat es einen Rüssel, ist es meist kein Ressentiment.

Verstehen sich Fernbleiber untereinander recht gut, kommt es mit Gerndabeiseiern immer wieder zu Reibereien. Letztere erkennt man daran, dass sie von Fernbleibern immer wieder aufgeregt fordern ›Entschuldige dich gefälligst‹, nachdem sie wieder einmal mehrere Stunden an einem unwirtlichen Ort auf den Fernbleiber warten mussten.

Als großer Genuss erweisen sich Verabredungen dagegen unter Fernbleibern. Man bestellt einen Tisch für zwanzig Uhr, beide gehen nicht hin und berauschen sich daran am nächsten Tag bei einem Telefonat. Dennoch: Es ist schöner, jemanden zu versetzen, der kein Fernbleiber ist. Sich vorzustellen, wie er da in der Kälte auf einen wartet: ausgesprochen amüsant.

Nun hat das Erlernen der zutiefst beglückenden Fähigkeit Fernbleiben allerdings seine Tücken. Viele Menschen glauben fälschlicherweise, sie könnten sich das Fernbleiben selbst beibringen. Am Ende sitzen sie dann doch um die verabredete Zeit beim Italiener – aus Pflichtgefühl, diesem Teufel unter den Empfindungen. Es bleibt das dumme Gefühl, versagt zu haben. Oft sind die Betroffenen so frustriert, dass sie dem Fernbleiben für alle Zeiten abhanden kommen. Andere Fernbleibewillige, die wissen, dass sie noch einen Rest Pflichtgefühl und Anstand in sich haben, ketten sich vor einer Verabredung zu Hause an einem Heizkörper fest und werfen den Schlüssel aus dem Fenster. Dadurch bleiben sie der Verabredung zwar tatsächlich fern, doch verhungern sie mitunter schon mal. Einerseits ärgerlich; andererseits ist der Tod immer noch der erfolgversprechendste Weg, wirklich fernzubleiben. Und auch der einzige Grund, die Gerndabeiseier zu akzeptieren, wenn sie von einem Fernbleiber versetzt werden. Deshalb mein Tipp: Fordert Sie jemand auf, sich für Ihr Fernbleiben zu entschuldigen, machen Sie ihm klar, dass Sie tot sind. Achten Sie dabei jedoch auf das ›Wie‹: Im direkten Gespräch neigen viele Menschen dazu, Ihnen nicht zu glauben. Schreiben Sie lieber einen Abschiedsbrief an den zu Versetzenden, in dem Sie Ihren Selbstmord verkünden, und senden Sie ihn ab. Gehen diese Zeilen dem Versetzten am Tag nach der Verabredung zu, ernten Sie alles Verständnis der Welt.«

Applaus brandet auf. Ich blicke stolz ins Auditorium. In der Tat: Die Klinik hat mich bereits verändert.

»Äh, ja, danke. Dann, ähm, kommen wir zum zweiten Punkt«, ringt Dr. Möbius um Worte. »Uns sind Beschwerden zu Ohren gekommen, die darauf hinweisen, dass sich ein blinder Patient in der Klinik versteckt. Blind im Sinne von illegal. Diese Beschwerden haben wir zunächst ignoriert, weil sie von Vollidioten wie Frau Kautge kamen, aber gestern beim Abendessen hat das Küchenpersonal eine schaurige Entdeckung gemacht: Statt sechzig Tellern wurden einundsechzig in die Spülmaschine geräumt.«

Das Auditorium schreit erschrocken auf. Aufgeregtes Stimmengewirr. Einer übergibt sich sogar. Nämlich ich.

»Natürlich wurde sofort die Klinikleitung benachrichtigt, und wir haben die ganze Nacht damit zugebracht, die Teller wieder und wieder durchzuzählen. Wir kamen jedes Mal auf einundsechzig. Auch die Polizei, die wir natürlich sofort eingeschaltet haben, kam auf einundsechzig Teller. Da fragen wir uns jetzt natürlich: hä?«

Wieder hebt die Patientenschar zu einem Tuscheln und Raunen an. »Ruhe bitte, sonst lasse ich den Saal räumen.« Der Lärm wird lauter. Man sollte einer Horde Patienten mit Menschenangst, die sich nach dem Ende einer Versammlung sehnt, nicht die Chance geben, mit noch mehr Lärm die Versammlung aufzulösen.

Dr. Möbius korrigiert sich prompt: »Äh, wenn Sie weiter so laut sind, lasse ich Sie an die Elektroschockanlage anschließen.«

Mucksmäuschenstille. Zufrieden lässt Dr. Möbius seinen Blick über das Publikum streifen.

»Wir gehen deshalb davon aus, dass sich in der Klinik ein Patient befindet, der hier nichts zu suchen hat. Ich bitte Sie deshalb: Falls Ihnen irgendetwas verdächtig vorkommt, geben Sie sofort der Klinikleitung Bescheid. Noch Fragen?«

Eine Dame meldet sich: »Wäre es nicht einfacher, wenn Sie die Namen aller gemeldeten Patienten vorlesen und dann den rauswerfen würden, der nicht genannt wurde?«

»Sie sind wohl eine ganz Kluge, was?«, fragt Dr. Möbius verärgert.

»Na ja …«, entgegnet sie kleinlaut.

»Ich denke darüber nach.«

»OK«, akzeptiert die Patientin.

»Frau Paschalla«, rügt sie der Arzt. »Habe ich Ihnen nicht gesagt, Sie sollen sich nicht immer gleich mit jeder Antwort zufriedengeben?«

»Aber das tue ich doch auch nicht. Ich finde nur, dass das ein guter Vorschlag von Ihnen war. Dass Sie darüber nachdenken möchten. Damit kann ich mich abfinden.« Sie klingt noch verängstigter.

»Das sollen Sie aber nicht!«, fährt Dr. Möbius sie an. »Sie sollen sich nicht immer abfinden. Kapieren Sie das nicht?«

»Ich soll mich auch nicht mit sinnvollen Vorschlägen abfinden?«

»Nicht in Ihrem Zustand. Als könnten Sie beurteilen, ob ein Vorschlag sinnvoll ist oder nicht. Tun Sie mir einfach den Gefallen: Finden Sie sich nicht ab.«

»Na gut.« Sie räuspert sich, nimmt allen Mut zusammen und sagt entschlossen: »Das akzeptiere ich nicht, Herr

Doktor. Sie entscheiden das bitte jetzt sofort.« Dann sieht sie den Arzt erwartungsvoll an.

»Tobias«, fordert Dr. Möbius seinen Mitarbeiter auf, »schließen Sie das renitente Stück an die Elektroschock-anlage an.«

»Aber Sie haben doch selbst gesagt ...«, wimmert Frau Paschalla.

»Sie hätten sich mir eben widersetzen müssen.« Dann wendet er sich wieder an das Auditorium: »Noch Fragen?«

Niemand hat mehr Fragen.

Tag ?

Die aktuelle Entwicklung macht mir Sorgen. Die Klinikleitung hat Verdacht geschöpft, sie ahnt, dass etwas nicht stimmt. Ich muss schnell etwas unternehmen, sonst fliege ich auf. Nur was? Ich erinnere mich an einen Spruch, den meine Mutter einst in mein Poesiealbum schrieb, bevor sie es aufaß: »Wenn Du nicht weiter weißt – töte!«

Soll ich Frau Kautge tatsächlich aus dem Leben befördern, um meinen Platz in der Klinik zu behalten? Immerhin stammt der Tipp von meiner Mutter. Aber sollte ich bei einer so weitreichenden Entscheidung nicht eine zweite Meinung einholen? Zum Beispiel die von Frau Kautges Mutter?

Das Zimmer ist verschlossen. Dabei habe ich mich nach der Versammlung so beeilt, um es vor meiner Mitbewohnerin zu erreichen. Leider haben wir nur einen Schlüssel, und den führt sie bei sich. Auch so ein Problem: was ich an wertvoller Lebenszeit mit Warten auf Frau Kautge verplempere. Immer intensiver muss ich an die Worte meiner Mutter denken. Die Frage stellt sich immer dringlicher: Frau Kautge oder ich? Es kann nur einer überleben.

»Guten Tag«, höre ich Frau Kautge sagen. Ich war so in Gedanken, dass ich gar nicht gemerkt habe, dass sie ebenfalls unser Zimmer erreicht hat. »Hat es einen Grund, dass Sie vor meinem Zimmer stehen?«, fragt sie mich verunsichert.

»Lassen Sie sich durch mich nicht stören«, beruhige ich sie. »Ich schaue einfach gern Menschen beim Türaufschließen zu. Hobby von mir. Ich bin Alltagsverrichtungen-Spanner. Ich mag den Thrill: Bekommt sie die Tür auf? Bekommt sie die Tür nicht auf?«

Mein Lächeln soll sagen: Keine Angst, ich bin harmlos. Offensichtlich nimmt sie mir meine Geschichte ab, denn sie fragt interessiert: »Ist das nicht sehr langweilig?«

»Überhaupt nicht!«, wehre ich gespielt entrüstet ab. »Angeln ist deutlich langweiliger.«

»Öffnen Menschen nicht meistens recht mühelos ihre Türen?«, hakt sie nach.

»Vielleicht in Ihrer Welt. Ich hingegen habe mir vor kurzem eine Flatrate beim Schlüsseldienst zugelegt, weil ich es alleine so gut wie nie in die Wohnung schaffe.«

»Wenn ich meine Zimmertür öffne, stoßen Sie mich aber nicht hinein und vergewaltigen mich?«, fragt sie ängstlich.

»I wo. Sehen Sie aus, als würde Sie jemand vergewaltigen?«

»Und Sie sind auch kein Patient, der seinen täglichen Obstkorb schon aufgegessen hat und sich jetzt meinen unter den Nagel reißen möchte?«

»Sie glauben im Ernst, ich will Ihren Obstkorb stehlen?«

»Finden Sie das albern?«

»Wenn ich im Laufe meines Lebens etwas gelernt habe, dann das: Keine Angst ist so albern, als dass sie nicht irgendein Mensch haben könnte.«

»Vielleicht sollte ich mit dem Therapeuten einmal über mein Misstrauen gegenüber anderen Patienten reden?«

»Jetzt schließen Sie endlich die Tür auf. Ich halte es vor Spannung kaum aus.« Um die Behauptung zu unterstreichen, kaue ich nervös an meinen Fingernägeln.

191

»Oh, ja, natürlich. Entschuldigen Sie.«

Die Dame schließt die Tür auf und wirft mir einen stolzen Blick über ihre Schulter zu. Ich atme übertrieben erleichtert auf, als hätte sich gerade ein Hollywood-Held aus einer brenzligen Situation befreit. Sie betritt das Zimmer, und als sie die Tür schließen will, sieht sie, dass ich ihr folge.

»Wieso folgen Sie mir? Wollen Sie zusehen, ob ich es schaffe, meinen Schrank aufzusperren?«

»Nein, mich interessiert, ob Sie es schaffen, Ihren Fernseher einzuschalten oder nicht. Mensch, Mensch, bin ich neugierig.«

Die Frage, die mich eigentlich beschäftigt, lautet: Wie kann ich meinen angestammten Platz hinter dem Vorhang einnehmen, ohne dass sie es mitbekommt? Ich muss sie kurz ablenken und die Verwirrung ausnutzen. Ich sehe bewundernd an ihr vorüber und sage:

»Schönes Zimmer haben Sie.«

»Na ja, wie alle anderen Patienten auch. Ein typisches Patientenzimmer eben. Oder sieht Ihres anders aus?«

Oha. Das hat gesessen. Negative Gefühle überwältigen mich. Düstere Kindheitserinnerungen brechen sich Bahn. Das ist aber auch ein Scheiß mit der Kindheit. Ich denke an die Zeiten, als meine Eltern mir mein eigenes Zimmer vorenthielten. Obwohl wir in unserer Wohnung drei Zimmer zu viel hatten. Von denen meine Eltern nicht einmal wussten, wie sie sie nutzen sollten. Nur dieser eine Satz von Frau Kautge – und all die endlosen Diskussionen bei Frühstück, Mittag- und Abendessen schießen mir wieder in den Sinn.

»Emil«, sagte meine Mutter immer zu meinem Vater. »Was machen wir nur mit den drei Zimmern, für die wir keine Verwendung haben? Ich habe einfach keine Idee.«

»Ich bräuchte eins«, meldete ich mich mit meiner kleinen Kinderstimme vorsichtig zu Wort.« Der Stimmbruch lag damals gut und gern noch zehn Jahre vor mir. »Ich finde es auf dem Flur voll ungemütlich. Besonders seit ihr beide zu den drei Millionen Deutschen gehört, die nachts raus müssen. Immer wache ich auf, wenn ihr aufs Klo rennt.«

»Keine Ahnung«, überging mein Vater meinen Einwand. »Wir könnten sie vielleicht an die Nachbarskinder vermieten. Die Armen haben keine eigenen Zimmer.«

»Ich habe auch kein eigenes Zimmer. Ich würde auch eins nehmen«, schaltete ich mich erneut kleinlaut ein.

»Immer ›Ich! Ich! Ich!‹ Du bist so ein Egoist, Jan-Uwe. Denk doch mal an die anderen Kinder«, tadelte mich mein Vater. Und meine Mutter fügte hinzu: »Kannst du überhaupt die Miete zahlen?«

Kleinlaut gab ich zu, dass ich das nicht konnte. Und so zogen drei Tage später die Nachbarskinder bei uns ein. Die konnten zwar auch keine Miete bezahlen, sie wurde ihnen von meinen Eltern aber auch erlassen. Fand ich sehr anständig.

Nun, knapp dreißig Jahre später, holen mich diese Erinnerungen wieder ein. Eine Träne fließt aus meinem rechten Auge. Mein linkes Auge schaut neidisch zu seinem Pendant hinüber, denn es kann nicht weinen. Links ist mein Tränenkanal verstopft. Viele Leute glauben, ich schiele beim Weinen. Ist aber nur mein linkes Auge, das neidisch auf mein rechtes blickt.

Ich bin sogar in der Klinik ein Außenseiter. Wieder haben alle ein Zimmer. Nur ich nicht. Ich wische mir die Träne von der Wange. Schwäche kann ich mir jetzt nicht leisten.

»Nein, mein Zimmer sieht genauso aus wie Ihres«, lüge ich Frau Kautge an, »aber man darf doch wohl noch von der Anmut und Schönheit eines Patientenzimmers überwältigt sein, oder? Sind Sie schon so abgestumpft, dass Sie keinen Blick mehr dafür haben? Ist die Schönheit eines Klinikzimmers für Sie nicht immer wieder aufs Neue ein Wunder?« Mir fällt ein Kunstdruck an der Wand ins Auge, irgendwas Abstraktes. »Zum Beispiel dieses Bild da an der Wand. Wunderwunderschön«, schwärme ich verträumt.

Frau Kautge sieht sich das Bild intensiv an; ich nutze den kurzen Moment, um blitzschnell hinter dem Vorhang zu verschwinden.

»Na ja …« Kurze Pause. »Hallo? Wo sind Sie denn? Sind Sie noch da?« Ich halte die Luft an, um mich nicht zu verraten. Sie seufzt. Dann schaltet sie den Fernseher ein.

Ich will mir nichts vormachen: Ich stehe zwar wieder hinter meinem Vorhang, aber das ist doch kein Zustand. Wie soll das weitergehen? Ich bin zwar in einer Privatklinik, aber ich habe kein eigenes Zimmer. Und an Therapiestunden habe ich ebenfalls noch nicht teilgenommen. Es ist noch nicht einmal absehbar, ob ich jemals eine haben werde. Wie auch? Niemand weiß, dass ich hier bin, dementsprechend wurde mir noch kein Therapeut zugewiesen. Das hätte ich mal früher bedenken sollen. Aber da war ich noch zu erfüllt von dem Gedanken, wie ich überhaupt in die Klinik gelange. Hätte ich mich mal lieber kurz mit der Frage beschäftigt, was dann kommt. Soll ich jetzt einen Therapeuten als Geisel nehmen und sagen: »Therapieren Sie mich, wenn Ihnen Ihr Leben lieb ist!«? Oder eine ganze Gruppentherapie in meine Gewalt bringen? »Los, reden wir miteinander!« Außerdem brauche ich noch Körpertherapie, Gestaltungstherapie und all die anderen Therapien, mit denen ein Angstpatient in einer Klinik beglückt wird. Das Schlimmste aber: Frau Kautge nervt.

Ich bin wirklich kein Freund von Entscheidungen. Ich neige auch nicht dazu, den Lauf der Dinge in meinem Sinne durch Taten voranzutreiben, aber manchmal muss man sich auch mal zwingen, ganz bewusst alles dem Zufall zu überlassen. Es gibt diese Momente im Leben, in denen nicht Initiative gefragt ist, sondern das Universum. Und das flüstert mir jetzt die Lösung zu: »Frau Kautge muss weg. Sie ist die Wurzel des Problems. Du musst sie töten.«

Das klingt jetzt dramatischer, als es ist. Es heißt eben nur: Sie oder ich. Dieses Zimmer ist zu klein für uns beide.

Es ist Nacht. Ich sitze am Bett von Frau Kautge. Seit 1.10 Uhr. Jetzt zeigt der digitale Radiowecker 3.15 Uhr an. Ich halte ein großes, weißes Kissen in der Hand, finde aber nicht den Mut, meine Mitbewohnerin zu ersticken. Ich habe mir das etwas zu leicht vorgestellt. Ich stelle mir vieles etwas zu leicht vor. Ist es dann aber tatsächlich so leicht, stelle ich es mir spontan nicht mehr so leicht vor und bin blockiert. So wie jetzt. Kissen als Mordwaffen sind angenehm unblutig. Man hat den Schalldämpfer quasi schon mit eingebaut, die Frage ist nur: Wie verwische ich meine Spuren? Einen Selbstmord kann ich mit einem Kissen als

Tatwaffe nicht vortäuschen. Jedenfalls habe ich noch nie davon gehört, dass sich jemand mit einem Kissen selbst erstickt hat. Kissen? Oh, da fällt mir eine Geschichte ein:

Das waren noch Zeiten, als ich mit Kissen und Bettdecke harmonisch zusammengelebt habe. Ich ging entspannt ins Bett, legte mein Haupt auf das Kissen und zog mir wohlig die Decke ans Doppelkinn, bevor ich einschlief.

Doch eines Tages war alles anders: Mein Vertrauen in Bettzeug aller Art war mit einem Schlag dahin. Ich hatte wohl zu viele Filme gesehen, in denen Menschen mit einem Kissen erstickt worden sind. Sobald ich ein Kissen sah, dachte ich automatisch: »Mörder!« Ich war mir sicher, dass Kissen und Bettdecke ein Mordkomplott gegen mich schmiedeten. Ich konnte ihnen aber nichts nachweisen. Vielleicht wollen sie auch einfach nur mal gewaschen werden? Wenn man Bettzeug zu selten reinigt, entwickelt es mitunter bedenkliche Tendenzen. Oder sie ekelten sich vor mir, hatten die Nase voll davon, dass ich sie mit meinem Körper beschmutzte.

Immer wieder habe ich die beiden böse lachen hören. Erst als ich das Schlafzimmer betrat, verstummten sie. Wer mordet, schreckt auch vor anderen Verbrechen nicht zurück, zum Beispiel vor Raub. Wenn ich meine Online-Überweisungen tätige, achte ich darauf, dass meine Decke und mein Kissen nicht im Raum sind. Damit sie meine PIN-Nummer nicht ausspionieren. Eine Woche vor der Festnahme meines Kissens habe ich auf der Bank hundert Euro abgehoben. Davon habe ich meinem Bettzeug lieber nichts gesagt. Erschien mir sicherer. Auch zum EC-Auto-

196

maten nahm ich die beiden längst nicht mehr mit. Die Zeiten, in denen ich mich darauf verlassen konnte, dass sie den Diskretionsabstand einhielten, waren unwiederbringlich vorbei.

Nun sind die beiden vorbestraft. Das kam so: Eines Tages klingelte es, ich öffnete, und zwei Polizisten standen vor der Tür. Einer der beiden legte den Zeigefinger der rechten Hand auf die Lippen und bedeutete mir, kein Wort zu sagen. Der andere Cop schlängelte sich an mir vorbei in mein Schlafzimmer und verwickelte mein Kissen in ein zunächst harmloses Gespräch. Plötzlich stürzte er sich überraschend auf das Kissen, überrumpelte es und führte es in Handschellen aus der Wohnung. Anschließend warf sich der zweite Polizist auf meine Bettdecke und rang mit ihr um Leben und Tod. Die beiden rollten quer durch meine Wohnung, der Cop hieb immer wieder mit den Fäusten auf die Decke ein, die sich wehrlos ergab. Dennoch nahm er sie in den Schwitzkasten und brüllte wieder und wieder auf sie ein: »Gestehe, du Sau, gestehe.« Aber sie gestand nicht. Dann ließ er von ihr ab und sagte außer Atem zu mir: »Ihre Decke ist harmlos. Aber Ihr Kissen suchen wir schon seit Jahren wegen diverser Parkvergehen.«

»Ich kann mich also mit meiner Decke beruhigt zudecken?«

»Ja, aber verzichten Sie am besten eine Zeitlang auf jegliche Kissen, bis Gras über die Sache gewachsen ist. Kissen sind untereinander sehr loyal. Die werden sich an Ihnen rächen wollen. Und haben Sie ein wachsames Auge auf Ihre Matratze. Mein Näschen verrät mir: Die ist nicht ganz geheuer.«

»Und mein Nachttisch?«

»Ihr Nachttisch? Was soll denn mit Ihrem Nachttisch sein? Jetzt werden Sie mal nicht albern. Und wenn ich Ihnen noch einen Tipp geben darf?«

»Ja?«

»Ihr Klodeckel scheint ein vortreffliches Navigationssystem zu sein. Falls Sie sich nicht schämen, mit ihm durch fremde Städte zu laufen.«

Ach ja, das sind Erinnerungen. Doch wieder werde ich aus meinen Gedanken abrupt herausgerissen. Mein Opfer in spe, Frau Kautge, schlägt die Augen auf. (Ich hoffe, Sie haben sich jetzt nicht zu sehr erschreckt, lieber Leser. Ich bin nun einmal ein Meister des Suspense.) Sie blickt mich erschrocken an:

»Huch! Was machen Sie an meinem Bett? Wer sind Sie?«

»Oh, tut mir leid«, stammle ich ertappt. »Jetzt habe ich Sie geweckt. Fitz ist mein Name, ich bin, äh … Traumforscher.« Puh, das war äußerst geistesgegenwärtig von mir. »Äh … Können Sie mir sagen, was Sie gerade geträumt haben?«

Frau Kautge überlegt einen Moment und antwortet mit noch verschlafener Stimme:

»Ich bin über eine lilafarbene Wiese gehüpft. Es duftete nach Blumen. Und plötzlich war ich in einer Kläranlage, und es stank.«

Ich tue so, als würde ich über ihre Worte nachdenken, weiß aber, dass der Gestank, den sie im Schlaf wahrgenommen hat, aus meinem Mund stammt. Habe mir seit meiner Ankunft in der Klinik die Zähne nicht geputzt und wohl etwas zu nah an ihrem Gesicht gesessen. Das muss ich nach meinem Mord nachholen. Ihre Zahnbürste braucht Frau Kautge dann ja auch nicht mehr.

Ich sehe auf einen fiktiven Block und murmle: »Laut meinen Aufzeichnungen waren Sie in den letzten Jahren nicht *ein Mal* in einem lilafarbenen Blumenfeld.«

»Stimmt. Woher wissen Sie das?«

»Ich beobachte Sie nicht nur heimlich im Schlaf, sondern auch tagsüber.«

»Oha. Mir schien gleich, dass ich Sie von irgendwoher kenne.«

»Ja, ich habe mich bei Ihnen als Putzfrau eingeschlichen, verkaufe Ihnen in der Bäckerei Ihre Brötchen und gebe mich am Telefon als Ihre Mutter aus – alles, um mehr über Sie und Ihre Träume zu erfahren.«

»Und ich habe mich schon gewundert, dass meine Mutter selbst nach ihrem Tod noch ans Telefon geht. Dachte, ich sei überspannt.«

»Mal darüber nachgedacht, in eine Nervenklinik zu gehen?«

»Sind wir da nicht gerade?«

»Interessant.«

Wir sehen uns schweigend an. Ich werde unkonzentriert. Aus Müdigkeit.

»Aber sagen Sie mal«, fragt sie mich unverwandt, »in Ihrem Job beobachten Sie also heimlich Frauen im Schlaf?«

»Ich habe mein Hobby zum Beruf gemacht.«

»Und wie kriegen Sie heraus, was ich träume? Nur am Bett sitzen und mich angaffen bringt Ihnen ja keine Erkenntnisse über meine Träume. Oder können Sie Gedanken lesen?«

»Ich, äh … wecke Sie zwischendurch immer wieder auf und befrage Sie zu Ihren Träumen. Dann gleiche ich diese mit Ihren realen Erlebnissen ab und ziehe abstruse Schlussfolgerungen.«

»Ach, Sie sind ein abstruser Traumforscher?«

»Genau. Woher wissen Sie das?«

»Ich habe eins und eins zusammengezählt.«

»Und da kommt abstruser Traumforscher raus? Mathematik ist toll. Vielleicht haben Sie ja schon von einer meiner Arbeiten zum Thema Traumdeutung gehört. Von mir stammen Werke wie *Who's who in your dreams*, *Willst Du nachts nicht davon träumen, solltest Du es tagsüber versäumen* oder *Hier steht nichts über Traumdeutung drin, aber ich finde, es ist eine gute Ausrede, wenn man nachts am Bett einer Frau überrascht wird.*«

»Warum erinnere ich mich nicht daran, dass Sie mich wecken?«

»Weil ich Sie in der REM-Phase wecke. Danach schlafen Sie gleich wieder ein und wissen am nächsten Morgen von nichts.«

»Ich hoffe, ich rede kein peinliches Zeugs.«

»Nicht mehr als im Wachzustand.«

»Ich finde die Methoden der modernen Wissenschaft etwas fragwürdig.«

»Was ist heutzutage schon nicht fragwürdig?«

»Aber habe ich nicht das Recht zu erfahren, dass ich ausgeforscht werde? Ist das nicht gesetzeswidrig, was Sie da tun?«

»Gesetzeswas?«

»Gesetzeswidrig?«

»Waswidrig?«

»Gesetzeswidrig.«

»Ges-was-drig?«

»Gesetzeswidrig.«

»Wie war die Frage noch mal?«

»Aber habe ich nicht das Recht zu erfahren, dass ich ausgeforscht werde? Ist das nicht gesetzeswidrig, was Sie da tun?«

»Nein, Sie erfahren es ja rechtzeitig. Sie bekommen nach der Veröffentlichung meiner Arbeit ein Belegexemplar von *Träum schäum wäum*, in dem alle Ergebnisse über Sie veröffentlicht werden. Mit einem Special über Ihre schweinischen Träume.«

»Ach so.«

»Außerdem: Wenn Sie wüssten, dass ich Sie ausforsche, dann würden Sie sich anders verhalten und vor allem: viel schlechter schlafen. Wir haben das in der Vergangenheit mal getestet: Probandinnen, die wussten, dass ich die ganze Nacht an ihrem Bett sitze, haben kein Auge zugemacht. Und die Videoüberwachung hat sie bei der Verrichtung im Alltag ziemlich gehemmt.«

»Haben Sie durch mich denn etwas Neues über die menschlichen Träume erfahren?«

»Lange Zeit nicht. Doch als ich letzte Woche vom Pieseln zurückkkam, saß ein kleiner Nachtmahr auf Ihrer Brust.«

»Ein Nachtmahr?«

»Ja, diese kleinen hundeartigen Wesen, man kennt sie auch unter dem Namen Alb.«

»Ich weiß, was ein Nachtmahr ist.«

»Ach so.«

»Nein, ich weiß es gar nicht, kleiner Scherz.«

»Nachtmahre galten früher als Verursacher schlechter Träume, wurden aber ausgerottet – trotz meines Einsatzes zugunsten der letzten Exemplare. Ich bin so etwas wie die Diane Fossey der Nachtmahre. Zurzeit wird ein Film über mich gedreht: *Nachtmahre im Nebel*.«

»Aber wenn diese Wesen ausgestorben sind, wie konnte dann einer auf meiner Brust sitzen?«

»Da legen Sie den Finger natürlich in die Wunde. Unter uns: Das mit dem Aussterben war etwas voreilig von mir. Aber es war immerhin eine aufmerksamkeitsstarke These, die mir geholfen hat, berühmt zu werden. Wenn Sie das aber bitte vorerst noch für sich behielten? Dass es sehr wohl noch Nachtmahre gibt, meine ich.«

»Nachtmahre, soso … Interessant. Und ich dachte immer, Träume sagen etwas über das Unterbewusstsein aus.«

»Totaler Quatsch. Aber diese Ammenmärchen sind sehr schwer auszurotten.«

»Ich finde Traumdeutung ausgesprochen faszinierend. Und Horoskope. Am liebsten habe ich es, wenn ich von Horoskopen träume.«

»Würde es Ihnen etwas ausmachen weiterzuschlafen?«

»Nein, ich bin sowieso müde.«

»Und stört es Sie, wenn ich Sie im Schlaf weiter beobachte?«

»Machen Sie nur. Aber schlafen Sie nicht selbst ein. Ich sehe schon, Sie haben ein Kissen dabei.«

»Keine Angst, das Kissen ist nicht für mich. Hihi.«

Frau Kautge schaut mich fragend an, ich lasse es aber gut sein.

»Vielleicht können Sie mich in den Schlaf singen?«, bittet sie mich. »Ich weiß nicht, ob ich sonst wieder einschlafen kann, ich bin nun doch ein bisschen aufgewühlt.«

»Alles klar. Mach ich. Schlafen Sie gut.«

»Danke.«

Also singe ich: »Schlaf ein, kleines Versuchskanichen, schlaf ein, ich sing dir ein Lied gar fein …«

Nächster Tag

Als ich am nächsten Morgen erwache, ist es laut Wecker 7.12 Uhr. Mein Gesäß schmerzt, die ganze Nacht saß ich auf dem Schreibtischstuhl am Bett von Frau Kautge. Nur das Kissen halte ich nicht mehr in der Hand, das liegt auf dem Gesicht von Frau Kautge. Ich reiße es panisch herunter, keine Ahnung, wie es da überhaupt hingekommen ist. Dann fährt mir der Schrecken in die Glieder: Frau Kautge ist tot. Ich bin kein Experte darin, den Tod festzustellen, viele Menschen, die ich längst begraben hätte, haben in Wirklichkeit nur irgendwo angestanden. Aber die Zunge meiner ehemaligen Mitbewohnerin hängt albern aus ihrem rechten Mundwinkel heraus, und ihre Augen sind weit geöffnet, daher wage ich die Diagnose: tot. Um sicherzugehen, schüttle ich die Frau, haue ihr links und rechts eine runter – keine Reaktion.

Keine Ahnung, wie die Frau gestorben ist. Die Wahrscheinlichkeit, dass ich es gewesen bin, ist hoch. Schließlich habe ich damit geliebäugelt. Und nun scheint sie durch das Kissen, das ich als Tatwaffe ausgewählt hatte, erstickt worden zu sein.

Aber habe ich sie wirklich umgebracht? Oder ist das Kissen von selbst losgegangen? Ist sie zufälligerweise eines natürlichen Todes gestorben, und ich habe im Schlaf nur das Kissen auf ihr abgelegt? War noch jemand Drittes im Zimmer? Ein Trittbrettmörder? Und befindet er sich noch im Raum? Versteckt er sich hinter dem Vorhang? Ich spiele kurz mit dem Gedanken, nachzusehen, den Vorhang überraschend zurückzuziehen, bin dann aber zu faul und zucke nur gleichgültig mit den Schultern.

Was soll ich mit der Leiche machen? Ich kann Frau Kautge nicht im Bett liegen lassen. Zum einen brauche ich das Bett für mich, zum anderen wird die Reinemachefrau, die jeden Morgen das Zimmer richtet, nicht einfach über eine tote Frau Kautge hinwegputzen. Sie wird die Klinikleitung verständigen, und die wird das Zimmer an jemand anderen vergeben. Dann bezieht ein neuer Patient den Raum. Und ich habe wieder kein eigenes Zimmer. Nein, niemand darf erfahren, dass Frau Kautge tot ist.

Ich fühle mich großartig: Ich bin am Ziel. Ich bin in einer Privatklinik, und ich habe ein Einzelzimmer. Ein Therapeut fehlt mir noch. Aber so schwierig kann es ja nicht sein, einen zu bekommen. Zumal durch Frau Kautges Tod ein Platz frei geworden sein müsste. Den ich füllen werde. An einer kleinen Pinnwand aus Kork über dem Schreibtisch hängt der Therapie-Stundenplan meiner toten Mitbewohnerin. Darauf sind ordentlich die Zeiten ihrer diversen Therapien eingetragen. Inklusive des Namens des jeweiligen Therapeuten und der Raumnummer. Praktisch. Diese Stunden werde in Zukunft ich für Frau Kautge wahrnehmen. Alles fügt sich. Kann es wirklich so einfach sein?

Ich hebe Frau Kautge aus dem Bett und stopfe sie in den Kleiderschrank. Bei Gelegenheit sollte ich sie vielleicht noch in kleine Einzelteile zersägen. Dann kann ich sie heimlich nach und nach aus der Klinik schmuggeln. Oder ihre Überreste in den kleinen Patiententresor im Schrank einschließen.

78

»Moment, eine Frage.«

»Ja?«

»Sie haben eine Frau getötet?«

»Nein, Sie?«

»Nein. Aber es klang gerade so, als hätten Sie.«

»Echt? Nein, ich glaube, das war ich nicht. Es sieht mir so gar nicht ähnlich.«

»Aber Sie hatten ein Motiv und ein Kissen.«

»Woher wissen Sie das?«

»Sie haben es mir erzählt.«

»Das haben Sie mitangehört?«

»Ja.«

»Aber ich habe nur Selbstgespräche geführt. Das können Sie nicht gegen mich verwenden.«

»Kann ich nicht?«

»Nein. Aussagen aus Selbstgesprächen werden vor Gericht nicht anerkannt.«

»Und falls doch?«

»Wollen Sie mich verhaften? Sind Sie Polizist?«

»Nein.«

»Dann ist es ja gut. Sonst hätte ich meine weiteren Selbstgespräche leiser geführt. Oder wenigstens undeutlicher gesprochen. Aber was machen Sie denn überhaupt beruflich?«

»Ich arbeite bei der Post als Kaninchen. Und Sie?«

»Das möchten Sie lieber nicht wissen.«

»Dann habe ich aus Versehen gefragt.«

»Möchten Sie gern wissen, wie meine Therapien ver-
liefen?«

»Nein, das interessiert mich einen feuchten Kehricht.
Sie können aber einfach weiter Selbstgespräche führen
und ich nicht anders als zuhören.«

Das zweite Gesprächsprotokoll

»Das hätte ich nicht gedacht«, wunderte sich mein Arzt. »Sie sind der erste Patient, der diese beiden Medikamente zusammen einnimmt und nicht auf der Stelle tot zusammenbricht. Chapeau!«

»Danke, Herr Doktor. War aber auch ein bisschen Glück dabei.«

»Nicht so bescheiden. Das ist eine grandiose Leistung. Und Sie glaubten, Sie könnten überhaupt nichts. Immer dieses Gejammere: ›Ich bin so schlecht …‹ Und das Geheule.«

»Na ja, ich hatte einen Burn-out.«

»Dabei sind Sie im Wegstecken fantastisch. Sie dürfen nur nicht jammern.«

»Diese Erkenntnis verdanke ich vor allem Ihnen, Herr Doktor. Hätten Sie mich über den Medikamentenversuch im Vorfeld informiert, hätte ich die beiden Pillen nie im Leben gleichzeitig eingenommen.«

»Nicht zu vergessen: Ich habe auch die Packungsbeilage entfernt, in der geschrieben stand: Niemals die beiden Medikamente zusammen einnehmen!«

»Ja. Das war sehr pfiffig von Ihnen.«

»Also, Ihre Widerstandskraft, Herr Fitz: toll! Wenn man bedenkt, dass Sie einfach nur ein Patient sind, der zu feige ist, sich gegen die Willkür des behandelnden Arztes zu wehren.«

»Wer bin ich denn, Herr Doktor, dass ich Ihre Kompetenz in Frage stellen würde?«

»Ich wünschte, alle Patienten würden so denken wie Sie. Dann wäre ich kein Säufer. Ach ja.«

»Zieht die gleichzeitige Einnahme der Medikamente eigentlich Schäden nach sich?«

»Keine Ahnung. Spüren Sie eine Veränderung an sich?«

»Ich fühle mich ein bisschen matschig.«

»Ich weiß nicht, ob da nicht vielleicht noch was kommt. Wie gesagt: Bisher hat das niemand überlebt.«

»Werden Sie mich eine Zeitlang unter Beobachtung stellen?«

»Nein, die allgegenwärtige Videoüberwachung in deutschen Großstädten reicht aus. Sollten Sie umkippen, räumt man Sie sofort weg.«

»Vielleicht kann man verhindern, dass ich umkippe?«

»Ja. Legen Sie sich vorher hin.«

»Ich meine eher so im Sinne von: Vielleicht kann man verhindern, dass ich sterbe.«

»Wieso das? Ich dachte, Sie haben Todessehnsucht?«

»Aber deswegen bin ich ja hier. Ich dachte, ich suche Lebenssinn.«

»In unserer Klinik?«

»Ja. Warum nicht?«

»Ich bin Arzt, kein Zauberer. Ich verzweifle selbst am Leben.«

»Ich hätte so gern Spaß am Leben. Wie all die Leute, die *Wetten, dass ..?* gucken.«

»Dann gucken Sie halt *Wetten, dass ..?*«

»Au ja, das probiere ich mal.«

»In unserer Klinik sind Sie jedenfalls falsch. Bei uns bekommen Sie keine Lebensfreude. Höchstens Medikamente. Wir leben nun einmal nicht in Zeiten, in denen das Leben Spaß macht.«

»Wann war das denn?«

»1964. Für zwölf Minuten. Total spaßig, die Zeit.«

»Da war ich noch nicht geboren.«

»Pech.«

»Wenn ich mich umbringe, sind Sie schuld.«

»Jetzt setzen Sie mich bitte nicht unter Druck. Am Ende mache ich mir noch Vorwürfe, weil Sie mir einreden, ich hätte Ihren Tod verhindern können.«

»Hätten Sie doch vielleicht auch. Sie sind doch Psychotherapeut.«

»Ja, aber kein guter.«

»Ist das denn keine renommierte Psychoklinik?«

»Ach, wissen Sie: ›Renommiert‹ ist auch bloß so ein Wort aus der Werbung. Das sagt sich schnell. Gut, es gab den einen oder anderen positiven Artikel in der überregionalen Presse. Aber die waren alle gekauft. Deswegen gleich von einer renommierten Einrichtung zu sprechen? Ich weiß nicht …«

»Haben Sie aber selbst über sich geschrieben. Auf Ihrer Homepage.«

»Was ist denn eine Homepage?«

»Internet, Sie wissen schon.«

»Was ist denn Internet?«

»Vergessen Sie's. Ich lege jetzt auf.«

»Wir sitzen uns doch Auge in Auge gegenüber.«

»Ach, stimmt ja. Ich Schusselchen. Muss ich denn nach dem Tabletten-Experiment eigentlich auf irgendetwas achten?«

»Nein. Ich würde sagen, nach dem Gackern kommt nichts mehr.«

»Gackern?«

»Ja, Sie sind vorhin gackernd durch die Klinik gelaufen. Wissen Sie das nicht mehr?«

»Nein, ich war wohl weggetreten.«

»Ach so, ja, das ist gut möglich. Das erklärt natürlich so einiges. Dachte schon: Was macht der denn jetzt wieder? Passte so gar nicht zu Ihnen.«

»Oje, jetzt traue ich mich gar nicht mehr, unter die anderen Patienten zu gehen. Was denken die denn nun von mir?«

»Na, bestimmt nicht, dass Sie ein Huhn sind. So gut haben Sie auch wieder nicht gegackert. Ich persönlich fand es eher bedenklich nah am Grunzen. Aber gut, das ist Geschmackssache. Machen Sie sich jedenfalls keine Sorgen, meines Wissens denkt sowieso niemand gut von Ihnen.«

»Weil Sie allen in der Klinik erzählen, woran ich leide, und meine Krankenakte vorlesen.«

»Das mache ich gar nicht!«

»Machen Sie doch.«

»Stimmt. Hihi.«

»Ich habe gesehen, wie Sie mit den Patienten Blaschke und Kunz getuschelt haben.«

»Ich finde, die beiden haben ein Recht zu wissen, was mit Ihnen los ist.«

»Warum?«

»Gründe darf ich keine nennen. Schweigepflicht.«

»Alle hier profitieren von der Schweigepflicht, nur ich nicht.«

»Herrgott, jetzt stellen Sie sich nicht so an, Sie Weich-
ei. Sagen Sie mir lieber, ob Sie für den zweiten Menschen-
versuch bereit sind?«

»Habe ich das denn richtig verstanden, Herr Doktor?
Das Magnetfeld stört die Aktivität in einem eng begrenz-
ten Hirnareal nur kurz?«

»Ja, Herrgott noch mal.«

»Und meine Persönlichkeit bleibt nach dem Versuch
unverändert? Ich gackere nicht wieder oder belle?«

»Nein, Herrgott.«

»Seien Sie doch nicht so gereizt. Man wird doch wohl
noch mal fragen dürfen. Das ist mein erstes Gehirnexpe-
riment und ein einschneidendes Erlebnis. Ich habe keinerlei Erfahrungen damit.«

»Sie bekommen immerhin fünf Euro.«

»Finden Sie mich anstrengend?«

»Ja. Aber nach dem Versuch wird das hoffentlich anders sein.«

»Ich bin einfach ein bisschen nervös. Es hat noch nie
jemand Transkranielle Magnetstimulation an mir durchge-
führt.«

»Hätte mich auch gewundert. Ist nämlich illegal.«

»Wie bitte?«

»Es sei denn, man zahlt Ihnen fünf Euro. Dann ist es le-
gal. Weil Sie ja freiwillig mitmachen.«

»Ach so. Eine Frage noch.«

»Irgendwann ist es auch mal gut mit der Fragerei.«

»Ich habe doch erst zwei Fragen gestellt.«

»Zwei sind zwei zu viel. Ich mag keine Fragen. Halten
Sie mal kurz still. Oh!«

212

»Was denn?«

»Hätte nicht gedacht, dass sich Ihr Kiefer dabei aus-
renkt.«

»Der ist nicht ausgerenkt. Der ist Matsch.«

»Dafür sprechen Sie aber noch sehr deutlich.«

»Ich reiße mich eben zusam–«

Als ich wenig später erwache, liege ich im Pissoir einer
Autobahnraststätte. Keine Ahnung, wie ich da hineinge-
kommen bin. Jedenfalls halte ich in der rechten Hand noch
den Sanifair-Gutschein.

Ein Blick auf meine Mitpatienten: eine Frau

Man kann ja gegen Menschen sagen, was man will, aber immerhin nehmen sie einem das Gefühl, der einzige Gestörte auf der Welt zu sein. Eine Erfahrung, die ich auch im Laufe der seltenen Gespräche mit anderen Patienten machen durfte. Da ist zum einen die Dame, von der ich nur weiß, dass ich sie auf den ersten Blick nicht leiden konnte. Und zum anderen der Feuerwehrmann, von dem ich auch nur weiß, dass ich ihn auf Anhieb unsympathisch fand. Zu allen anderen Patienten habe ich keinen Kontakt. Die sind mir unsympathisch *und* ich kann sie nicht leiden.

Hier die Aufzeichnung des Gesprächs mit meiner Mitpatientin:

FRAU: »Entschuldigen Sie, sind Sie auch Patient in dieser Klinik?«

ICH: »Nein, ich bin Napoleon.«

FRAU: »Oh, wie ist das denn so?«

ICH: »Was?«

FRAU: »Napoleon zu sein?«

ICH: »Ich bin gar nicht Napoleon. Das war ein Scherz.«

FRAU: »Hahahahaha.«

ICH: »Das war nur ein rhetorischer Scherz. Sie müssen nicht lachen.«

FRAU: »Das war auch nur ein rhetorisches Lachen. Sie müssen nicht sagen, dass ich nicht lachen muss.«

ICH: »Das war auch nur eine rein rhetorische Bemerkung. Sie müssen nicht weiter mit mir reden.«

FRAU: »Oh, ich möchte aber gern. Mein Therapeut hat mir empfohlen, stärker auf Menschen zuzugehen. Menschen anzusprechen, die mir sympathisch sind.«

ICH: »Ach du Scheiße.«

FRAU: »War das rhetorische Scheiße?«

ICH: »Nein, das war reines Entsetzen.«

FRAU: »Sie sind mein erstes Versuchskaninchen. Ich übe an Ihnen.«

ICH: »Och nö …«

FRAU: »Na, Sie? Schönes Wetter heute, was?«

ICH: »Können Sie mir einen Gefallen tun und Ihren Therapeuten fragen, ob er Ihnen empfehlen kann, jemand anderen anzusprechen als mich? Nennen Sie ihm einfach meinen Namen: Patient Fitz. Er weiß dann schon Bescheid.«

FRAU: »Wieso? Was ist denn mit Ihnen?«

ICH: »Ich mag keine Menschen und habe Angst vor Ihnen. Es ist ein großes Pech, dass Sie ausgerechnet an mich geraten sind. Sprechen Sie lieber einen anderen Patienten an.«

FRAU: »Meine Stunde ist aber schon vorbei. Mein Therapeut ist nicht mehr da.«

ICH: »Gehen Sie trotzdem wenigstens hin und klopfen.«

FRAU: »Was soll das denn bringen?«

ICH: »Ihnen nichts. Aber mir. Wenn Sie sich kurz wegdrehen, haue ich ab.«

FRAU: »Wollen Sie nicht mit mir reden?«

ICH: »Ungern.«

FRAU: »Puh, das ist aber jetzt ärgerlich für mich. Da nehme ich allen Mut zusammen, und dann gerate ich ausgerechnet an Sie.«

ICH: »Ärgerlich? Fragen Sie mich mal. Ich bin in der Klinik, um meine Ruhe zu haben. Stattdessen üben ständig irgendwelche Verklemmten soziale Situationen an mir ein.«

FRAU: »Was hat Ihr Therapeut Ihnen denn empfohlen? Müssen Sie auch etwas einüben?«

ICH: »Ja, anderen Leuten meine Meinung sagen.«

FRAU: »Oje. Dann sollte ich wirklich gehen.«

ICH: »Keine Angst, ich weiß noch nicht, ob ich den Mut finde, Ihnen meine Ablehnung mitzuteilen.«

FRAU: »Haben Sie gerade. Sie haben mich als verklemmt bezeichnet.«

ICH: »Habe ich? Hm, das zählt nicht, das ist mir nur so herausgerutscht. Ich soll anderen Menschen ganz bewusst die Meinung sagen.«

FRAU: »Meinen Sie, Sie bekommen das in meinem Fall hin, ohne mich zu verletzen?«

ICH: »Wie empfindlich sind Sie?«

FRAU: »Schon. Also, was mich betrifft. Wie sich andere fühlen, ist mir scheißegal.«

ICH: »Bei mir ist es umgekehrt.«

FRAU: »Ich spreche dann mal den nächsten Patienten an.«

ICH: »Schöne Grüße von mir. Warnen Sie ihn am besten schon einmal davor, an mir irgendetwas einzuüben. Nicht dass hier alle naselang Patienten kommen und etwas an mir üben.«

FRAU: »Mach ich.«

Das dritte Gesprächsprotokoll

Mein Verhältnis zu meinem Therapeuten ist stark getrübt. Ich weiß nie, was er ernst meint und was nicht. Ob der Heilungsprozess auf diese Weise voranschreiten kann? Heute habe ich allen Mut zusammengenommen und meinem Therapeuten meine Unsicherheit gebeichtet.

»Puh, da kann ich Ihnen auch nicht weiterhelfen«, antwortete er gleichgültig, »das müssen Sie wohl einfach aushalten. Sie müssen lernen, mit der eigenen Unsicherheit umzugehen. Das wird Ihnen im Leben ständig passieren. Sie werden auf Menschen treffen, die eben noch scherzten, es im nächsten Satz aber bitterernst meinen. Sehen Sie das Gespräch mit mir als Übung.«

»Es macht mich aber nervös, dass ich nicht einmal bei Ihnen weiß, woran ich bin.«

»Was macht denn die Wanderbaustelle, die Sie auf Schritt und Tritt verfolgt?«

»Ach, an die habe ich mich gewöhnt.«

»Soll ich Ihnen ein Geheimnis verraten?«

»Ja?«

»Ich habe die geschickt.«

»Sie?«

»Ja!«

»Warum?«

»Weil ich einen neuen Patienten brauchte.«

»Und warum erzählen Sie mir das jetzt?«

»Weil ich Sie ab sofort nicht mehr brauche. Es gibt zur Zeit einen regelrechten Run auf unsere Klinik. Viele hal-

217

ten sie für eine renommierte Einrichtung. Auf Patienten wie Sie bin ich nicht mehr angewiesen.«

»Und wenn das Geschäft nicht mehr so gut läuft?«

»Dürfen Sie gern wiederkommen.«

»Das werde ich tun.«

»Ich weiß. Sie haben einfach keinen Stolz.«

»Nein, nicht die Bohne.«

»Hahaha. Bis dann.«

»Hihihihi. Ja. Bis dann.«

»Nein, keine Angst. War nur ein Scherz. Natürlich bin ich auf Sie angewiesen. Haben Sie vergessen, dass wir eine Privatklinik sind und es gar nicht nötig haben, Patienten zu locken?«

»Ja, das hatte ich kurz vergessen. Sagen Sie: Können wir noch mal von vorne anfangen? Wir haben uns ein bisschen verrannt, finden Sie nicht?«

»Von mir aus. Also: Was kann ich für Sie tun?«

»Ich habe eine Sinnkrise. Ich interessiere mich plötzlich für Miniatureisenbahnen.«

»O mein Gott, Sie krankes Schwein.«

»Was soll ich nur tun?«

»Machen Sie sich keine Sorgen. Das ist keine Sinnkrise. Sie interessieren sich nur plötzlich für ein zweites Thema. Viele Menschen verwechseln das mit Sinnkrise. Plötzlich merkt man: Huch, ich interessiere mich ja für noch so einen Kack. Dabei geht mir der erste schon auf die Nüsse. Wie bekomme ich das denn alles unter einen Hut? Jetzt bin ich aber intellektuell überfordert. Huch! Huch! Huch!«

»Und wie kriege ich das Interesse wieder weg?«

»Gar nicht. Nehmen Sie es an.«

218

»Ich will mich aber nicht für Miniatureisenbahnen interessieren.«

»Ja, das ist wahrlich ein bescheuertes Gebiet. Aber machen Sie einfach.«

»Und wie?«

»Sagen Sie bewusst: Ja, ich interessiere mich für Miniatureisenbahnen.«

»Ich will es aber nicht annehmen.«

»Herrgott, jetzt nehmen Sie es schon an, damit wir uns um etwas anderes kümmern können.«

»Nein!«

»Doch!«

»Na gut.«

»Ich befürchte nur, dass ich, wenn ich mich mit Miniatureisenbahnen befasse, ständig denke: ›Was machst du hier eigentlich für einen Scheiß?‹«

»Was glauben Sie, was ich denke, wenn ich mit Ihnen zusammensitze?«

»Ich finde es einfach so reizvoll, Landschaften aufzubauen, Zügen beim Fahren zuzusehen und so weiter.«

»Jetzt hören Sie auf, Sie krankes Schwein. Nicht dass Sie mich auch noch entflammen.«

»Wie geht es jetzt mit mir weiter?«

»Sie sterben. Früher oder später.«

»Keine schönen Aussichten.«

»Nicht? Dann lassen Sie uns Ihre Dosis erhöhen.«

»Dosis? Ich wusste gar nicht, dass ich Medikamente nehme.«

»Schwester? Schwester! Der Patient wusste nicht, dass er Medikamente nimmt?«

»Haben wir ihm heimlich ins Essen gemischt.«

»Ach so. Haben wir Ihnen heimlich ins Essen gemischt.«

»Ich dachte, die Zeiten, in denen Patienten unfreiwillig etwas ins Essen gemischt wird, sind vorbei?«

»Schwester! Er dachte, die Zeiten, in denen Patienten unfreiwillig etwas ins Essen gemischt wird, sind vorbei?«

»Sie sind wieder da.«

»Die Zeiten sind wieder da.«

»Na ja, hängt vielleicht auch vom Patienten ab.«

»Auf jeden Fall. Wir behandeln eigentlich nur Sie wie den letzten Dreck. Alle anderen Patienten genießen Respekt.«

»Kann ich mir vorstellen. Ist bestimmt nicht einfach, den ganzen Tag zu allen Patienten nett und freundlich zu sein.«

»Die Hölle, sage ich Ihnen. Da braucht man zwischendurch einen Patienten, den man behandelt wie den letzten Arsch. Am besten einen, der sich nicht wehren kann.«

»Und da komme ich ins Spiel.«

»Sehr richtig.«

»Das erklärt auch, warum alle in der Klinik über meine Krankheit Bescheid wissen: Sie erzählen es weiter.«

»Ja, und es verbreitet sich wie ein Lauffeuer. Das kann ich Ihnen sagen. Diese Schweigepflicht macht mich noch wahnsinnig. Nichts darf man weitersagen. Dabei sind da so tolle Storys dabei. Mit Ihnen kompensiere ich das. Ich brauche einfach von Zeit zu Zeit einen Rechtsbruch, sonst drehe ich durch. Und wenn ich intime Details über Sie ausgeplaudert habe, fühle ich mich gleich viel besser.«

»Da haben Sie aber Glück, dass ich Sie nie im Leben anzeigen würde.«

»Stimmt. Es ist wichtig zu wissen, welchen seiner Patient man so richtig ficken kann.«

»Ich wüsste ja nicht einmal, an wen ich mich wenden sollte, wenn ich Sie wegen Bruch des Arztgeheimnisses anzeigen wollte. Kann ja schlecht zur Polizei gehen und sagen: ›Hier, der Dr. Möbius, ne? Der plaudert über mich.‹ Die würden mir doch kein Wort glauben.«

»Eben. So, wir haben noch zwei Minuten. Wollen wir noch über das Thema ›Herr Fitz und die Frauen‹ sprechen?«

»Können wir machen. Und was machen wir in der letzten Minute?«

»Vor uns hinsummen.«

»OK.«

»Also: Wie ist das mit Ihnen und den Frauen?«

»Ach, hören Sie mir auf mit den Frauen.«

»OK.«

Mein Arzt summt bis zum Ende der Stunde »Alle meine Entchen«. Nach den ersten Tönen summe ich mit.

Ein Blick auf meine Mitpatienten: der narzisstisch gestörte Feuerwehrmann

Um genau zu sein, habe ich mit dem Feuerwehrmann gar nicht geredet. Dazu war er mir zu unsympathisch. Ich habe nur mal mit ihm vor dem Arztzimmer warten müssen. Ich nutzte die Gelegenheit, ihn intensiv zu beäugen. Da fiel mir auf: Ich kannte den Kerl schon. Wir hatten vor drei Jahren eine Begegnung. Damals saß ich in eine wärmende Decke gehüllt hinten in einem Krankenwagen. Der Kerl stand vor mir und moserte: »Sie könnten ruhig etwas dankbarer sein.«

»Und warum bitteschön?«, fragte ich ihn missmutig.

»Ich habe Sie aus den Flammen gerettet.«

»Na und?«, erwiderte ich unbeeindruckt. »Ich wäre auch ohne Sie da rausgekommen. Bilden Sie sich mal bloß keine Schwachheiten ein.«

»Ach ja? Und der Eisenträger, der auf Ihrem rechten Bein lag?«

»Den wollte ich gerade zur Seite schieben, als Sie sich plump aufdrängten.«

»Und die eingestürzte Mauer, die Ihnen den Weg abgeschnitten hat, die war für Sie auch kein Problem, was?«, fragte er in einem ironischen Ton, der mir gar nicht gefiel.

»Gut, da hätte ich natürlich ein bisschen buddeln müssen.«

»Ohne mich wären Sie verbrannt. So sieht's nämlich mal aus.«

»Unsinn. Ich wäre der Flammen schon Herr geworden, Wachtmeister.«

»Ich habe für Sie mein Leben riskiert«, erregte er sich. »Obwohl ich zwei Kinder habe. Glauben Sie, ich habe mich aus Spaß an der Freude in dieses Inferno gestürzt?«

»Pffffft«, schnaubte ich verächtlich. »Dann gehen Sie mal schnell zu Ihrer Familie und erzählen Sie der, was für ein toller Hecht Sie sind.« Ich wende meinen Kopf genervt von ihm ab und beobachte das lichterloh brennende Haus.

»Verbrannt wären Sie. Verbrannt!« Er klingt jetzt hysterisch.

»Mumpitz. Ich war doch schon so gut wie draußen. Sie wollen sich nur mit Lorbeeren schmücken, die Ihnen nicht zustehen.«

»Wie hätte der Herr den Eisenträger denn bitte sehr von seinem Bein bekommen?«, fragte er herausfordernd.

»Pipileicht. Schließlich hatte ich mir den ja auch selbst aufs Bein gelegt. Ich suche in Situationen, die mir noch zu einfach erscheinen, immer die Herausforderung. Wenn schon Gefahr, dann richtig.«

»Alle Ausgänge waren von der Feuersbrunst versperrt.«

»Quatsch. Ich wäre einfach zweimal rechts gegangen, dann geradeaus und an der dritten Tür links. Schwupps, schon wäre ich auf der Straße gewesen. Aber das können Sie nicht wissen. Ihr Feuerwehrleute müsst ja mit euren Äxten immer alles kaputtschlagen. Und wissen Sie, was das Entwürdigendste war? Wie Sie mich aus dem Haus getragen haben. Ich auf Ihrem Arm. Wie ein Bräutigam, der in der Hochzeitsnacht von seiner Braut über die Schwelle getragen wird. Ich habe mich so geschämt.«

»Sie stehen noch unter Schock. Wenn Sie sich beruhigt haben, werden Sie mir dankbar sein.«

»Das werde ich nicht! Nie im Leben werde ich einem Arschloch wie Ihnen dankbar sein.«

Dem Feuerwehrmann fehlten die Worte. Jetzt hatte ich ihn. Die Runde ging an mich.

»Wieso bin ich ein Arschloch?«, fragte er, nach Fassung ringend.

»Sieht man doch auf den ersten Blick. Schon als Sie sich durch die Flammen zu mir durchgekämpft haben und plötzlich in Ihrer lächerlichen Uniform mit diesem pseudodramatischen Blick vor mir standen, dachte ich sofort: ›Nä! Mein Gott. Was is'n das für einer? Hoffentlich rettet der mich nicht. Hoffentlich kommt noch ein Kollege.‹«

»Sie haben sie doch nicht mehr alle.«

»Aber Sie, oder was? Wer ist denn so bescheuert, freiwillig in ein brennendes Haus zu rennen? Man sollte Sie auf Ihren Geisteszustand hin untersuchen! Ich will lieber verbrennen als Ihnen mein Leben verdanken. Wie ich Sie kenne, erwarten Sie Weihnachten eine Karte von mir. Und dass ich mein Erstgeborenes nach Ihnen benenne. Wissen Sie was? Ich habe die Nase voll. Tragen Sie mich sofort wieder zurück in die Flammen.«

»Das mach ich auch. Ich werde sogar den Eisenträger höchstpersönlich wieder auf Ihr Bein legen.«

»Oh, jetzt ist das Haus in sich zusammengestürzt.«

»Na toll. Da waren noch zwölf Menschen drin. Die habe ich dank der Diskussion mit Ihnen ganz vergessen.«

»Machen wir es so: Setzen Sie mich einfach in den Feuerwehrwagen. Ich kann ja selbst leider nicht mehr gehen, weil meine Beine durch den Eisenträger Matsch sind. Und wenn Sie zum nächsten Einsatz fahren, tragen Sie mich als Erstes in die Flammen, OK?«

»Das werde ich tun. Mit dem größten Vergnügen«

»Das Vergnügen ist ganz auf meiner Seite.«

»Arsch.«

»Selber.«

Gespräche am Mittagstisch

Besonders unangenehm sind in der Klinik die gemeinsamen Mahlzeiten. Meistens sitze ich mit mindestens einem anderen Patienten an einem Tisch, und wir reden ausnahmslos Scheiße.

ICH: »Warum haben Sie einen Salzstreuer dabei?«

DER: »Gegenfrage: Warum haben Sie keinen dabei?«

ICH: »Ich wüsste nicht, was ich salzen sollte. Aber ich habe einen Pfefferstreuer dabei.«

DER: »Echt? Da geht's mir ein bisschen wie Ihnen, ich wüsste nicht, was ich pfeffern sollte.«

ICH: »Sagen Sie mal: Ist das eigentlich ein Senfglas in Ihrem Gesicht?«

DER: »Genau, wie haben Sie das bemerkt?«

ICH: »Steht Senfglas drauf.«

DER: »Viele halten es für eine Luftmatratze.«

ICH: »Stünde Ihnen bestimmt auch gut.«

DER: »Kann sein, aber sie würde selbst im unaufgeblasenen Zustand das Sichtfeld verdecken.«

ICH: »Autofahren wäre dann sicher gefährlich.«

DER: »Nicht, wenn Sie geschickt mit den diversen Spiegeln im Auto arbeiten. Das mit dem Senfglas war auch keine freiwillige Entscheidung. Das ist mir zugeschwebt und hält sich seitdem unmittelbar vor meinem Gesicht auf.«

ICH: »Ach, jetzt sehe ich es auch. Das Glas ist gar nicht befestigt, sondern schwebt unterhalb Ihrer Augen direkt vor Ihrem Gesicht.«

DER: »Wollen wir uns nicht duzen?«

ICH: »Wo denn?«

ICH: »Da drüben?«

DER: »Ja, gern. Dann gehen wir mal da rüber.«

ICH: »Gehen Sie vor.«

DER: »Ha! Das kenne ich, dann bleiben Sie doch einfach hier und siezen mich weiter, während ich Sie da drüben duze.«

ICH: »Bin ich so durchschaubar?«

DER: »Nein, aber ich schließe immer von mir auf andere.«

ICH: »Das heißt, wenn ich statt Ihrer vorginge, würden statt meiner Sie hier bleiben und mich weiter siezen, während ich Sie da drüben duze?«

DER: »Hä?«

ICH: »Dann sind wir also in einer Patt-Situation.«

DER: »Oder müssen uns weiter siezen.«

ICH: »Stört mich, um ehrlich zu sein, nicht wirklich. Ich habe das ›Du‹ nur angeboten, weil uns die Themen ausgingen.«

DER: »Dann hätten Sie mir statt des Du die Einstellung des Gesprächs anbieten sollen.«

ICH: »Ja, stimmt. Da war ich wohl am Träumen.«

DER: »Bleibt nur eine Frage.«

ICH: »Nämlich?«

DER: »Müsste die Fastenzeit nicht schon vorbei sein?«

ICH: »Wie kommen Sie darauf?«

DER: »All die anderen fressen und saufen schon wieder.«

ICH: »Hm. Dann haben wir schon wieder das Ende der Fastenzeit verpennt. So ein Mist aber auch. Erst letztes Jahr habe ich drei Jahre zu lang gefastet. Als ich gemerkt habe, dass die Fastenzeit längst rum war, war schon wieder die überübernächste.«

DER: »Man wird aber auch reizüberflutet heutzutage.«

ICH: »Entschuldigen Sie, eine Zwischenfrage. Nein, doch nicht. Hihi. War ein Scherz. Sie haben aber lustig aufmerksam geguckt.«

DER: »Sagen Sie: Warum haben Sie so eine hohe Stimme, Ihre Freundin aber eine so tiefe?«

ICH: »Das täuscht. Wir sind bloß beide Bauchredner. Wenn ich den Mund aufmache, redet meine Freundin, wenn sie den Mund aufmacht, ich.«

DER: »Oh, das kenne ich von meinen Haustieren. Die sind auch Bauchredner.«

ICH: »Dann bin ich ja beruhigt, ich war schon völlig verstört, weil Ihre Katze bellt. Aber dass Ihr Hund fliegt, hat nichts damit zu tun, dass Ihr Wellensittich Bauchflieger ist?«

DER: »Oh, da sprechen Sie ein heikles Thema an. Mein Hund kann fliegen, bildet sich aber ein, er könne es nicht.«

ICH: »Aber er fliegt doch ständig.«

DER: »Ja, aber er glaubt es trotzdem nicht. Da ist er wie vernagelt. Ich sage ihm ja auch immer: Hey, du fliegst doch, wie kannst du glauben, du fliegst nicht?«

ICH: »Und was sagt er dazu?«

DER: »Nichts, er ist ein Hund, Sie Schwachkopf.«

ICH: »Warum sind überhaupt Ihre Freundin und Ihre Haustiere in der Klinik?«

DER: »Sind sie? Oje oje. Ich habe mich gleich so beobachtet gefühlt.«

Manchmal unterhalten wir uns aber prächtig:

ICH: »Uiuiui, wir hatten heute vielleicht eine Gruppentherapie.«

DER: »Sie sollen nicht immer am Essenstisch über die Gruppentherapie reden. Das ist verboten.«

ICH: »Na und? Das ist Teil meiner Störung. Ich kann nichts
für mich behalten. Deshalb bin ich ja hier. Unter anderem.«

DER: »Ich möchte aber nichts aus Ihrer Gruppentherapie
hören.«

ICH: »Sehen Sie die alte Dame da drüben? Das ist Frau Karpinski. Sie fühlt sich von Hunden sexuell angezogen.«

DER: »Ehrlich? Das gibt's?«

ICH: »Ha, das interessiert Sie jetzt doch, was?«

DER: »Ja. Aber ich glaube Ihnen kein Wort.«

ICH: »Ey, Karpinski, alte Stinkwachtel! An meinem Tisch
wollen sie nicht glauben, dass du dich von Hunden sexuell angezogen fühlst … Oh. Ihr sind gerade Messer
und Gabel aus der Hand gefallen. Das ist Körpersprache und heißt: Doch, stimmt.«

DER: »Können Sie sich an einen anderen Tisch setzen, Herr
Fitz?«

ICH: »Warum? Der hier ist sehr schön.«

DER: »Dann setze ich mich an einen anderen Tisch.«

ICH: »Warten Sie, ich hole mir noch Götterspeise, dann
komme ich mit.«

Das vierte Gesprächsprotokoll

»So, so, Herr Fitz. Sie haben also Angst vor Menschen. So sehr, dass Sie sich während der Therapiestunde hinter meinem Schrank verstecken.«

»Mir fällt es leichter, mit einem Menschen zu reden, wenn er mich nicht sieht.«

»Dann sollten wir vielleicht telefonieren.«

»Auf keinen Fall. Dann sehe ich nicht, was Sie für ein Gesicht ziehen, wenn ich mit Ihnen rede.«

»Hinter dem Schrank sehen Sie das doch auch nicht.«

»Aber ich kann zwischendurch hervorlugen, falls es mich interessiert.«

»Was würden Sie denn sagen, wenn ich mich während unserer Sitzung hinterm Schrank verstecken würde?«

»Ich würde sagen ›Mir wird's hier zu eng‹ und mich woanders hinsetzen.«

»Wären Sie irritiert?«

»Ach, wissen Sie, ich bin so schnell irritiert, ich bin da kein Maßstab.«

»Ich glaube, Sie sind überreizt. Das ist alles zu viel für Sie. Sie sollten dringend einmal vierundzwanzig Stunden lang alle Reize von sich fernhalten. Wir haben ein Entreizungszimmer. Abgedunkelt und schallisoliert. Darin sollten Sie einen Tag zubringen und nichts tun.«

»Und wenn das nicht hilft?«

»Werden wir es trotzdem berechnen.«

In der Einzelentreizung

MANN: »Guten Tag. Sind Sie auch zur Einzelentreizung hier?«

ICH: »Ja.«

MANN: »Ich auch!«

JA: »Aha.«

MANN: »Ihre Anwesenheit empfinde ich aber durchaus als Reiz. Als sehr lästigen obendrein.«

ICH: »Ich Ihre auch. Überhaupt habe ich langsam die Schnauze voll von dieser Klinik. Ich habe mir das alles ganz anders vorgestellt. Diese Einzelentreizung ist das Pünktchen auf dem i. Das hat doch mit Psychotherapie nichts mehr zu tun.«

MANN: »Wie hat der Herr sich die Einzelentreizung denn vorgestellt?«

ICH: »Ohne Sie.«

MANN: »Und stattdessen mit?«

ICH: »Mit niemandem. Einzel halt.«

MANN: »Wieso?«

ICH: »Ich finde, wenn man zu zweit ist, darf man das nicht Einzelentreizung nennen. Das müsste dann Doppelentreizung heißen. Hoffentlich rechnet die Klinik das korrekt ab.«

MANN: »Hallo? Halllooo? Schwester!«

SCHWESTER: »Ja?«

MANN: »Wir haben hier ein Problem. Wir sind zu zweit in der Einzelentreizung. Ist Ihnen da vielleicht ein Fehler unterlaufen?«

SCHWESTER: »Zu zweit? Haben Sie auch genau nachgezählt?«

MANN: »Nein, geschätzt. Vielleicht sind noch mehr Leute hier, aber wenn, dann schweigen sie. Hallo, ist noch jemand hier?«

ICH: »Ja.«

MANN: »Ich meine außer Ihnen. Noch jemand hier, der bisher nichts gesagt hat?«

SCHWESTER: »Dann zählen Sie lieber noch einmal durch, bevor Sie sich beschweren, ja?«

MANN: »OK. Also: eins.«

ICH: »Auch eins.«

MANN: »Sie haben recht, Schwester, wir sind doch allein.«

SCHWESTER: »Ach, nee, ich sehe gerade in meinen Unterlagen: Sie sind tatsächlich zu zweit. Wir hatten keine Einzelentreizungszelle mehr frei.«

MANN: »Das ist aber ein starkes Stück, Schwester. Wenn Sie uns nicht in Einzelhaft stecken können, müssen Sie uns das doch vorher sagen. Und nicht erst, wenn wir es selbst merken.«

SCHWESTER: »Jetzt beruhigen Sie sich, mein Herr. Wir konnten schließlich nicht ahnen, dass Sie das bemerken. Bei der Dunkelheit.«

ICH: »Ich habe ihn atmen hören.«

MANN: »Mein Therapieerfolg ist gefährdet, wenn der Mann mit mir in Einzelentreizung sitzt. Der Arzt meinte, es sollen alle Reize von mir ferngehalten werden.«

SCHWESTER: »Das werden sie doch auch.«

MANN: »Aber dieser Mann ist ein starker Reiz.«

SCHWESTER: »Ich werde ihn bitten, die Klappe zu halten.

MANN: »Ich weiß ja jetzt, dass er da ist. Das kann ich nicht
mehr ausblenden. Wie heißen Sie überhaupt?«

SCHWESTER: »Schwester Hartmuthilde.«

MANN: »Und Sie, Herr Fitz?«

ICH: »Herr Fitz. Und Sie?«

MANN: »Ich habe zuerst gefragt.«

ICH: »Ich habe auch zuerst geantwortet. Wie heißen Sie
denn nun?«

MANN: »Das geht Sie einen Scheißdreck an.«

In der Gruppentherapie

Seit ich das Bett für mich allein habe, schlafe ich wunderbar. Der Tod meiner ehemaligen Mitbewohnerin war ein Segen. Wenn da nur nicht die Angst wäre, dass die Leiche im Schrank bald zu stinken beginnt. Es kann jederzeit so weit sein. Wenn ich in meinem Zimmer bin, schnüffle ich die ganze Zeit, weil ich denke »Jetzt könnte es riechen … Aber jetzt … Aber jetzt.«

Ich weiß gar nicht, wie viele Tage seit ihrem Tod vergangen sind. Kleingesägt habe ich sie noch nicht. Steht aber ganz oben auf meiner To-do-Liste. Wenn ich mich nur nicht so seltsam blockiert fühlen würde. Am liebsten würde ich meinen Therapeuten fragen, woher das kommt. Traue ich mich aber nicht. Selbst wenn er sich an die Schweigepflicht hielte und niemandem erzählte, dass ich einen Menschen umgebracht habe, könnte er sich bemüßigt fühlen, den Putzfrauen Bescheid zu sagen, damit sie die Leiche entsorgen, bevor sie zu stinken beginnt. Und die Putzfrauen unterliegen meines Wissens keiner Schweigepflicht.

Ich erhebe mich von meinem Bett und gehe ins Bad. Auf dem Weg fällt mir ein gefalteter Zettel ins Auge. Offenbar hat ihn jemand unter meiner Tür hindurchgeschoben. Eine Botschaft. Ich hebe das Papier auf, öffne die Tür und blicke rechts und links auf den Flur. Niemand zu sehen. Nicht verwunderlich. Der Zettel kann schon vor ein paar Stunden in mein Zimmer geschoben worden sein.

Kaum habe ich die Zimmertür wieder geschlossen, sehe ich, wie ein zweiter Zettel unter ihr hindurchgeschoben wird. Sofort reiße ich erneut die Zimmertür auf. Diesmal rechne ich mir bessere Chancen aus, den Boten noch zu erwischen, aber wieder: gähnende Leere auf dem Flur. Verwirrt schließe ich die Tür, öffne sie aber überraschend noch einmal, in der Hoffnung, dass die Person, die mir die ersten beiden Briefe gebracht hat, noch einen dritten unter meiner Tür hindurchschiebt und ich sie auf frischer Tat ertappe. Aber nichts. Erneut gähnende Leere auf dem Flur.

Ich habe die Tür noch nicht wieder ganz geschlossen, da fällt mir auch schon ein dritter Zettel ins Auge. Er liegt an der gleichen Stelle, an der ich schon die beiden anderen gefunden habe. Anscheinend habe ich es mit einem äußerst gewitzten Boten zu tun. Ich vermute, er bewegt sich die ganze Zeit hinter meinem Rücken, deshalb kann ich ihn nicht sehen. Wenn ich mich um die eigene Achse drehe, läuft er wie an einer unsichtbaren Stange befestigt hinter mir her, immer im gleichen Abstand. Drehe ich mich abrupt um hundertachzig Grad, dreht er sich ebenfalls abrupt im selben Winkel und in derselben Zeit. Ich habe keine Chance, ihn zu entdecken. Er ist mir über. Ich beschließe, das Thema einfach in meiner nächsten Einzeltherapie anzuschneiden, und hebe den dritten Zettel auf.

Langsam wird es Zeit, die ganzen Zettel zu lesen. Wenn ich weiter mit Nachrichten überflutet werde, komme ich irgendwann mit dem Lesen nicht mehr nach. Ich entfalte das Papier und lese eine in sorgloser Handschrift hingeschriebene Botschaft:

Bitte werfen Sie dieses Blatt für mich weg. Mein Papierkorb ist voll.

235

Ich falte den zweiten Zettel auseinander. In der gleichen Handschrift lese ich:

Ich hatte noch einen Zettel übrig und dachte mir: Gebe ich Ihnen den. Vielleicht brauchen Sie ja einen?

Schließlich falte ich den dritten auseinander, jenen, der zuerst in mein Zimmer geschoben worden ist. Doch statt einer dritten unsinnigen Botschaft lese ich diesmal:

Sehr geehrter Herr Fitz,

verlassen Sie sofort die Klinik, wenn Ihnen Ihre psychische Gesundheit lieb ist. Noch ist es nicht zu spät. Ergreifen Sie die Flucht, solange es noch geht und Sie noch die Kraft dazu haben. Ich meine es als Einziger gut mit Ihnen. Sonst niemand. Kein Arzt, kein Patient, kein … Mir fällt kein Dritter ein, höchstens der Hausmeister oder so.

Vor allem: Gehen Sie auf keinen Fall in die Gruppentherapie. Ich wiederhole: Gehen Sie *nicht*, unter keinen Umständen, auf gar keinen Fall in die Gruppentherapie. Machen Sie nicht den Fehler, den ich gemacht habe. Ich war dort. Und wurde gebrochen.

Ja, Herr Fitz, auch ich habe, als ich damals in die Klinik kam, an den Segen der Gruppentherapie geglaubt. Auch ich habe ihnen Glauben geschenkt, den sagenhaften Geschichten, die über diese Therapieform erzählt werden. Dass man dort seine Sorgen und Ängste mit Menschen teilen könne, die Ähnliches erlebt haben wie man selbst. Dass man nicht nur andere Menschen besser zu verstehen lerne, sondern auch sich selbst. In einer Gruppentherapie erwarte einen Trost, Verständnis, Solidarität und emotionale Unterstützung. Sie nehme einem das Gefühl, mit seinen Problemen allein auf der Welt zu sein.

Haha, Herr Fitz, haha. Bullshit! Glauben Sie kein Wort. Die Welt geht vor die Hunde, jeder kämpft für sich, und ausgerechnet in einer Gruppentherapie soll das anders sein? Wohin man auch schaut, überall Arschlöcher, aber in der Gruppentherapie einer Nervenklinik finden Sie ausschließlich reine Seelen? Nirgends Empathie, Verständnis und Solidarität, aber im Gruppenraum 026 in Gebäude B – da denkt jeder an den anderen, hat Mitgefühl für ihn und ein offenes Ohr für seine Probleme?

Ich verrate Ihnen mal was: Der Versicherungsmakler, der Ihnen im Stuhlkreis gegenübersitzt, würde Ihnen den letzten Schrott verkaufen, wenn es zu seinem Vorteil ist. Unzählige Opfer hat er mit seinen dubiosen Investitionsempfehlungen bereits in den Ruin getrieben. Mittlerweile leidet er unter einem Burn-out. Und macht sich von den privaten Krankenkassenbeiträgen, die er dank seiner Opfer bezahlen konnte, eine schöne Zeit in der Privatklinik.

Oder die Lehrerin zu Ihrer Rechten, Herr Fitz. Gibt Schülern Noten nach Sympathie. Wäre sie Ihre Lehrerin gewesen, Sie hätten die erste Klasse nicht überstanden. Aber nun erwarten Sie allen Ernstes, dass diese Dame Anteil an Ihrem Schicksal nimmt und es gut mit Ihnen meint? Wachen Sie auf, Herr Fitz. Herr Fihitz, sind Sie noch da? Ach so, ist ja ein Brief.

Jetzt ist die Dame gaaanz traurig, weil sie 50 Kilometer von zu Hause entfernt in eine andere Schule versetzt wurde. Und weil sie nun um sechs statt um viertel nach sechs aufstehen muss. Das haben ihre Nerven nicht ausgehalten. Und jetzt ist sie krankgeschrieben. Depressionen. Och, die Arme.

Der Schlimmste von allen aber: der Feuerwehrmann links neben Ihnen. Drängelt sich in jeder Schlange vor. Nimmt anderen Verkehrsteilnehmern die Parkplätze weg. Und frisst im Kino sein Popcorn in der Lautstärke eines Mähdreschers. Ist ihm egal. Die Welt dreht sich schließlich um ihn. Asoziales Verhalten? Er? Nö. Die anderen sollen sich mal nicht so haben. Narzisstische Störung. Er liebt nur sich selbst. Haben Sie mal erlebt, wie der Kerl mit seiner Frau spricht, wenn sie ihn besucht? Auf dem Gefängnishof geht es höflicher zu. Aber natürlich: Als professioneller Feuerwehrmann würde er jeden Menschen jederzeit mutig aus den Flammen retten. Wenn Sie von ihm anständig behandelt werden möchten, legen Sie sich am besten mit zerschmetterten Beinen in ein brennendes Haus unter einen Metallträger. Sonst sind Sie Luft für ihn. In der Klinik lässt er sich wegen seines Alkoholproblems behandeln.

Und mit diesen Menschen wollen Sie in der Gruppentherapie allen Ernstes Ihr Innerstes und Geheimstes teilen, Herr Fitz? Gruppentherapie ist Krieg. Nicht der Stärkere gewinnt, sondern der Schwächste verliert. Und alle gehen mit tieferen Verletzungen nach Hause, als sie gekommen sind.

Das Verhältnis der Patienten untereinander ist geprägt von Neid und Missgunst. Wie man es sonst nur aus den Casting-Shows im Fernsehen kennt: Jeder will den anderen übertrumpfen. Wer erzählt die aufregendste Geschichte? Welcher Patient hat das größte Trauma zu überwinden? »Du fandest die Geschichte aus meiner Kindheit berührend? Wart mal ab. Morgen setze ich noch einen drauf!« »Das wollen wir doch mal sehen. Meine Geschichte wird deine noch überbieten. Und wenn sie gelogen ist. Egal. Hauptsache, die anderen sind von mir beeindruckter als von dir.« Die Aufgabe lautet: den anderen besiegen, ihn erniedrigen und vernichten. Wie es das Fernsehen vormacht. Gruppentherapie ist wie *Deutschland sucht den Superstar*. Am Ende wird insgeheim abgestimmt: Wer ist Deutschlands depressivster Patient?

Wer sich in die Gruppentherapie begibt, sich in ihr öffnet, kommt darin um. Wer Schwäche zeigt, wird zum Kanonenfutter.

Und glauben Sie nicht, Sie werden in der Gruppentherapie Freunde finden, Herr Fitz. Wenn jemand freundlich zu Ihnen ist, dann handelt es sich um einen Journalisten bei der Recherche. Oder jemanden, der ein Buch über seine Zeit in der Anstalt schreibt. Und Sie glauben doch nicht im Ernst, dass Sie in diesem Buch gut wegkommen, Herr Fitz. Der Kerl wird alle Mitpatienten mit Decknamen versehen, nur Sie wird er mit Klarnamen an den Pranger stellen. Sobald dieses Buch erscheint, sind Sie zerstört, Herr Fitz.

Ich flehe Sie an: Hören Sie auf mich. Ich weiß, wovon ich rede. Ich habe diese Sätze aus den Broschüren doch auch geglaubt:

Über die Wahrnehmung des Gemeinsamen entsteht gegenseitige Empathie und Solidarität.

Herr Fitz, ich rotze Ihnen diesen Satz vor die Füße. Wenn Sie jetzt noch mal vor Ihre Tür gucken – dort wo eben dieser Zettel lag –, müssten Sie jetzt ein bisschen Rotz finden.

Oder ein Satz wie *Aber andererseits entsteht über die bewusste Wahrnehmung der Unterschiede und Individualität auch gegenseitige Akzeptanz und Toleranz.* Hallo? Herr Fitz! Akzeptanz und Toleranz sind so was von achtziger Jahre. Gibt es nicht mehr. Ausgestorben. Wie der Säbelzahntiger.

Ich verrate Ihnen noch etwas, Herr Fitz: Ich habe vor kurzem im Internet ein Geheimdokument veröffentlicht, in dem steht, was in Gruppentherapien wirklich gelehrt wird. Ich zitiere:

— Blockaden erkennen und verfestigen
— Partnerschaftskonflikte intensivieren und es sich auch mit Nichtpartnern verscherzen
— dem Selbstwertgefühl und der Selbstachtung den Rest geben
— Hemmungen für zwei Minuten abbauen, um sie dann noch riesiger neu aufzubauen.
— Nähe zulassen, um den anderen weiter wegstoßen zu können.
— Psychoballast erkennen und sich hineinsteigern
— Einfühlungsvermögen vortäuschen
— Kontaktschwierigkeiten überdramatisieren
— alles übelnehmen für Anfänger
— destruktive Glaubenssätze entwickeln und perfektionieren
— sexuelle Praktiken entwickeln, an denen niemand Spaß hat und die eine Lungenentzündung nach sich ziehen.

- Sinnlichkeit weglachen
- Alkoholismus als Form der Therapie akzeptieren

Machen wir uns nichts vor, Herr Fitz: Typen wie uns nützt auch eine Gruppentherapie nichts. Wir werden niemals eine Gemeinschaft finden, in die wir hineinpassen. Wir werden hier so abgelehnt wie überall, nur tut man hier verständnisvoller. Sparen Sie sich diese unschöne Erfahrung. Sie sind keiner von denen. Sie sind und bleiben ein Fremdkörper. Das ändert sich nicht, nur weil Sie in der Gruppentherapie sitzen.

Falls Sie mir nicht glauben: Ich habe meine letzte Therapiestunde, die gleichzeitig meine erste und einzige war, für Sie niedergeschrieben. Wenn das kein Beweis ist, dann, dann … Ja, dann weiß ich auch nicht.

Die Atmosphäre in meiner ersten Gruppentherapiestunde war völlig vergiftet. Schon als die anderen Patienten den Raum betraten und mich auf meinem Stuhl mitten im Raum sitzen sahen (ich war eine Stunde vor dem offiziellen Beginn anwesend, da ich panische Angst habe, zu spät zu kommen), begrüßten sie mich derart frostig, dass ich am liebsten sofort auf mein Zimmer gerannt wäre. Nur Lethargie und Duldungsstarre verhinderten dies. Ein Patient nach dem anderen kam herein, runzelte die Augenbrauen und murmelte ein missmutiges »Hallo« in meine Richtung. Dann nahm er sich einen der an der Wand aufgereihten Stühle und zog ihn in die Mitte des Raumes. Nach und nach bildeten wir einen Sitzkreis, ohne dass die anderen auch nur ein einziges Mal den Blick von mir abgewendet hätten. Der Ausdruck in den Gesichtern meiner drei Mitpatienten war halb feindselig, halb irritiert. Angespannt und verkrampft kauerte ich mit gekrümmtem Rücken auf meinem Stuhl, ignorierte die Blicke, so gut es ging, und starrte stumpf auf den grauen, flusigen Teppich vor meinen Füßen.

Vielleicht hätte ich vereinzelt Hallo gesagt, aber ich hatte den Mund voller Fingernägel, die ich vor lauter Nervosität abgekaut, aber noch nicht runtergeschluckt hatte. Schluckbeschwerden. Vor Aufregung. Ich bin nicht so gern unter Menschen.

Schließlich betrat der Gruppentherapeut, ein kleiner, untersetzter Mann Mitte vierzig, mit langen Beinen und einem langen Oberkörper, den Raum. Er stutzte, als er mich sah, und blickte mich fragend an. Das war der Moment, in dem es mir zu bunt wurde. Ich nahm meinen ganzen Mut zusammen und rief: »Ja, ich bin der Neue, verdammt. Begrüßen Sie alle Neuankömmlinge so feindselig?«

»Nur wenn sie eine Strumpfmaske tragen«, antwortete der Gruppenleiter.

So lief der Hase. Man wollte mich gleich zu Beginn brechen. Mich zu einem Jasager machen, mich meiner Individualität berauben. Nur weil ich eine Strumpfmaske trug.

»Ich möchte nun einmal anonym bleiben«, erwiderte ich freundlich, aber bestimmt.

»Herr Kunzikoffski, Sie sind hier anonym. Niemand wird irgendetwas von dem, was Sie von sich geben, nach außen tragen.«

»Das reicht mir aber nicht. Ich möchte gern komplett anonym bleiben. Auch vor den anderen Gruppenmitgliedern. Und tun Sie mir einen Gefallen, Herr Gruppenführer ...«

»Ich heiße Dr. Merck«, korrigierte er mich.

»... Dr. Merck. Reden Sie mich bitte nicht mit Herr Kunzikoffski an. Das macht es mir unheimlich schwer, anonym zu bleiben.«

Der Therapeut lächelte verständnisvoll.

»Na gut. Wie soll ich Sie denn nennen?«

»Herr Strumpf.«

»Wie?«

»Herr Strumpf. Problem damit?«

Der Therapeut blickte mich eindringlich an, als warte er darauf, dass ich meinen Wunsch jeden Moment als Scherz kenntlich machte, doch als von mir nichts mehr kam, besann er sich.

»Gut, von mir aus. Und wie sollen die anderen Gruppenmitglieder Sie nennen? Patienten duzen sich in der Regel. Haben Sie einen Vornamen?«

»Socke. Die können mich Socke nennen. Mein Name ist Socke Strumpf.«

Max, der rechts neben mir saß, schaltete sich in das Gespräch ein, ein hochgewachsener Mann mit einer seltsamen Frisur. Allerdings empfinde ich jede Frisur als seltsam, das sei hier einschränkend gesagt.

»Aber wir kennen doch schon alle deinen richtigen Namen. Und dein Gesicht haben wir auch schon gesehen, Klaus.«

»Socke!«, beharrte ich. Es klang bellend.

Max erschrak. Meine Stimme war wohl eine Spur zu laut für ihn. Depressive sind schreckhaft. »... Socke«, wiederholte Max leise und sah den Therapeuten hilfesuchend an.

»Woher willst du denn wissen, dass die Person unter meiner Maske tatsächlich dieser ›Klaus‹ ist? Hm? Hm? Hm?«, fragte ich Max provozierend und blickte ihn herausfordernd an.

»Wir sitzen beim Essen zusammen. Außerdem hat Dr. Merck gerade deinen Namen genannt, und du hast nicht widersprochen.«

Wutschnaubend zog ich die Strumpfmaske ab und warf sie wütend auf den Boden. Dann drohte ich Dr. Merck, ihn wegen Verletzung der Schweigepflicht zu verklagen.

»In der Gruppentherapie den Namen eines Patienten zu nennen fällt nicht unter die Schweigepflicht, Herr Strumpf«, verteidigte er sich souverän lächelnd.

»Das lassen wir mal lieber den Richter entscheiden«, gab ich für meine Verhältnisse bemerkenswert cool zurück.

Dr. Merck entspannte die Situation:

»Gut, Herr Strumpf …«

»Jetzt können Sie auch Herr Kunzikoffski sagen. Jetzt ist auch alles egal.«

»… nun wissen wir alle, wer Sie sind. Wir begrüßen Sie als neues Mitglied in unserer kleinen Runde.« Er wandte sich an die anderen. »Ich würde sagen, Sie stellen sich nacheinander kurz vor.«

So lernte ich meine Mitstreiter kennen: Max, Versicherungsmakler mit Burn-out. Elvira, Lehrerin mit Angstzuständen. Paul, Feuerwehrmann mit Alkoholproblem. Und natürlich Dr. Merck, der Gruppentherapeut und Leiter unserer kleinen Gemeinschaft. Ich bestand darauf, mich ebenfalls noch einmal vorstellen zu dürfen: »Socke Strumpf, *the patient formerly known as Herr Kunzikoffski, but now again known as Kunzikoffski.* Und weshalb ich hier bin, sage ich nicht. Wenigstens das soll geheim bleiben.«

Dr. Merck machte Anstalten, mir etwas zu sagen, winkte aber schließlich resigniert ab. Er rückte auf seinem Stuhl nach vorn und schaute zu Boden.

»Gut. Dann gehen wir nun alle ein paar Minuten lang in uns und fühlen, wie es uns heute geht. Herr Kunzikoffski, für Sie zur Erklärung: Wir machen jetzt die sogenannte Befindlichkeitsrunde. Sie versuchen in sich hineinzuspüren, was Sie gerade empfinden, und fassen das anschließend in Worte«, erklärte er. Drei Minuten später fügte er hinzu: »Und wir summen dabei keine Schlager.« Ich beendete »Santa Maria«.

»Wer möchte heute anfangen?« Sein Blick scannte die Patienten ab.

Elvira meldete sich: »Ich würde gern da weitermachen, wo ich gestern aufgehört habe.«

»Gern; wenn niemand in der Gruppe etwas dagegen hat?« Dr. Merck blickte uns fragend an.

»War es denn eine gute Geschichte?«, fragte ich.

»Was heißt ›gut‹?«, lächelte Elvira unsicher. »Es geht um meine traumatische Kindheit.«

»Achgottachgott«, schlug ich die Hände über dem Kopf zusammen. »So eine Kindheitskacke. Na, gut, komm, mach schnell. Komme ich denn in die Handlung noch rein? Oder gibt's vorher noch eine kurze Zusammenfassung? ›Was bisher geschah …‹« Ich summte eine dramatische Musik.

»Äh, i… ich weiß nicht«, stammelte Elvira.

245

»Frau Hauser, erzählen Sie einfach. Herr Kunzikoffski kommt bestimmt noch rein.« Dann wandte er sich an mich. »Herr Kunzikoffski, hören Sie einfach aufmerksam zu.«

Ich fragte, ob ich mir noch eine Cola und ein bisschen Popcorn holen dürfte, aber Dr. Merck schüttelte unwirsch den Kopf, und so lehnte ich mich achselzuckend auf meinem Stuhl zurück und lauschte Elviras Erzählungen.

Was folgte, war eine der hanebüchensten Geschichten, die ich je gehört hatte. Elviras Story war so offensichtlich erstunken und erlogen, es war mir fast peinlich, dass es außer mir niemand zu bemerken schien. Mein Blick wanderte von Stuhl zu Stuhl, und alle hörten aufmerksam zu. Der eine oder andere Gesichtsausdruck verriet sogar Mitleid. Ich war der Einzige, der diese notorische Lügnerin durchschaut hatte. Schon nach den ersten Sätzen, die davon handelten, wie Elvira angeblich von ihrem Vater verlassen worden war und ihre alkoholkranke Mutter pflegen musste, bla bla bla. Bis es mir schließlich zu bunt wurde:

»Da lachen ja die Hühner!«

Elvira verstummte. Der Rest blickte mich fassungslos an.

»Mal ehrlich«, versuchte ich mich den anderen verständlich zu machen. »Was ist das denn für ein Mist? Glaubt ihr auch nur ein einziges Wort davon?«

Die anderen murmelten unsicher etwas wie »Ja, schon«, und ich wandte mich an Elvira.

»Das ist dir doch nicht wirklich passiert. Das ist doch die Story eines drittklassigen SAT.1-Movies.«

Elvira sah den Gruppenleiter verstört an, der ihr mit einem väterlichen Kopfnicken bedeutete, einfach weiterzuerzählen. Mir blieb nur, ein zweites Mal regulierend einzugreifen: Ich tat, als ob ich niesen müsste, stieß aber nicht *Hatschi*, sondern *Bullshit!* aus. Elvira unterbrach ihre Geschichte ein weiteres Mal. Endlich schaltete sich auch der Therapeut ein.

»Herr Kunzikoffski, Sie sind neu in der Gruppe. Vielleicht sollte ich Ihnen noch sagen, dass es bei uns üblich ist, die anderen ausreden zu lassen.«

»Würde ich ja gern, aber das kann doch niemand ertragen. Wir sind hier in der Therapie, nicht im Kino. Ehrlich, Herr Doktor, dazu sind mir die Gruppentherapiestunden einfach zu teuer, um mir die Geschichte eines Fernsehfilms nacherzählen zu lassen. Eines langweiligen obendrein. Am Ende wollen Sie vielleicht einen Zuschlag wegen Überlänge.«

»Aber … aber meine Geschichte ist wahr«, flüsterte Elvira.

»Papperlapapp«, entgegnete ich jetzt verärgert; langsam riss mir der Geduldsfaden. »Erst letzte Woche habe ich fast genau so eine Geschichte im Fernsehen gesehen. Und außerdem verrätst du dich durch deine Körpersprache. Die ist voller Anzeichen dafür, dass du lügst. Eben bei der Sache, wie dich dein Vater angeblich windelweich geprügelt hat – da hast du sinnierend aus dem Fenster geschaut. Ein eindeutiges Zeichen für eine Lüge. Mir machst du nichts vor.«

»Ich habe gar nicht aus dem Fenster geschaut. Ich sitze doch mit dem Rücken zum Fenster.«

»Aber ich habe gesehen, wie du in die Brille von Erwin geguckt hast, in der sich das Fenster spiegelt.« Ich blickte sie triumphierend an. Die Frau machte mir nichts vor.

»Herr Kunzikoffski …«, schaltete sich Dr. Merck wieder ein.

»Ach, hören Sie doch auf. Ich habe das Gefühl, für Frau Hauser ist das hier eine Showbühne. Die denkt, mit ihrer Story vom armen, geschundenen Kind kann sie uns und die Fernsehzuschauer beeindrucken.«

»Fernsehzuschauer?«, fragte Dr. Merck verwundert.

»Ich gehe davon aus, dass das hier aufgezeichnet wird. Nicht?«, forschte ich unsicher.

»Herr Kunzikoffski, ich glaube nicht, dass Sie beurteilen können, ob Frau Hauser die Wahrheit erzählt oder nicht.«

»Natürlich kann ich das. Selbst jemand mit weniger Menschenkenntnis als ich merkt das sofort. Im Ernst: vom Vater verlassen, von der Mutter verprügelt? Pah! Ich kann's nicht mehr hören. Jeder meint, er müsse heutzutage so einen pseudoemotionalen Senf erzählen. Gähn, Herr Dr. Merck. Dazu sage ich Gäääääähn.«

Ich riss meinen Mund weit zu einem gespielten Gähnen auf. Dann tat ich so, als sei ich eingeschlafen.

»Aber wenn ich es doch wirklich erlebt habe …« Aha! Elviras Stimme klang weinerlicher als zuvor. Ein unzweifelhaftes Indiz dafür, dass sie bald unter meinem Druck zusammenbrechen würde, dass ich sie fast so weit gebracht hatte zu gestehen: In Wirklichkeit war ihre Kindheit total glücklich. Bauernhof, Pferdchen, liebevolle große Brüder. Doch ausgerechnet in diesem Augenblick fuhr mir der Therapeut in die Parade:

»Herr Kunzikoffski, bitte halten Sie sich jetzt endlich etwas zurück und beleidigen Sie Frau Hauser nicht.«

»Ach Mensch. Gerade hatte ich sie fast so weit, dass sie endlich die Wahrheit sagen wollte – und dann kommen Sie …«

»Sie möchten doch auch, dass man Sie ausreden lässt und nicht beleidigt.«

»Nö. Mir ist das egal. Ich durfte noch nie ausreden. Und beleidigt wurde ich bisher noch in jedem Gespräch. Gibt es denn überhaupt andere Gesprächsthemen als meine Minderwertigkeit?«

»Bitte, Frau Hauser, fahren Sie fort. Herr Kunzikoffski wird jetzt schweigen.«

»Werde ich nicht.«

»Herr Kunzikoffski!«

»Nur wenn die Lügenbaronin sich zusammenreißt.«

»Herr Kunzikoffski!«

Ich sprang von meinem Stuhl auf und schrie Frau Hauser an:

»Sagen Sie die Wahrheit. Erzählen Sie der Gruppe, wie Ihre Kindheit wirklich war!«

Sie blickte mich aus angstgeweiteten Augen an. Aber ich war noch nicht am Ende:

»Ich bin dafür, dass Frau Hauser an einen Lügendetektor angeschlossen wird. Wer ist noch dafür?«, fragte ich in die Runde und hob selbst sofort den Arm. Doch die anderen rückten nur unbehaglich auf ihren Stühlen umher. Feiglinge. Sie ließen mich tatsächlich im Stich – mich, den Einzigen, der sich für die Wahrhaftigkeit der Gruppentherapie einsetzte. Noch viel schlimmer aber: Selbst Dr. Merck unternahm nichts. Der Mann war doch von der ersten Minute an von der Situation überfordert. Stattdessen setzte

249

er nun auf puren Aktionismus und darauf, einen Sünden-
bock für die Eskalation zu suchen: mich!

»Herr Kunzikoffski, bitte gehen Sie einfach einmal fünf
Minuten vor die Tür.«

Das hatte er sich so gedacht! Ich drückte mich stattdessen provokativ mit meinem ganzen Gewicht auf den Stuhl
und verschränkte die Arme vor der Brust. Das war ich dem
deutschen Gesundheitswesen und den vielen Patienten,
die all ihre Hoffnungen auf eine Gruppentherapie setzen,
schuldig.

Dann kam mir eine Idee: Ich sprang auf, stellte mich auf
meinen Stuhl, reckte die Faust gen Himmel und legte aus
dem Stegreif eine kämpferische Rede hin:

»Liebe Mitpatienten! Gruppentherapie darf nicht zu einer schlechten RTL-Show verkommen! Leisten wir Widerstand. Geben wir der Gruppentherapie die Würde zurück.
Setzen wir als Erstes den völlig überforderten Gruppen-
therapeuten ab. Von mir aus mit Gewalt. Und dann über-
nehme ich das Ruder.« Beim Wort ›Ruder‹ überschlug sich
meine Stimme.

Mitpatient Max sah mich kurz an, dann schubste er
mich vom Stuhl. So ein Judas. Ich spürte, wie mich vier
Hände unter der Achsel packten und aus dem Raum zerr-
ten. Dann packten vier weitere Hände meine Füße. Es war
eine Schande. Der letzte Aufrechte, der sich die Pervertie-
rung der Gruppentherapie nicht gefallen lässt, wurde von
jenen Menschen aus dem Raum getragen, deren Wohler-
gehen ihm so am Herzen lag. Altruismus ist heutzutage
nicht mehr gefragt. Jede gute Tat wird bestraft. Was sind
das nur für Zeiten.

Vor allem wunderte mich, dass man mich einfach so anfasste. Mir wäre das ja zu eklig gewesen. Und an meine dreißig Minuten Vorlauf dachte auch niemand. Ich schrie wie am Spieß. Ah! Das erinnerte mich an den Termin, den ich nach der Gruppentherapie hatte: Körpertherapie. Angeblich bekommt man dort ein besseres Körpergefühl und lernt, sich selbst besser zu akzeptieren. Von mir aus.

Noch einmal richtete ich das Wort an meine Mitpatienten: »Könntet ihr mich vielleicht in Raum 232 tragen? Da habe ich jetzt einen Anschlusstermin.« Doch sie ließen mich einfach auf dem Flur fallen.

Wie gesagt, Herr Fitz: Solidarität und Hilfsbereitschaft in einer Gruppentherapie? Von wegen. Ich hoffe, Sie lernen aus meinen Erfahrungen.

Ach, vergessen Sie's.
Anonymus

98

In der Klinik nennen mich neuerdings alle Arschloch. Doch ein Spitzname ist kein Naturgesetz. Ich glaube fest daran: Ich kann andere Menschen dazu bringen, mich so zu nennen, wie ich es gern möchte.

Der erste Schritt: einen mir genehmen Spitznamen auswählen. Ich entscheide mich für Leopard. Den Spitznamen muss ich nun mit Leben füllen, mich also leopardenhaft verhalten. Nicht dass man mich am Ende »Giraffe« oder »Gnu« nennt. Den Namen »Leopard« erwirbt man sich nicht, indem man sich entsprechend vorstellt: »Guten Tag, mein Name ist Jan-Uwe Fitz, aber Sie können mich ›Leopard‹ nennen.« Sondern weil Charakter und Körpersprache etwas Wildkatzenhaftes haben. Nur wenn ich mich benehme wie ein Leopard, wird man mich auch so nennen.

Wie aber benimmt sich ein Leopard? Und welche Eigenschaften kann ich mir glaubhaft aneignen, ohne dass es albern wirkt?

Der Blick in *Was ist was – Wilde Tiere* verrät: Leoparden bewohnen riesige Reviere. Und zwar einzeln. Sie dulden keine Rivalen, sondern schlagen Artgenossen, die sich in ihrem Revier aufhalten, in die Flucht. Für mich im Prinzip kein Problem. Ich war immer gut darin, allein zu sein. Je weiter der nächste Artgenosse von mir entfernt ist, desto wohler fühle ich mich. Wenngleich »ein paar Quadratkilometer« ohne Artgenossen, wie sie das Buch vorschreibt, einen gewissen Aufwand erfordern. Vor allem wenn man wie ich in einer privaten Nervenklinik wohnt. Da hat es mein Namensvorbild leichter: Es durchstreift sein Revier in Afrika, einem Kontinent, der ausreichend Platz bietet, um ganz Leopard zu sein. In Afrika kann sogar ein Nashorn Leopard genannt werden. Das ist gar kein Problem. Hm, »durchstreifen« klingt allerdings auch nicht verlockend. Ich würde in meinem Revier lieber rumliegen. Aber Kompromisse müssen vielleicht sein.

Mir bleiben zwei Alternativen: Erstens: An einen Ort mit weniger Menschen ziehen, mir ein Revier suchen, in dem mir keine Artgenossen so dicht auf die Pelle rücken wie in der Klinik. Oder die anderen Patienten in die Flucht schlagen – um mir auf diese Art und Weise ein Revier von mehreren Quadratkilometern zu schaffen. In dem ich dann einsam herumliegen kann.

Gedacht, getan. Ich klopfe bei meinem Zimmernachbarn rechts, um ihn in die Flucht zu schlagen. Vielleicht reicht schon ein Knurren. Gerade rechtzeitig besinne ich mich, dass Katzen fauchen. Leoparden also auch. Mein Gott, war das knapp. Hätte ich an der Zimmertür meines Nachbarn geknurrt statt gefaucht, hätte ich mir meinen Spitznamen gleich in die Haare schmieren können. Also, ins Fell (auch auf die richtigen Metaphern würde ich in Zukunft achten müssen).

Mein Nachbar ist ein sympathischer junger Mann. Leider auch ein kräftiger. Deshalb entschließe ich mich, ihn zunächst freundlich zu bitten, schnell die Klinik zu verlassen, und ihn nicht gleich zu einem Kampf auf Leben und Tod herauszufordern:

»Guten Tag, Fitz mein Name, von nebenan«, stelle ich mich vor. »Verlassen Sie bitte die Klinik.«

»Was?«

»Ich bin ein Leopard, ich brauche die Einsamkeit. Und Sie befinden sich in meinem Revier.«

»Sie gehen jetzt besser.«

»Na gut, Sie haben es ja so gewollt.«

Ich fauche ihn bedrohlich an, verschlucke mich dabei und schließe mit einem üblen Husten. Mein Nachbar zeigt sich unbeeindruckt. Ich lege nach:

»Sind Sie taub? Chhhhhhhhhhhhhhhh!« Diesmal klingt es glasklar. Ich sehe ihn gespannt an. Wie wird er reagieren? Erkenne ich da Angst in seinen Augen?

»Ich weiß nicht, was Sie von mir wollen, Herr Fitz«, sagt er leicht verärgert.

»Diese Klinik ist zu klein für uns zwei. Ich bin ein Leopard und brauche die Weite. Würden Sie bitte mein Revier verlassen?« Ich blicke ihn herausfordernd an. Dann fällt mir ein, dass ich vergessen habe zu fauchen. Ich hole es nach.

Sie bewundern mich sicher für meinen Mut, lieber Leser. Ich gestehe aber, dass ich mich in dieser Situation nicht sonderlich wohlfühle. Meine Körpersprache wirkt zwar auf das Äußerste entschlossen, aber tief in mir tobt ein Sturm der Unsicherheit. Ich bin mir der Gefahr, in der ich mich befinde, voll bewusst: Mein Nachbar wird entweder seine sieben Sachen packen und verschreckt sein Zimmer und die Klinik verlassen – oder er nimmt den Kampf auf Leben und Tod an. Mir wäre die erste Alternative lieber, denn seine Oberarme verheißen Schmerzen. Ich hingegen: ein untrainierter Medikamentenabhängiger, hin und wieder auf Entzug. Mit Bauchansatz. Aber ich habe zwei Trümpfe:

meine Entschlossenheit und das Überraschungsmoment. Gut, das Überraschungsmoment ist mittlerweile verpufft. Dazu stehen wir uns schon zu lange gegenüber. Ich fauchend, er … nun ja, irritiert. Also bleibt noch meine Entschlossenheit.

Plötzlich zucken seine Mundwinkel. Tränen strömen über sein Gesicht. Dann setzt er zu einem qualvollen und ohrenbetäubenden Heulen an: »Buäääääääh! Ich will die Klinik nicht verlassen.« Er wird von einem Heulkrampf geschüttelt. Erschrocken blicke ich mich um, bitte ihn, etwas leiser zu weinen; mit dieser Reaktion habe ich nun gar nicht gerechnet. Kann jemand ahnen, dass ein solch stolzer Mann sofort in Tränen ausbricht, wenn man ihn bittet, die Klinik zu verlassen? Ich tröste ihn umgehend:

»Ist ja gut, ist ja gut. Beruhigen Sie sich doch wieder. War nicht so gemeint. Sie sind ja gar kein Leopard. Ich kann Sie also ruhigen Gewissens in meinem Revier akzeptieren. In Wirklichkeit sind Sie eine Heulsuse. Heulsuse und Leopard auf engstem Raum, das verträgt sich eigentlich prima. Also, nichts für ungut.«

Ich stoße ihn zurück in sein Zimmer und schließe schnell die Tür. Dann gehe ich ein Zimmer weiter und klopfe dort. Mal sehen, ob ich diesen Patienten in die Flucht schlagen kann.

565

»Hätte ich ja auch nicht gedacht, dass man in einer Klinik zu solchen Mitteln greift.« Ich hocke im Schneidersitz auf einem flauschigen Teppichboden und erwarte gespannt die Anweisungen der alten Frau im Arztkittel, die mir gegenübersitzt. Auf dem Kopf trägt sie Federschmuck, den sie einem indianischen Häuptling entrissen haben muss, und in ihr Gesicht hat sie einen Satz tätowiert, vermutlich etwas Indianisches. Er lautet *ose fiod, warts tidsel.*

Sie hustet, dass es sie fast zerreißt, hält sich dabei aber nicht die Hand vor den Mund, sondern feuert ihre Bazillen auf ein paar kleine Steine und Äste, die zwischen uns auf dem Boden liegen. Seit fünf Minuten geht das nun schon so. Sie hustet, ich schweige. Zum wiederholten Male studiere ich das indianische Zitat in ihrem Gesicht. Was das wohl heißen mag? Dann hat die Husterei der alten Frau endlich ein Ende; sie wischt sich mit dem Ärmel ihres Arztkittels den Mund ab und fragt:

»Wo waren wir stehengeblieben?«

»Wir hatten noch gar nicht angefangen.«

»Natürlich hatten wir angefangen. Was glauben Sie, was ich die letzten Minuten gemacht habe?«

»Gehustet.«

»Eben. Ich habe die Aura zwischen uns vollgehustet. Das gehört zur Therapie. Glauben Sie, ich huste aus Spaß?«

»Dann waren wir bei Ihrem Husten stehengeblieben.«

»Haben Sie den Dreck mit reingebracht?«

Sie deutet auf die Steine und Blätter zwischen uns.

»Nein, der war schon hier. Ich dachte, der gehört zu unserer Sitzung. Kontakt mit der Natur oder so.«

»Kontakt mit der Natur«, sagt sie verächtlich. »Wenn Patienten Kontakt mit der Natur haben wollen, tunken wir sie in Bullenurin. Räumen Sie den Scheiß hier mal weg.«

»Ich will das nicht anfassen, Sie haben reingehustet.«

»Von mir aus können wir die Sitzung gern auch mit Dreck zwischen uns machen. Mir ist das egal. Weshalb sind Sie noch mal hier?«

Sie greift zu meiner Patientenakte, die neben ihr auf dem Boden liegt, und liest.

»Ach so. Wir sollen eine Wanderbaustellenaustreibung durchführen. Sie fühlen sich also von einer Wanderbaustelle verfolgt?«

»Ja.«

»Wie kommen Sie darauf?«

»Wo immer ich bin, ist auch eine Wanderbaustelle.«

»Wie äußert sich das?«

»Sie sehen die Kerle doch auch. Hinter mir. Am Fenster.«

Das habe ich vergessen zu schreiben, liebe Leser: Vor dem Fenster stehen die drei Wanderbaustellenbauarbeiter. Samt Presslufthammer und Betonmischer. Die alte Frau fixiert sie skeptisch und erklärt: »Ah, ich dachte, das seien Handwerker, die das Zimmer renovieren.«

»Mit Presslufthammer und Betonmischer?«

»Wir leben in der Postmoderne, lieber Herr. Ich kenne Leute, die schlafen auf Salzstreuern statt auf Kopfkissen. Und nutzen stattdessen Kopfkissen als Salzstreuer. Aber sagen Sie: Wollen Sie mich den Herren nicht vorstellen?«

»Entschuldigen Sie bitte. Das sind die Wanderbaustellenbetreiber Victor Vaudeville, Marc Robert, und den dritten Namen habe ich vergessen. Das ist meine Therapeutin Dr. Zausel.«

Es folgt ein munteres Hin und Her aus »Guten Tag«, »Angenehm« und »Nett, Sie kennenzulernen.«

Die Therapeutin wendet sich wieder mir zu:

»Die sind aber nett.«

»Nicht, wenn man sie nicht mehr los wird. Ständig läuft der Presslufthammer. Und nie bin ich allein. Ich habe schon seit Ewigkeiten nicht mehr an mir rumgespielt.«

»Und deshalb möchten Sie die austreiben?«

»Ja.«

»Seien Sie lieber froh, dass Sie Anschluss haben.«

»Ich bin aber lieber allein. Außerdem kann ich bei dem Lärm nicht schlafen.«

»Also gut, dann treiben wir die Wanderbaustelle eben aus. Aber ich muss Sie warnen: Es wird wehtun.«

»Wem?«

»Na, Ihnen.«

»Warum das denn?«

»Ich werde Ihnen die Augen ausstechen und das Trommelfell zertrümmern. Dann können Sie die Wanderbaustelle weder hören noch sehen.«

»Aber ich kann zwei von denen auch riechen.«

»Dann sprenge ich auch noch Ihre Nase.«

»Gibt's keine andere Möglichkeit, eine Wanderbaustelle auszutreiben?«

»Doch. Wir könnten die Balkontür öffnen und die drei rausschubsen. Dann einfach die Tür von innen schließen, und Ruhe ist. Welche Methode ist Ihnen lieber?«

»Eigentlich die zweite. Aber ich muss Sie warnen: Die drei sind nicht nur Wanderbauarbeiter, sondern auch Entfesselungskünstler. Die befreien sich von jedem Balkon.«

»Nicht von diesem. Das ist ein verwunschener Balkon, von dem man nie wieder wegkommt.«

»Ach, wie diese verwunschenen Wälder, aus denen man nie wieder herauskommt?«

»Ja, oder wie diese verwunschenen Häuser, aus denen man nie wieder herauskommt.«

»Ja, oder …«

»OK, verstanden! Legen Sie los«, beeile ich mich zu sagen. Ich will diese Wanderbaustelle endlich loswerden.

»Interessant. Die meisten nehmen Alternative eins. Glaube ich zumindest. Ich hatte noch nie so einen Fall wie Sie. Ich wusste gar nicht, dass es überhaupt Wanderbaustellen gibt. Normalerweise arbeite ich als Teufelseintreiberin.«

»Was ist das?«

»An mich wenden sich Menschen, die von zu netten Zeitgenossen genervt sind. Ich sorge dann dafür, dass diese Gutmenschen im Handumdrehen vom Teufel besessen sind.«

»Ach?«

»Ja, da gibt es tolle Tricks. Zum Beispiel eine Schokoladenspur, die direkt in eine Körperöffnung des Nochnichtbesessenen führt. Das Opfer wird natürlich vorher gefesselt und geknebelt und bekommt eine Maulsperre verpasst. Dann wird es mit dem Bauch nach unten auf den Boden gelegt, und auf der Zunge wird das letzte Stück Schokolade platziert. Der Teufel isst Schokoladenquadrat für Schokoladenquadrat, und wenn er in dem Einzutreibenden ist, lassen wir den Mund zuklappen. Schon ist die Teufelseintreibung perfekt.«

»Wie eine Mausefalle.«

»Ja, nur für Teufel. Und mit Schokolade.«

»Toll. Man kann mit Teufelseintreibungen bestimmt mehr verdienen als mit Austreibungen.«

»Auf jeden Fall. Menschen fügen anderen lieber Schlimmes zu. Befreien läuft bei weitem nicht so gut. Eintreiben ist *the next big thing*.«

»Aha. Gut, könnten wir dann anfangen? Ich habe gleich die nächste Therapiestunde.«

»Alles klar. Öffnen Sie die Balkontür.«

Ich folge der Anweisung, die alte Frau bittet die drei Bauarbeiter, auf den Balkon zu treten, aber ihr Werkzeug nicht zu vergessen. Die Herrn leisten Folge. Dann schließt die Ärztin die Balkontür von innen und strahlt mich an:

»Fertig. Ausgetrieben. Auf zum Essen.«

»Darf ich Sie noch etwas fragen?«

»Nein.«

»Was heißt denn *ose fiod, warts tidsel*?«

»Wo haben Sie das denn her?«

»Es steht in Ihrem Gesicht.«

»In meinem Gesicht? Ach so, Sie meinen die Tätowierung?«

»Ist das indianisch?«

»Nein, das ist ein Buchstabenverdreher. Heißt richtig ›Wer das liest, ist doof.‹«

»Und wieso schreiben Sie sich so etwas ins Gesicht?«

»War ein Gefallen für einen Freund, einen Tätowierer.

Er hat schon immer davon geträumt, mal jemandem was total Albernes in die Fresse zu schreiben. Aber die meisten sperren sich dagegen.«

»Aber …«

»Warum die verdrehte Buchstabenfolge? Weil ich ihm einerseits gern den Gefallen getan habe, andererseits aber nicht so einen Quatsch im Gesicht stehen haben wollte. Wir haben uns dann für diesen Kompromiss entschieden.«

»Toll, dass Sie für Ihre Freunde da sind.«

»Ist nicht mehr mein Freund. Er wurde von seiner Frau verlassen, da dachte ich mir: Kündigste ihm auch eben die Freundschaft. Der ist durch die Trennung von seiner Frau so fertig, wenn ich ihm jetzt die Freundschaft kündige, macht das seinen Schmerz auch nicht stärker. Wollte mich eh von dem lösen. Stellen Sie sich vor, ich hätte ihm ein halbes Jahr später die Freundschaft gekündigt. Nachdem er vielleicht gerade die Trennung verarbeitet hätte? Der wäre ja durch mein Adieu gleich wieder in ein Loch gefallen. Das konnte ich ihm nicht antun.«

»Sie sind ein guter Mensch. Den Trick werde ich mir merken.«

»Sie haben Freunde?«

»Nein. Aber merken kann ich es mir trotzdem mal. Sind noch ein paar Kapazitäten in meinem Gehirn frei.«

»Machen Sie, was Sie wollen. Ich muss weiter. Schaue mir ein paar Dämonen an, die ich ein paar Patienten eintreiben soll.«

»Viel Erfolg.«

»Ach, halt's Maul.«

23

»Ich möchte mich stellen. Ich halte den Druck nicht mehr aus.«

»Was haben Sie denn getan?«

»Ich bin der blinde Patient, den Sie suchen.«

»Oh, wir haben die Suche gestern eingestellt.«

»Ach.«

»Ja, Sie kommen zu spät.«

»Ach.«

»Kann ich sonst noch etwas für Sie tun?«

»Und warum haben Sie die Suche eingestellt?«

»Wir haben den blinden Patienten gefunden.«

»Ach.«

»Ja. Gut, ne?«

»Aber ich bin doch der blinde Patient. Sie sollten weitersuchen.«

»Ach.«

»Ja.«

»Wie heißen Sie denn?«

»Jan-Uwe Fitz.«

»Lassen Sie mich mal im Computer nachsehen … Es gibt hier keinen Jan-Uwe Fitz.«

»Natürlich nicht. Ich bin illegal in der Klinik.«

»Ach.«

»Wer ist denn Ihrer Meinung nach der illegale Patient?«

»Herr Wegener.«

»Der Hausmeister?«

»Ja.«

»Ach.«

»Ja.«

»Sie werfen also Ihren Hausmeister raus?«

»Nein, er darf weiterhin als Hausmeister bei uns arbeiten. Nur wird er nicht weiterbehandelt. Die Sau hat sich heimlich in Gruppentherapien geschlichen und hinter der Zimmerpflanze versteckt. Und seine Mahlzeiten hat er im Essenssaal der Patienten eingenommen. Und wissen Sie, warum? Ich zitiere: ›War leckerer!‹«

»Und was haben Sie mit ihm gemacht?«

»Wir haben ihm klargemacht, dass wir in Zukunft ein wachsames Auge auf ihn haben werden.«

»Wo ist er jetzt?«

»Keine Ahnung. Gerüchten zufolge hat er sich in eine andere Klinik begeben.«

»Aber Genaueres wissen Sie nicht?«

»Nein. Warum sind Sie denn so neugierig?«

»Weil ich dachte, ich sei der einzige illegale Patient.«

»Sie sind auch ein illegaler Patient?«

»Ja, das sagte ich schon zu Beginn des Gesprächs.«

»Ich komme immer recht langsam in ein Gespräch hinein.«

»Ich lebe seit einiger Zeit heimlich in Ihrer Klinik. Wie lange genau, kann ich nicht sagen. Ich habe jegliches Zeitgefühl verloren.«

»Ach? Das heißt, wir hatten zwei blinde Passagiere? Wo soll das bloß enden?«

»Bei drei?«

»Oder gar vier!«

»Fünf.«

263

»Komisch, dass wir nur einen Teller zu viel hatten. Müssten eigentlich zwei gewesen sein.«

»Ich habe oft einen gebrauchten Teller benutzt. Um nicht aufzufallen.«

»Sie sind aber auch ein raffinierter Hund. Sie sind uns einfach über.«

»Als Trickbetrüger muss man schon ein Mindestmaß an Cleverness mitbringen.«

»Mensch, der Hausmeister hat uns ganz schön zugesetzt. Wir Ärzte dachten schon, wir seien bekloppt. Im Ernst: Wer schmuggelt sich denn heimlich in eine Klinik ein? Was ist das bloß für eine Welt? Unser medizinisches System geht vor die Hunde.«

»Und nun? Schmeißen Sie mich raus?«

»Nein, ich sehe großzügig über Sie hinweg. Wer ohne Sünde ist, werfe den ersten, äh … raus.«

»Haben Sie sich auch schon einmal eine Leistung erschlichen?«

»Natürlich. Soll ich Ihnen etwas verraten? Ein Geheimnis?«

»Nein.«

»Sie wären der Erste, der davon erführe.«

»Trotzdem: Nein!«

»Ich bin in dieser Klinik nur heimlich Arzt.«

»Ich sagte: Nein.«

»Ach so, ich dachte, Sie meinten das ironisch.«

»Was machen Sie denn normalerweise?«

»Ich bin Torwart bei einem Fußball-Bundesligisten.«

»Ach, kenne ich Sie?«

»Bestimmt. Ich heiße Zarah Leander.«

»Und Sie spielen bei?«

»Kennen Sie nicht. Ist ein unbekannter Bundesliga-Club.«

»Ich bin Fußball-Fan. Bestimmt kenne ich Ihren Club.«

»Fortuna Autismus?«

»Kenne ich nicht.«

»Sehen Sie.«

»Wer spielt noch mit?«

»Niemand. Ich bin zu autistisch veranlagt, um Mitspieler zu haben. Würde eh nicht abspielen, sondern nur gedankenverloren im Mittelfeld rumdribbeln.«

»Haben Sie Torwart gelernt?«

»Nein, Schornsteinfeger.«

»Daher Ihre unkonventionelle Art, mir den Stein aus meiner Harnröhre zu entfernen.«

»Gewisse Arbeitsweisen legt man eben nie ab. Und so groß ist der Unterschied zwischen Harnröhre und Schornstein auch nicht.«

»Sie hätten sich aber wenigstens die Hände waschen können. Seit Ihrer Behandlung habe ich schwarze Rußabdrücke am Schniepel. Die gehen nur schwer ab.«

»Probieren Sie es doch mit einem Hochdruckstrahler. Was weiß ich. Wieso habe ich mich überhaupt um Ihre Harnröhre gekümmert? Sind Sie sicher, dass Sie das waren?«

»Hm, vielleicht haben Sie auch Herrn Moltke einen Stein aus der Harnröhre entfernt. Und ich war nur zufällig im Raum?«

»Weiß man's?«

»Ich nicht.«

»Ich kann mich nicht einmal daran erinnern, überhaupt jemals mit Harnröhren zu tun gehabt zu haben. Ich kann mich nicht einmal daran erinnern, jemals einen Schniepel gesehen zu haben. Also einen fremden.«

»Mich hat mal eine nach dem Weg zum Bahnhof gefragt.«

»Eine Harnröhre?«

»Keine Harnröhre, Sie Idiot. Wie kommen Sie denn darauf?«

»Ich dachte, wir reden über Harnröhren.«

»Bei mir hat sich mal eine blinde Harnröhre eingeschmuggelt. Habe ich erst nach zwei Jahren bemerkt. Wollte sie aber nach so langer Zeit nicht mehr entfernen lassen.«

»Das kann ich mir gut vorstellen.«

»Das sind so Sachen. Weshalb sind Sie noch mal hier?«

»Keine Ahnung. Manchmal vergesse ich vor lauter Smalltalk, was ich eigentlich wollte. Ach so: Eigentlich wollte ich mich verabschieden. Ich verlasse Ihre Klinik.«

»Ach, sind Sie geheilt?«

»Nein. Ich liebäugle sogar mit Selbstmord. Ist ganz neu.«

»Das ist aber nicht schön. Sagen Sie: Haben Sie manchmal auch das Gefühl, eine dritte Wange zu haben?«

»Nein, Sie?«

»Nein, wie kommen Sie denn auf so einen Scheiß?«

3. Teil

23

Du könntest ruhig ein schlechtes Gewissen haben. Hast du aber nicht. Deshalb hast du ein schlechtes Gewissen. Dir ist egal, dass du einen Mord begangen hast, dass Frau Kautge sterben musste. Nur weil du ein Einzelzimmer wolltest. Aber dir ist nicht egal, dass es dir egal ist. Du musst doch etwas fühlen. Wenn du an die Tat zurückdenkst, hast du sie gefälligst zu bereuen und nicht zu denken: »Ach ja, endlich was in meinem Leben, was ich hinbekommen habe.«

Du kannst nicht einfach so zur Tagesordnung übergehen. Du bist ein Mörder. Da gibt es kein »Na und?« Scham ist dir doch nie fremd gewesen. Aber ausgerechnet die Tatsache, dass du ein Mörder bist, geht dir am Arsch vorbei? Und warum grinst du bei dem Gedanken an das Opfer, das leblos vor dir lag?

»Und was gibt's Neues, Herr Fitz?«

»Von dem Mord habe ich Ihnen schon erzählt, oder?«

»Nein.«

»Ich habe eine Mitpatientin umgebracht.«

»Echt?«

»Jou.«

»Schlimm.«

»Geht so. War gar nicht schwer. Hat sich kaum gewehrt. Wenn ich es nicht getan hätte, hätte sie es bestimmt selbst getan. Schien mir sowieso etwas depressiv. Kann ich noch Kuchen haben?«

»Nein. Bringen Sie mich jetzt auch um? Hahaha.«

Du machst nachts kein Auge zu, weil du dich fragst: Warum hast du kein schlechtes Gewissen? Du bist verzweifelt. In den kurzen Phasen, in denen du mal wegdöst, träumst du, dass du dein Seepferdchenabzeichen nicht bestehst. Dann wachst du auf, schweißgebadet. Wieso träumst du so ein Zeug? Hast du nichts Wichtigeres zu träumen? Du hast einen Menschen ermordet! Davon solltest du träumen. Stattdessen siehst du im Schlaf Bilder von deinen fehlgeschlagenen Versuchen, einen Ring aus einem Meter Tiefe nach oben zu holen. Seepferdchen! Hast du überhaupt versucht, das Seepferdchen zu machen? Oder bereust du nur, dass du es nie versucht hast? Warum beschäftigt dich diese Frage überhaupt? Ein Mensch ist gestorben. Du hast ihn getötet. Und du bist wie besessen vom Gedanken an das bescheuerte Seepferdchen.

Wenn es wenigstens nur die fehlende Reue wäre. Aber jetzt kommt auch noch Schadenfreude hinzu. Du spürst, dass du der Familie deines Opfers den Tod der Mutter gönnst. Ist das zu fassen? Du könntest dich wegwerfen vor Lachen bei dem Gedanken, wie sie am Grab stehen und weinen. Was ist das? Übermut? Wieso wirst du jetzt übermütig? Statt dich einfach zu freuen, dass du den perfekten Mord begangen hast, und es damit gut sein zu lassen, gedeiht in dir der Wunsch, die Familie des Opfers zu verspotten. Was ist bloß los mit dir?

Es tut dir nicht gut, dass dich die Wanderbaustelle nicht mehr begleitet. Seit sie dir ausgetrieben worden ist, schläfst du nicht besser, aber bist wie von der Leine gelassen. Niemand, der dir Einhalt gebietet. Dich von dir ablenkt. Solange du gegen die Wanderbaustelle gekämpft hast, hattest du keine Zeit, auf dumme Ideen zu kommen. Mit der Wanderbaustelle im Schlepptau hättest du niemanden verspottet. Und jetzt willst du tatsächlich den Witwer deines Opfers besuchen, um ihm eine Nase zu drehen. Du Monster.

Du sitzt im Taxi zu den Kautges und lachst in dich hinein. Findest du Mord lustig? Findest du es lustig, Opfer zu verhöhnen? Natürlich, wie ironisch, dass ausgerechnet du den perfekten Mord begangen hast, dem niemand auf die Schliche gekommen ist. Dabei hast du dir nicht einmal sonderlich Mühe gegeben.

Und nun steigst du vor dem Haus der Kautges aus dem Taxi, ziehst eine Strumpfmaske übers Gesicht und klingelst an der Haustür. Der Witwer öffnet, und du machst ihm mit der rechten Hand eine lange Nase und singst »Ich hab deine Frau getötet. Ich hab deine Frau getötet. Und niemand hat mich in Verdahacht. Und niemand hat mich in Verdahacht. Nananana naa na.«

Dann läufst du albern kichernd davon.

Du mordest also nicht mehr, sondern machst Klingelstreiche. Aber bist du deshalb gleich auf dem Weg der Besserung? Moralisch betrachtet? Natürlich sind Klingelstreiche harmloser als Mord. Aber wenn du den Klingelstreich bei den Angehörigen deines Opfers machst, sieht die Sache schon ganz anders aus. Dann ist das kein Fortschritt. Dann geht es nur darum, noch einen draufzusetzen. Klingelstreich und Mord kann man nicht voneinander trennen. Das ist pervers. Und dumm.

Es passt wohl einfach nicht in dein Selbstbild, dass du den perfekten Mord begangen hast, und nun machst du so lange Unsinn, bis du doch noch auffliegst. Der einzige Mensch, der dir etwas anhaben kann, bist du selbst. Und deshalb machst du so lange weiter, bis er dich geschafft hat. Bisher war das immer ganz leicht. Du hast etwas getan, und es ging schief. Doch dann kam dieser verflixte Mord. Der einfach glattlief. Zum ersten Mal ging etwas nicht gehörig in die Binsen. Also musstest du ein zweites Mal ran.

Denn natürlich verlief dein Klingelstreich unglücklich. Du hättest nicht schon gleich deine Maske abziehen sollen, nachdem du dem Witwer mit »Ich war's! Hihi!« die lange Nase gemacht hattest und die Garagenauffahrt der Kautges hinuntergelaufen warst. Dann hätte Sohn Dennis Kautge dich auch nicht mit seiner Handykamera fotografieren können, als er die Garagenauffahrt heraufkam. Und schon von weitem einen giggelnden Vollidioten auf sich zulaufen sah.

Dein verblüfftes Gesicht ist auf dem Foto deutlich zu sehen. Es scheint zu sagen: »Huch? Eine Kamera? Das ist aber Pech. Wo ich doch unerkannt bleiben wollte.« Am nächsten Tag prangt das Bild auf den Titelseiten aller Zeitungen. Auch im Fernsehen wird gefragt: »Kennen Sie diesen Mann?«

Das war es dann mit deinem zurückgezogenen Leben. Ab sofort wirst du nicht mehr ungestört in deinem Loch vor dich hinvegetieren. Jetzt werden sie dich jagen. Sie suchen dich, um dich zu bestrafen. Und zum ersten Mal bildest du dir das nicht nur ein. Du hattest immer Angst vor Strafe, dein Leben lang. Immer grundlos. Jetzt wird man dich tatsächlich bestrafen, und es ist dir egal. Du bist sogar erleichtert. Deine Angst hat endlich einen Grund.

Wenn du Glück hast, erwischt dich die Polizei. Wenn du Pech hast, ein bezahlter Rächer der Familie Kautge. Vielleicht wird sich der Sohn sogar höchstpersönlich an dir rächen. Schließlich hast du seine Mutter ermordet. Das kommt bei Söhnen oft nicht gut an.

Du bist am Ende. Während du in deiner Wohnung sitzt und wartest, dass sie dich holen, sehen auch die Schwattmanns dein Foto in der Zeitung.

»Guck mal, Ede. Ist das nicht der Fitz von gegenüber?«

»Oh ja.«

»Der hat in der Anstalt eine Frau getötet und dann ihren Witwer verspottet.«

»Nein!«

»Doch.«

»So ein Teufelskerl!«

»Rufen wir die Polizei. Das wird ein Spaß, wenn sie den aus seiner Wohnung sprengen.«

»Sollten wir ihn nicht erst einmal fragen, ob er das auch wirklich ist?«

»Gib die Zeitung her. Ich geh mal rüber.«

Schon klingelt die alte Schwattmann bei dir. Du öffnest die Tür, und sie fragt dich:

»Hallo, Herr Fitz, alles entspannt?«

»Geht so, ich werde gerade gejagt.«

»Ach, dann ist das tatsächlich Ihr Foto da in der Zeitung? Mein Mann und ich, wir waren uns nicht sicher.«

»Doch, das bin ich.«

»Sie sehen darauf ein bisschen perplex aus.«

»Ja, ich war etwas überrascht, dass ich dem Sohn vor die Linse gelaufen bin, als ich flüchten wollte.«

»Wollen Sie heute zum Kaffee kommen? Wann kann man seinen Freunden schon einmal einen Killer präsentieren?«

»Ja, gern. Mir ist jetzt alles egal. Wann denn?«

»16 Uhr. Um 18 Uhr kommt ja Soko.«

3098

Du kannst gar nicht mehr anders, als dich verdächtig zu benehmen. Jeder Schritt, jede Geste ein Geständnis. Man sieht dir die Schuld deutlich an. Bei allem, was du tust. Du bist 100 Prozent Geständnis. Du gehst keine drei Schritte mehr, ohne dich nervös in alle Richtungen umzublicken. Du rechnest jeden Moment mit deiner Verhaftung. Oder mit einem Racheanschlag. Du hast sogar deine Vorhänge abgehängt, damit du dich nicht aus Versehen hinter ihnen versteckst, wenn deine Jäger in die Wohnung eindringen. Schließlich weißt du aus leidvoller Erfahrung, wie verräterisch sich deine Brustwarzen auf dem Stoff abzeichnen. Und einen Auftragskiller täuschst du nicht so leicht wie eine Depressive. Die Welt mag sich ändern. Brustwarzen bleiben verräterisch.

In einer solchen Lebensphase, in der dein Leben am seidenen Faden hängt, in der du mit einem Bein im Grab stehst, denkst du an alte Zeiten und stellst dir viele Fragen. Hättest du einen anderen Beruf ergreifen sollen? Hättest du überhaupt einen Beruf ergreifen sollen? Dann bereust du, dass du nie versucht hast, deinen großen Traum zu verwirklichen: Stadtmarketer. Schon als kleiner Junge wolltest du Städte, Dörfer und Regionen für Touristen attraktiv machen. Das konntest du wie kein Zweiter. Du warst der Mozart des Stadtmarketings. Der Picasso. Oder besser der Dalí. Dein Stadtmarketing trat schon früh in seine surrealistische Phase ein.

Bereits als Dreijähriger entwarfst du Konzepte für dein

Playmobil-Jagdschloss. Deine genialen Ideen sorgten weit über das Kinderzimmer hinaus für Furore und brachten schon bald die ersten Busladungen japanischer Touristen in die Zweizimmerwohnung deiner Eltern. Fotos von Asiaten vor deinem Playmobil-Schloss waren damals in Japan wertvolle Statussymbole. Zwar mussten sich die Japaner bücken und sich seitlich in das Bild hängen, damit auch das Schloss noch auf das Foto passte, aber das war ihnen das Foto wert.

In dieser Zeit florierte auch der Merchandising-Handel: Die Ohropaxe deines Großvaters fanden reißenden Absatz, und er kam mit dem Benutzen kaum nach.

Aber wie das häufig so ist bei Wunderkindern: Deine Eltern hatten kein Verständnis für deine Leidenschaft. Mutter und Vater klagten nur ständig, dass die japanischen Besucher die Sicht auf den Fernseher verdeckten. Und zum Stadtmarketingunterricht wollten sie dich auch nie fahren.

Jahrelang hast du intensiv Stadtmarketing studiert. Hast gelernt, dass die Ursprünge auf Nomadenvölker im Norden Afrikas zurückgehen, deren Ziel es war, den Ort, an dem sie gerade rasteten, für Touristen attraktiver zu machen. Um sich so Devisen zu sichern. Die Nomaden bedienten sich für ihre PR eines Tricks, der später noch in anderen Bereichen große Erfolge feiern sollte: Sie schickten drei Hirten in die Welt, die jedem, dem sie begegneten, von dem Nomadenlager erzählten: »Hier, super Ort. Total nett da.« Und tatsächlich strömten bald interessierte Touristen an den gelobten Ort. Doch da waren die Nomadenvölker bereits weitergezogen. Ihre Begründung hinterließen sie später in Reimform:

Wir sind Nomaden,
Wir können nicht ewig waden.

Jahrzehntelang musstest du mit ansehen, wie schematisch und wenig originell die Städte bei ihrer Selbstvermarktung vorgingen. Wie völlig unbekannte Söhne oder Töchter der Stadt hervorgekramt und als Weltstars angepriesen wurden, und ließ sich auf Teufel komm raus niemand finden, hieß es einfach: »Jahaaa, aber Goethe war wohl auch schon einmal hier.«

Oder man tackert ein Broschürchen über die Historie des Ortes zusammen, stellt irgendwo ein Riesenrad und eine Hüpfburg auf oder stampft einen Fußballclub aus dem Boden. Und schon heißt es: »Hey, Gäste. Kommt her. Super hier. Alles.«

Du aber gingst in deinem Heimatdorf Nawowohl völlig neue Wege. Zum Beispiel mit der Aktion *Bürger klauen Venedig.* Zu diesem Zweck bist du mit den Einwohnern deines Dorfes wieder und wieder nach Venedig gereist und hast heimlich Teile der Lagunenstadt geklaut. Die habt ihr dann in die Lüneburger Heide geschmuggelt und dort Venedig neu aufgebaut. Was war das für ein Fest, als der erste Stein einer venezianischen Villa bei euch eintraf. Hubert Brutz, Taxifahrer aus eurem Dorf, hatte ihn heimlich aus einem Gebäude gemeißelt und unschuldig pfeifend aus der Stadt herausgeschmuggelt.

Eine weitere Einheit viel bescholtener Bürger hatte sich parallel mit dem Diebstahl des Canal Grande beschäftigt und dessen Wasser in kleinen Eimern und Förmchen abgeschöpft. Dann reisten sie zurück in dein Heimatdorf, wo der weltberühmte Kanal kurzerhand neu angelegt wurde. Das Flussbett war schnell ausgehoben.

Natürlich hat sich ein Komitee frühzeitig mit der Namensfindung eures Kanals beschäftigt. Schließlich konntet ihr ihn schlecht Canal Grande nennen, das wäre zu auffällig gewesen. Die Venezianer hätten den Braten doch gerochen, wenn ihr Fluss plötzlich nicht mehr durch ihre Stadt, sondern durch die Lüneburger Heide geflossen wäre. Und so hieß euer Fluss nach zähen Verhandlungen nicht Canal Grande, sondern Heinz-Peter.

Aber nur Venedig importieren – das hat dir nie gereicht. Um Nawowohl zusätzlich für Touristen attraktiv zu machen, hast du noch zwei weitere Ideen entwickelt: Du hast Klein-Mettner unter Wasser gesetzt und es zu einem neuen Atlantis gemacht. Zwei Jahre später hast du Nawowohl unter Sand vergraben und behauptet, es sei eine verschollene Stadt. Natürlich keine lange verschollene Stadt, denn du hattest sie ja gerade erst versteckt. Eher eine plötzlich verschwundene. Der Ansatz lautete so: Ein Tourist kommt vorbei und fragt sich: »Huch, wo ist denn Nawowohl?« Die Dorfbewohner verstecken sich derweil unter einer Sanddüne und verhalten sich ganz still – damit der Besucher nicht merkt, wie sehnsüchtig man auf ihn wartet.

Es war eine besondere Herausforderung, die Bewohner deines Dorfes von den Vorzügen dieser Idee zu überzeugen. Weißt du noch? Dein Gespräch mit Elfriede Schwattmann, geborene auch Schwattmann (sie hatte ihren Bruder geheiratet; euer Dorf war immer recht liberal)?

Als Frau Schwattmann die Haustür öffnete, blickte sie zuerst irritiert auf dich, dann auf deinen Spaten in der rechten Hand, zuletzt auf die Schubkarre voller Sand. Du lächeltest und lüpftest den Hut.

»Guten Tag, Frau Schwattmann, Fitz mein Name. Vom Stadtmarketing. Sie wissen, dass wir zurzeit an der Initiative *Touristen nach Nawowohl* arbeiten?«

»Wat is' los?«

»Unsere Dorfkasse ist leer, weil keine Besucher nach Nawowohl kommen.«

»Klar, wat sollen die auch hier?«

»Genau, aber das wollen wir ändern, indem wir Nawowohl zu einer verschollenen Stadt machen. Und deshalb werden wir den ganzen Ort mit Sand zuschütten. Anschließend werden wir in einer PR-Kampagne auf das sagenhafte, aber verschollene Nawowohl hinweisen.«

»Ja, davon habe ich gehört. Und wat wollen Sie von mir?«

»Wir würden gern mit Ihrem Wohnzimmer anfangen. Wenn der Sand noch reicht, machen wir die Küche grad noch mit.«

»Hm. Wissen Sie was, junger Mann? Ich kriege ungern Besuch. Wenn jemand vorbeikommt und das verschollene Wohnzimmer sucht, würde ich ihn wohl nicht reinlassen. Vielleicht sollten Sie lieber das Schlafzimmer der Kasulkes von oben drüber zuschütten? Die Kasulke hat wechselnde Liebhaber, wenn der Mann auf Reisen ist, da ist die Chance, dass jemand das verschüttete Schafzimmer findet, größer.«

Du hieltest das für eine gute Idee, weil du eigentlich alles für eine gute Idee hältst. Dennoch batest du Frau

279

Schwattmann, wenigstens etwas Sand in ihrer Wohnung ausschütten zu dürfen. Deine Schubkarre war sehr voll, und es war schon unglaublich anstrengend, das Teil überhaupt in den fünften Stock zu wuchten. Sie willigte ein, und gemeinsam schüttetet ihr ihren ersten Mann zu, der sowieso schon seit drei Wochen tot auf der Couch lag.

278

»Darf ich Ihnen eine Frage stellen?«

»Zu welchem Themenbereich?«

»Zu der Geschichte, die Sie gerade erzählen.«

»Die geht Sie einen Scheiß an. Ich führe Selbstgespräche.«

»Ich konnte nicht umhin, Ihnen zu lauschen. Ich saß Ihnen die ganze Zeit gegenüber.«

»Habe Sie gar nicht bemerkt.«

»Ich habe mich ja auch hinter der Speisekarte versteckt.«

»Was möchten Sie wissen?«

»Würden Sie sagen, dass Ihnen der Aufenthalt in der Klinik etwas gebracht hat?«

»Definieren Sie ›gebracht‹.«

»Geht es Ihnen heute besser?«

»Nein. Ich glaube, ich bin immun gegen Psychotherapie.«

»Aber immerhin ertragen Sie wieder Menschen.«

»Woher wissen Sie, dass ich unter Menschenangst leide?«

»Ich habe Ihnen unheimlich aufmerksam zugehört und auch die Nuancen vernommen.«

»Und wie kommen Sie darauf, dass ich wieder Menschen ertrage?«

»Sie fahren Zug.«

»Ja, aber nicht freiwillig. Eigentlich wollte ich nur zu Mittag essen und habe mich in das leerste Restaurant gesetzt, das ich finden konnte. Plötzlich ist das Restaurant losgefahren. Erst da habe ich bemerkt, dass ich in einem Speisewagen sitze.«

»Wollen Sie wissen, warum ich Bahn fahre?«

»Nein, ich schere mich einen feuchten Dreck um Sie.«

»Ich fahre nur Bahn, weil Sie Bahn fahren.«

»Ach? Bin ich Ihr Vorbild?«

»Nein, ich soll Sie töten. Ich bin Auftragskiller. Die Kautges schicken mich.«

»Ach? Dann war das gar kein Amoklauf, als Sie vorhin versucht haben, mich zu erwürgen?«

»Doch, aber ich hätte zwei Fliegen mit einer Klappe geschlagen. Amoklauf und Auftragsmord.«

»Probieren Sie es jetzt noch einmal?«

»Nein, ich habe mich entschlossen, Sie zu verschonen und am Leben zu lassen. Nach allem, was ich gehört habe, bin ich überzeugt: Die größte Strafe für Sie ist, Sie weiter am Leben zu lassen.«

»Aber es geht mir deutlich besser als noch vor einigen Wochen.«

»Egal. Ihr Leben ist immer noch beschissen.«

»Da haben Sie natürlich recht. Aber was werden Ihre Auftraggeber dazu sagen, dass Sie mich am Leben lassen? Die Kautges bezahlen Ihnen bestimmt viel Geld dafür, dass Sie mich töten.«

»Die Kautges wissen Bescheid. Ich hatte mein Handy während Ihrer Selbstgespräche die ganze Zeit eingeschaltet. Familie Kautge hat alles mitgehört und ist mit mir einer Meinung. Ihr Leben ist für meine Auftraggeber Rache genug.«

»Oh, ich hoffe, ich habe nicht zu wehleidig geklungen. Heute beklagen sich ja Krethi und Plethi über ihr Leben. Nicht dass ich mit denen in einen Topf geworfen werde.«

»Eine Frage noch: Hatten Sie eigentlich nie etwas mit Frauen? Davon haben Sie gar nichts erzählt.«

»Doch, aber das ist eine andere Geschichte. Die würde den Rahmen dieser Zugfahrt sprengen.«

»Ich hoffe, das mit den Frauen lief auch katastrophal?«

»O ja. Sehr.«

»Dann ist gut. Sonst hätte ich Sie doch noch töten müssen.«

»Nein, nein, keine Angst. Alles sehr schlimm, und ich leide immer noch darunter wie ein Hund.«

»Dann ist es ja gut.«

»So, wir rollen in Kassel-Wilhelmshöhe ein. Ich verabschiede mich dann mal, Herr Menke. Hat mich nicht gefreut.«

»Sie wohnen in Kassel? Klingt auch nicht nach einem angenehmen Leben.«

»Ist schon OK. Ich bin ziemlich abgestumpft. Ich empfinde nichts mehr.«

»Na, Sie haben's gut. Ich empfinde noch sehr viel. Mir tun Menschen schnell leid. Sie komischerweise nicht. Ihnen gönne ich den ganzen Mist. Seltsam. Ich bin sonst gar nicht so. Passiert Ihnen das vielleicht öfter?«

»Von Zeit zu Zeit. Im Sinne von ständig.«

»Darf ich Ihnen zum Abschied noch einen Tipp geben? Ich war früher mal Sachbuchautor für an den Haaren herbeigezogene Lebensratgeber ohne Hand und Fuß. Darin habe ich meinen Lesern immer nur einen Tipp gegeben, aber viele Worte darum gemacht: Wenn Sie den Kontakt zu sich selbst verloren haben, wenn Sie an einem Punkt im Leben stehen, an dem Sie nicht mehr weiterwissen – schreiben Sie einen Brief an Ihr Leben. Probieren Sie das auch mal. Und wenn es Ihnen irgendwann besser gehen sollte, rufen Sie mich einfach an. Dann bringe ich Sie doch noch um.«

»Mach ich. Danke. Und wie finde ich Sie?«

»Hier ist meine Karte.«

»*Menke. Auftragsmorde und Rachefeldzüge aller Art.* Ach? Rachefeldzüge unternehmen Sie auch?«

»O ja, das kann ich wie kein Zweiter.«

»Gut zu wissen. Ich kenne da ein paar Millionen Leute, an denen ich mich gern rächen würde. Ohne dass sie mir etwas getan haben.«

»Dann bin ich Ihr Mann.«

»Also, schönes Leben noch.«

»Ihnen nicht.«

Brief an mein Leben

Kuckuck, Geilhans! Sicher wird Dich diese Anrede überraschen, liebes Leben. Denn man kann Dir alles nachsagen, aber nicht, dass Du geil bist.

Ich erinnere mich noch an den Tag, an dem ich Dich das erste Mal bewusst wahrgenommen habe. Ich stand als Dreijähriger vor der Ahnentafel im Haus meiner Eltern und war fünf Jahre alt. Mein Vater gab mir eine Ohrfeige nach der anderen und sagte immer wieder »Komm endlich zu Dir. Höchste Zeit, Dich selbst wahrzunehmen.« Mit einem »Aua! Mensch, ey!« begann der bewusste Teil meines Lebens. Und auch die ersten Worte hatte ich soeben gesprochen.

»Elvira! Jan-Uwe hat gerade gesprochen!«, höre ich meinen Vater brülllen, als sei es gestern gewesen.

»Was hat er denn gesagt?«, schrie meine Mutter aus der Küche zurück.

»Er will wissen, wann das Mittagessen fertig ist.«

»Das will er gar nicht. Das hast Du ihm in den Mund gelegt. Du willst wissen, wann das Essen fertig ist.«

»Will ich nicht. Warte, ich bitte ihn, lauter zu fragen.«

Mein Vater verlangte so laut, dass es auch meine Mutter im anderen Zimmer hören konnte:

»Los, Jan-Uwe, frag noch mal, aber lauter.« Dann imitierte er mich mit hoher Fistelstimme: »Mami, wann gibt es denn Mittagessen?«

»Das warst du selbst, Jupp«, ließ sich meine Mutter nicht ins Bockshorn jagen.

Ach ja. Erinnerungen. Liebes Leben, ich habe Dich von Anfang an abgelehnt. Du warst immer so verletzend, so schmerzhaft, und jedes Mal, wenn ich dachte »Oh, super!«, sagtest Du »Nein, Scheiße! Warte nur noch ein paar Minuten.« Und tatsächlich: Es wurde scheiße. Woher hast Du das nur immer gleich gewusst?

Ich habe Dir so viele Freiheiten gelassen. Du konntest machen, was Du wolltest, ich habe immer Ja und Amen gesagt. Nie habe ich versucht, Dich zu beeinflussen, lieber habe ich akzeptiert, dass Du nicht in diese Welt passt. Ich habe die Wirklichkeit so lange geschminkt, bis sie restlos albern aussah, dann habe ich sie ausgelacht und bin anschließend eingeschlafen. Schlaf – das war mein Höhepunkt. Der Orgasmus meines Lebens. Ich konnte stundenlang schlafen. Manchmal musste ich erst aufwachen, um wieder schlafen zu können. Und wenn ich mich ausgeschlafen fühlte, habe ich schnell übers Internet Schlaftabletten bestellt.

Liebes Leben, ich habe Dich bislang vor allem als Verblüffungskünstler begriffen, als jemanden, der immer für eine Überraschung gut ist, die mich richtig in die Grütze reitet. Immer hast Du gesagt: »Lass mal, ich mach das schon. Leg dich einfach wieder hin.« Ich habe nie gefragt, was Dich im Innersten antreibt, es hat mich nicht interessiert. Ich wollte nur ins Bett. Verblüfft habe ich auf die anderen geschaut, die sich abrackerten, an sich arbeiteten, sich aufrafften und dann auch scheiterten. Einige wurden Anwälte, Betriebswirtschaftler oder Ärzte. Aber wenn ich sie ansah, war da nichts, was mir erstrebenswert schien. Dann las ich die Biografie einer vermeintlich gescheiterten Persönlichkeit und war elektrisiert.

Manchmal denke ich, wir waren uns zwischenzeitlich sehr nah. Dann hätte ich nur die Hand ausstrecken müssen, und wir hätten einander berührt. Aber stattdessen habe ich schnell in eine andere Richtung geguckt. Ich war zu schüchtern. Wusste nichts mit Dir anzufangen. Und nur an Dir herumspielen? Nein, ich wollte Deine Liebe. Nicht Deinen Körper. Eine Zeitlang habe ich Dich ernstgenommen. Aber in diesen wenigen Stunden hast Du schrecklich wehgetan. Da dachte ich: »Hm, was wehtut, könnte wichtig sein. Ignoriere ich es lieber.«

Liebes Leben, ich würde gerne sagen: War schön mit Dir. War es aber nicht. Es war so lala.

Danke an meinen Lektor Stephan Kleiner, der unter anderem penibel darauf achtete, dass mich die Angst beim Schreiben nie verließ.